J O Y

享受讀一本好小說的樂趣

雙城

張草 一著

contents

台北 TAIPEI

LONDON 倫敦

台北 TAIPEI

陷在高架橋的北門、
日式的老屋高牆，
喧囂新穎的台北仍殘存著古典的影跡。
正如久遠的傳說與詛咒，
也始終隨著歷史梭巡，
在陰陽兩界之間……

四季台北／春

甲子之約

屋裏忽然間變得很吵，
彷彿裏頭的傢俱全在拖行、翻滾，
還有細碎的奔跑聲，
像有一群沒人管的頑童在放肆嬉鬧，
興奮的亂扔東西……

母親從上海探親回來後，就一直悶悶不樂的。

回想起來，一切的變化就是從那時候開始的。

不，該說是那時候，我才察覺有變化。

然後母親就住院了。

醫生告訴我，母親的病症發現得太遲，癌細胞已經轉移，而且癌細胞分佈範圍太廣，全身多處病灶，難以分辨原發性的惡性腫瘤源自哪個部位。

醫生說，只要轉移到骨骼或肺臟，就非常不樂觀了。

我想他還說得客氣了點，他真正想說的應該是吩咐我去準備後事。

母親的病況在短短一個月之內轉為危急，她因呼吸困難而昏迷，急救時氣管被割開一道，插入管子幫助呼吸。清醒後，她不願照鏡子，不願看見自己的模樣。

母親躺在病房，低聲抱怨全身都在疼痛。我想媽一定很痛，她只有在痛得難以忍受時才會說痛，平日等閒刀傷、燙傷，甚至有一次被野狗在小腿肚上咬出一排血痕，她都沒喊過痛。

醫生在她身邊擺了個按鈕，囑咐她痛的話就按一下，嗎啡就會經由手臂注入血管，迅速為她止痛，但最好在劇痛之前就按下，要是等到很痛才按鈕，說不定止痛的劑量會一次比一次多。

母親始終不肯按下按鈕，她說嗎啡會上癮，可是醫生告訴我說，她也剩下沒多少時間了，上不上癮已然無關緊要，最重要的是別讓她在痛苦中度過最後的生命。

我覺得很有道理，於是轉述給母親聽。

母親並不諱談死亡，對於死亡，她看得很豁達，她也曉得自己行將就木，甚至跟我談論葬禮的進行方式，她只要簡單的火葬，然後灑去大地，什麼排場也不要。

可是她還是堅持不用嗎啡止痛。

『受苦是了苦，』她告訴我，『現在受苦，下輩子會過得更好。』

我緊抱她，含淚說道：『下輩子的事我不知道，可是看到妳現在的痛苦，我很難過。』

她微笑著輕撫我的頭，還順手撫平我的頭髮，將打結的髮根撥開，就像小時候，每當我傷心哭泣，她都會這麼做。

可是那天我下班後去陪她，她卻失去了往常的從容，用力抓住我的衣袖說：『我不要死在醫院。』她瀕臨崩潰似的重複了好幾遍，似乎預感有什麼事將會發生。

果然，那天晚飯之後，母親發作了，整個人痛苦的扭成一團。

醫生和護士包圍著她，七手八腳不知在忙什麼，我站在一旁恍若局外人。

不久之後，醫生才告訴我，他們已經為她注射嗎啡止痛，還說她的體力極弱，只怕會熬不過這幾天。

我坐在她床邊，盯著她微弱起伏的胸口，盡力不顯露出悲傷的樣子，因為這天晚飯之前，母親還剛吩咐過，她死的時候不能哭，哭的話她會放不下心，捨不得離開，變成孤魂野鬼，我總不希望她變鬼吧？我一邊撫著她的手背，一邊想像她幾個月前依然豐腴有彈性的手，如今瘦得連皮膚都鬆垮得像裹了一層薄膜。

我緊握她的手，說：『媽，妳別逞強，痛的時候就按下按鈕吧。』

或許是因為嗎啡的關係，她的眼神顯得疲憊，有些飄忽的看著我，喃喃道：『不要急救。』

『媽，他們剛才不是急救，只是幫妳打針。』

我明白她的意思，她曾告訴我，萬一彌留時，千萬不可為她急救，因為她曾經有一個朋友臨終時被急救整得很慘，死得更加痛苦，她那位朋友原本已經在念佛聲中一臉祥和，準備往生去了，卻被外地趕回來的兒子堅持要院方急救，結果被氣管切開插管、扎了很多針，還在心肺復甦急救中被壓斷肋骨，終至滿臉淚痕，以怨恨的神情離開人世。

母親要求我絕不可急救，還曾經簽下『放棄急救同意書』，她提醒我要記得履行。

我再次強調，醫生只是看她太痛了，才作主為她注射，還補充了一些營養。

她再度閉上眼，一言不發，嘴唇緊閉，雙肩微抖，像在忍耐著什麼似的，我以為她在氣我，後來我才知道不是這麼一回事。

她喃喃自語，手中不停搓揉被單，嘟囔著：『我不要死在醫院。』

母親即使在得知得了癌症後，也沒驚惶失措，反而回頭來安慰哭泣的我。因此我不能明白，那麼理性的母親，為何堅持不要在醫院過世，是她終於感受到死亡的恐懼了嗎？還是她對住了三十年遺有先父氣味的老家依依不捨？

都不是，她用幾乎聽不清楚的低聲說：『有人在家等我。』

等？什麼意思？

母親不再說話，繼續閉著雙眼，我看見她右手大拇指一遍又一遍搓著食指，就知道那是她平日念佛揉佛珠的動作，我翻了翻她身邊的手提包，找出她常用的星月菩提念珠遞給她，她接了過去，依然合眼不語。

半夜的時候，母親才剛睜開眼，就告訴我說要出院。

她說反正也沒幾天好活了，她要回家，不然誰知道他們又會給她注射些什麼。

我告訴她今天太晚了，待會我先去護理站知會護士，待明天一早主治醫師來看過了，才可以辦理出院。母親想了想，點頭同意，然後說她今晚也不想睡了，反正以後也會一睡不醒，所以她想跟我徹夜長談。

我不知道母親想談些什麼，但這很可能會是我們母女倆最後一次談話，我心裏已經盤算好，明天去公司將一年都未動用過的假期一次拿完，好好陪媽走完最後一程。

我幫母親墊高枕頭讓她坐著，她將嗎啡按鈕拋去一旁，然後告訴我說，她要回家，是因為有人在等她。

爸爸過世已久，姊姊遠嫁美國，家裏只有我一個小姑獨處，母親在民國三十八年從上海來台北時，親友一個也沒，誰會在家等她？

『媽沒唬妳，』她的眼神忽然銳利起來，『他們等我有六十年了。』

『什麼？』

『那是六十年前約好的，所以我一定得回家去。』

媽在講什麼啊？說得也是，要是過得了下個月生日，母親也該滿六十歲了。

母親談到她怎麼來台灣，怎麼在高中畢業後認識爸，怎麼相戀結婚。

『我還記得他來我家提親時，那副緊張的模樣。』母親說著說著，露出溫馨的笑容，好像在剎那間忘記了所有痛苦。

我不禁想起爸爸過世那天，母親靜靜的一個人待在廚房，反常的做起饅頭來。她費了大半天揉麵糰，呆坐等待麵糰發酵，待我在殯儀館安排好後事，天黑了才疲倦的回到家時，母親蒸好的一籠饅頭，全都擺在飯桌上，已經硬掉了。

爸很愛吃媽做的饅頭，可是媽總嫌功夫多，不常做。爸說，媽做的饅頭比巷口那家老山東的有咬勁，三餐吃也不膩，他會像孩子般纏著媽做給他吃，然後媽才勉為其難的在次日起個大早，讓爸晨運回來可以吃到熱呼呼、軟綿綿的饅頭。

我看著一桌的硬饅頭，不敢問她沒事為何做這麼多，但我猜想她是擔心自己受不了打擊，於是藉由做饅頭來忘掉哀傷。

直到母親生命的最後一刻，她才告訴我當時是怎麼一回事。

總之，在母親去世的前一晚，她說了許多往事，包括我聽過和沒聽過的，一直談到凌晨兩點，她終於不知不覺入睡為止。

我為她蓋好被單後，到護理站去確認我留下的手機號碼，那邊有值大夜班的護士，我告訴她明天打算出院的事，還有我打算回家先整理一下，有任何緊急事情請馬上打電話給我，護士小姐也很好心的給我幾個電話號碼，建議我可以去找看護幫忙照顧。

我離開醫院時，心中老覺得怪怪的。

我那時候才覺得母親遺漏了什麼。

剛才她什麼都談了，甚至連她在新婚之夜的心情都說了出來，惟獨她一開始就提的那件事沒談。

那件有人在家等她（而且一等就是六十年）的事。

乘計程車回家的路途上，我一路納悶著。

次日下午，癌細胞終於發出最後攻勢了。

癌細胞似乎是曉得我已經請好假、出院手續也已辦好，然後遠嫁美國的姊姊也會在今天傍晚抵達，所以在午後一時正要離院時，母親忽然痛苦得臉色慘白、額頭暴浮青筋，豆大的冷汗不停冒出。

『要回家……要回家……』在醫生的搶救下，她不斷呻吟著這三個字。

醫生為她整理好之後，對我點頭說：『希望她可以撐得到回家。』在看護的跟隨下，救護車將彌留的母親送回家，她的肺臟大概隨時會崩潰，得依賴氧氣筒維持生命。

救護車將我們送回家，那是爸在擔任公職時買下的房子，以前日本人住過，有高聳的石牆，牆頂用水泥黏了尖銳的碎玻璃，還有綠意盎然的庭院。聽說爸會買下它，是因為母親對房子一見傾心，因為很像她兒時在上海住的房子。

他們在這棟房子度過從婚後到死別的所有人生，房子的每個角落都留有說不盡的回憶，甚至在爸逝去經年後，我仍可在玄關嗅到他工作回家散發的汗味，在庭院看見他整理花圃的身影，在書房聽見他專心閱讀時近乎屏息的細微呼吸聲，更何況對於與他相廝守的母親而言，房子壓根兒就是記憶本身。

救護車抵達大門，我才剛要取出鑰匙，母親就忽然醒了過來，透過救護車的玻璃窗，警覺的緊盯門口，就像從來沒見過這扇門似的。

這或許就是迴光返照吧？

負責看護的中年婦女和救護車司機合力抬母親下車，放置在輪椅上，然後架好點滴、確認呼吸器沒問題了，我才輕輕的推母親進門。救護車的聲音揚長而去後，我心中懸掛著一絲不安，忍不住想像救護車會何時再回來，屆時就是母親已經嚥下最後一口氣的時候了，對於救護車何時回來，我竟有些期待，令我不禁有深深的罪惡感。

進了外門，她掃視房子四周，安裝了插管接頭的喉嚨發出怪異的咕咕聲。

她指指自己，示意要扯掉鼻口上的氧氣罩，看護婦徵求我的同意，我則遵循母親的意願，幫她輕輕拿掉氧氣罩，至少在臨終前，她可以像平常一樣接觸四周的空氣。沒想到，氧氣罩拿掉後，母親竟大口大口吸氣，一點也不像彌留的樣子，我還差點以為她剛才在醫院的急症是裝的。

待呼吸順暢了，她忽然雙目充滿怒意，冷冷的說：『現在你們高興了吧？』

我暗暗一驚，以為她在對我說話，隨即發現她面對的其實是空氣。

她還顧庭院四周，像禿鷹在尋找躲藏的獵物，還企圖要從輪椅上掙扎站起來，但雙腿已經軟弱得無法支持身體，嘗試了幾次徒勞無功之後，她才死心的坐好。

『媽？』我正想問她怎麼回事，突然傳來『砰』的一聲巨響，震至心肺，我和看護婦都嚇了一大跳，等我驚魂略定，才發覺響聲是從屋裏傳來的。

屋裏忽然間變得很吵，彷彿裏頭的傢俱全在拖行、翻滾，還有細碎的奔跑聲，像有一群沒人管的頑童在放肆嬉鬧，興奮的亂扔東西，而我們還站在外門和家門之間的過道上，進退不得。

接著又一聲突如其來的巨響，我們看見連大門也在震動，那是一扇厚重的金屬防盜門，也由不得像要塌下來。

輪椅上的母親朝門口大喊：『夠了！』喉部插管的空洞呼嚕呼嚕的吹風，吹出走音的笛聲。

沒想到，門後即刻靜下來了，就像從來不曾有人鬧過一般。

我怔住了，呆立了一陣，才衝到她面前：『媽！妳還好吧？』

看護婦嚇壞了，她驚惶失措的問道：『要不要報警？』

母親搖搖手，還伸手去按著看護婦的手，低沉的說：『這不是警察管得著的事情。』她回首柔和的看著看護婦的眼睛，想讓她放心：『我可以保證，妳不會受到一丁點兒的傷害，因為妳是外人。』

母親雙目炯炯，完全不像癌症末期病人：『乖女兒，聽我說……』她的聲音鏗鏘有力，就像她年輕時罵我們一般威嚴。

我凝神準備聆聽，不知怎地，我突然覺得在聆聽的不僅只是我，似乎整片周圍的空氣都豎起了耳朵在聽。

母親說：『我是妳外婆的第一個孩子。』我點頭表示知道。

『小時候，當我獨自一人玩耍時，其實並不只我一個人……』

『您跟舅舅玩。』我聽說母親小時候有個弟弟，不過已經去世了。

母親搖頭說：『妳舅舅是夭折的，兩個，在媽之後的兩個弟弟全都未滿兩歲就夭折。』我聽了很是驚訝。

我知道母親小時候住在大陸，也知道她有弟弟，但從來不知道他們發生過什麼事。

我知道民國三十八年有大量從大陸避難來台的人，很多家庭因此分散了，我爸就是隨國軍來台的文書幹部，他隻身一人來台，從此跟父母兄弟失去音訊，一直到死前都還沒機會聯絡上家人。我從斷斷續續吸取的歷史知識中知道，在與大陸失去聯繫的那些年間，彼岸曾發生過文化大革命，我還曾一度猜測，舅舅是逗留在大陸，在文化大革命中遭遇不測，抑或是早在中日或國共戰爭中過世的。

這是我第一次聽說夭折的事，母親以前從來沒提過。

她說早在外婆懷上舅舅之前，大約是她三、四歲時，就有幾個小孩常跟她一塊兒玩耍，只要溜到後院去，那些孩子要不是早在玩著了，要不只要她一出現，他們就會蹦出來一起玩。

我原本還在猜，母親小時候住在一個大家族之中，有很多親戚的小孩同住，所以不乏玩伴。

可是母親搖搖頭：『妳外公是湖南人，到上海做進口生意，而妳外曾祖父是在上海經營米行的，兩人相識，才因緣結識了妳外婆，家中只有我們三口和兩個丫頭。』所以說，母親小時候是住在一個被大人圍繞的世界裏頭。

但是在她印象中，那幾個小孩打從她有記憶開始就存在了。即使在深夜，她偶爾偷溜出房門，想尋找院子裏的蟲聲時，或因為月光很亮而想站到庭院石几上賞月時，小孩們也會老早就等在庭院了。

她不知道他們的名字，也不知道他們是誰家的孩子，於是她去問外婆。

外婆聽了，困惑得很，她擔心的問道：『平常妳不是都一個人在玩嗎？』

母親以為外婆不喜歡她的玩伴，要趕走他們，便嗚嗚哭泣了起來。

我聽說過這回事，西方人常傳說小孩有『隱形的朋友』，是幻想出來的玩伴。

我看過一些雜誌上提過，心理學好像說孤獨的小孩才會這樣，母親沒其他兄弟姊妹，會想像自己有玩伴大概也很合理。

母親說，當時外婆安慰她，叫她別哭，哄她有麥芽糖吃，然後問她那些小孩在哪裏呀？母親說就站在她身邊。

外婆更加不安了，再問說小孩長什麼模樣？穿什麼衣服？

正在身邊。

母親轉頭看那些小孩，小孩也圓瞪著雙眼看她。

『他們額頭上有劉海，頭中間紮了一串頭髮，頸上綁根紅帶，全都穿大紅肚兜。』

外婆臉色蒼白，緊握母親的手，追問一共有幾個小孩？

『好痛。』媽想甩開外婆的手。

『對不起，囡囡……』外婆放鬆了緊握的手，試著緩和臉色，『妳數數看，有幾個？』

母親嘟著嘴，用手指點數，小孩們覺得有趣，一個個挨了過來，有的將臉湊過來，任她點。

『六個。』母親感到外婆的手瞬間冰冷了。

外婆不安的左顧右看，可她一個小孩也看不見，小孩們也紛紛靠去圍著外婆，四處轉頭瞧看她在看些什麼。

外婆疑神疑鬼，小聲的問：『他們有告訴妳什麼沒有？』

母親想了想，搖搖頭：『他們都不會說話，只會哇哇叫。』

外婆一臉害怕的表情，她將母親交給下人，叫下人在佛堂陪著母親，最好還上炷香，然後外婆跑到隔壁的寢室去，母親只聽外婆在翻找衣箱，她知道是衣箱，因為那口沉重的朱漆大木箱打開時會發出一種怪異的聲音，像下雨前蛙兒的低吟聲。

小孩兒們也尾隨著進佛堂，在木製的佛像前，他們乖巧的不敢造次，只輕步四處走動，好奇的東張西望。

過不久，外婆拿出一樣東西，遞給母親看：『是不是這樣？』

母親感到周圍的空氣頓時冷了下來，忍不住打了個寒噤，那種感覺雖歷時久遠，她依然記得一清二楚。

母親呀了一聲：『真的好像哦。』

旁邊小孩的臉色忽然變得很難看，他們原本的瞇瞇眼猛然圓瞪，他們的劉海和頭髮像暴怒的公雞般豎起，要說是驚恐，不如說更像是憤怒，他們充滿防備的直視外婆，他們原本呆滯的眼神此刻顯得分外哀怨。

他們倒退幾步，然後在母親眼前忽然消失。

母親終於覺得異樣，終於發覺她的玩伴不是普通人。

小小年紀的她，總算開始害怕了。

外婆問她怎麼了？她說：『他們走了。』

『是嗎？』外婆鬆了口氣，一邊小心捧著手上的東西，一邊招手要母親跟她走。

外婆帶母親進入寢室，房中有兩口大衣箱，都是外婆嫁進來時從娘家搬來的，裏頭裝著外婆的嫁妝。

外婆打開其中一個衣箱，在摺疊整齊的衣服上面，躺了另外五個一模一樣的東西。

一共六個泥娃娃。

六個泥製白漆，用黑筆畫上頭髮，勾上眼睛、眉毛，用朱筆點上兩小片唇兒，再畫上大片紅肚兜，最重要的，是它們的頸上都繫了一條紅色的粗線，紅線的線毛鬆脫、色澤老舊，顯然年代久遠了。

『泥娃娃？』我不禁好奇，為什麼會有泥娃娃？

母親說了許多話，已經很累了。

懶散的午後小巷，四周安靜得很，連圍牆外的車聲都似乎淨空了。

此時春暖花開，父親生前種下的杜鵑花雖久未打理，依然結了許多苞兒，被和暖的春意激發得忍不住綻開，令整片庭院美不勝收。

看護婦打破了沉默：『阿姨，妳說了這麼多話，怕累壞了，要不要休息一下？』她聽了這詭異的故事，好奇心早已蓋過恐懼，但仍然警覺的僵硬著身體，擔心門後是不是藏了什麼兇徒，但母親的態度令她更想知道接下來的故事。

母親喘著氣，想咳又咳不出來的樣子，還拚命要說話：『都要死的人了，還休息什麼？』

看護婦趕忙遞給母親氧氣罩，她深吸數口，呼吸順暢多了，又繼續說，當初外婆婚後多年沒生育，請郎中號過脈，服了許多藥，也求過神、喝過符水，肚皮依然杳無消息。

娘家的老女傭照顧外婆自小長大，最常傾聽外婆的心事，她建議說，不如去廟裏抱個泥娃娃來養，人家說會帶孩子來的。

有這回事？我沒聽說過。

母親說當然有，每個泥娃娃都繫上紅帶，在廟裏等人收養呢。

外婆將泥娃娃當成真正的孩子來養，為它取乳名、跟它說話，還用湯水沾它唇邊，好像真的在餵它食物。

就像玩家家酒。

外婆太喜歡了，每天陪泥娃娃玩，覺得一個娃太寂寞，便乘回娘家時要老女傭幫她，再從廟裏抱回個泥娃娃。

就這樣，一遍又一遍，抱回了好幾個泥娃娃，直到外婆生下母親，泥娃娃們才逐漸受到冷落。

有一天外婆看見被擱置在角落的泥娃娃，已蒙上了一層厚塵，她才將它們拂乾淨了，用絹布包起，收入衣箱，自此便沒再放在心上。

多年來，外婆翻找整理過衣箱無數次，都沒再正眼望過它們一次，也沒再刻意保養它們，直到母親告訴外婆這件事為止，它們才從衣箱重見天日，雖然如此，它們依然色澤如新，就像是昨天才剛放進去的一般。

外婆考慮了一下，還是將母親看見泥娃娃的事告訴了外公，外公認為不祥，便要下人將娃娃砸碎，混到院子花圃的土裏去。

外婆不忍，勸外公不必砸碎，埋了便是。

外公說：『我聽說過，那些蓋房子的工匠，正是將那些偶人埋在房子的角落，或藏在樑柱接口中，令偶人作祟滋事。需知人形之物，日久成精，人們燒了惟恐不及，怎可隨便埋埋了事呢？』

外婆依舊不捨，畢竟她曾經對泥娃娃們產生感情，將它們當成真正的孩兒來照顧呢。

後來外公又再問起，外婆只推說已經砸得粉碎了，外公也不多加追問。

但泥娃娃們並沒隨之消失，它們依舊在院子等候母親。

外婆為了不令母親寂寞，只顧玩耍，便帶著母親學些女紅針線，況且女孩子長大了，也不能老是顧著玩的。外公也聘了位教書先生教些啟蒙的功課，學會讀書寫字，好準備將來送到女學堂去，因此母親漸漸疏遠了庭院，即使望見娃娃們，也不敢再親近它們了。

半年後，外婆懷了第二胎。

隨著肚子越脹越大，泥娃娃也越來越興致高昂，它們好奇又興奮的圍著外婆，猛瞧她圓滾滾的大肚子，神情中充滿了期待。

孩子生下後，母親看見它們一直圍著嬰兒逗他玩，或許，它們失去了一名玩伴，希望再找一位吧。

它們大概過於高興，日夜不休的逗弄嬰兒，以致嬰兒的精神日漸萎靡，外婆見嬰兒不對勁，急得四處覓醫，卻一點也不見效，眼睜睜看著嬰兒消瘦下去。

不久，嬰兒高燒不止，藥石罔效，還未滿月就夭折了。

外婆哭得半死，抱著嬰兒的屍體不願被人拿去下葬，因為習俗認為夭折的嬰兒是不能立墳的，是注定要成為無名枯骨的。母親見外婆過度傷心，也噤若寒蟬，不敢說出弟弟被泥娃娃逗著玩的事。

泥娃娃們離開小嬰兒屍體遠遠的，它們哀傷的瑟縮著身體，似乎曉得自己做了錯事。

外婆再度懷孕時，泥娃娃們也收斂了許多，它們忍耐著不跟嬰兒玩，只敢遠遠觀望，似乎在期盼他趕快長大。

終於等到小孩滿週歲，學會走路後，泥娃娃們又出動了。

小孩很高興有這麼多玩伴，泥娃娃們更是興奮得不得了，忘情的跟小孩玩耍。

但是，才過沒幾週，小孩也開始發高燒了。

泥娃娃們慌了，畏縮在屋角，不時焦急的探看大夫為小孩看病，卻不敢上前去碰小孩。

於是，母親的二弟才剛過週歲未及半年，也夭亡了。

『大概它們是陰寒之物，』母親說，『小孩受不住。』

外婆萬念俱灰，自此不敢再懷孕，精神也一直有些衰弱，時而會忽然間哭起來，或長時間發呆，或在半夜驚醒哭號。

母親知道是怎麼回事，但她還是不敢說。

在長大的過程中，寂寞的泥娃娃們總是會不時出現。

她偶爾經過庭院，總會看見它們站在院子角落，可憐兮兮的望著母親，期盼她會理睬它們，再跟它們一起玩。

時而午夜夢迴，母親一睜眼，會看見六個小孩站在床頭，嚇得她跑去找外婆同睡。

年歲稍長後，母親在女子學校寄宿，也會常常看見它們在校舍的窗外呆呆的張望，老是苦著一張圓嘟嘟的臉。

無論走到多遠，在乘火車回家的路途上，在野外踏青的旅途上，總會見到它們的身影。

也就是說，它們不會只在屋宅的範圍內活動，也能夠走到外頭來。或許這跟屋外屋內無關，重要的是，它們會跟著母親，窮跟不捨。

或許是習慣了，母親已經漸漸不怕它們了。

對於沒有兄弟姊妹的母親而言，她說：『他們就像我的兄弟。』有時候有它們在，母親還比較安心，比如在黑暗中一個人上茅廁時。

某次，母親從寄宿學校回家度假，偶爾在閒談中告訴外婆，那些娃娃還會時常出現，只是不會打擾她。

外婆聽了之後十分不安，戰戰兢兢的在庭院踱步，焦慮得很。

直到媽要回校前夕，外婆才告訴她，她當時並沒將泥娃娃銷毀，只是草草埋了，但日子已久，外婆竟記不清埋藏地點。

外婆似乎還沒聯想到兩個兒子的夭亡跟泥娃娃有關，母親也不敢提醒她，免得外婆自責。

後來外婆藉口找人整理庭院，翻遍了每一寸泥土，還是找不著泥娃娃。

外婆希望泥娃娃真的已經化成泥了，但母親仍然能夠看到它們，是否說明它們仍舊存在於某個被人遺忘的角落，還在靜靜等待？

時日飛逝，母親已長得亭亭玉立。

泥娃娃們卻老是長不大，而且面容一年比一年黯淡、破舊。

有的眼睛模糊了，有的缺了手腳，有的還沒了半個頭。

母親看它們挺可憐的，曾試著問：『你們在哪裏？告訴我好嗎？』

它們發出嗚咽的聲音，像幼兒在飲泣，像生鏽沒上油的門鈕在哀鳴。

『告訴我你們在哪裏，我可以修好你們，將你們打扮得漂漂亮亮的。』母親在想，說不定修好它們之後，能將它們送回寺廟，讓它們有個安身之處，或者再被其他人收養。

但是，泥娃娃睜大眼，露出防備的樣子。

它們不敢告訴母親。

它們大概害怕被找出來。

它們害怕被找出來之後會真的被銷毀，因為有前車之鑑。

它們逐漸退縮到庭院的大樹下，最後在樹蔭下消失不見。

當時中國時局已經越來越亂，日本人被趕跑後，自家人又繼續內鬨。其時謠言紛起，人心惶惶，道是共產黨來了會被分地分財，還少不了被清算，這些是鬧過共產黨的地方傳來的消息。於是，達官貴族們都將財產換了黃金，買了去台灣或香港的船票，整片空氣都彌漫著沉重的不安。

外公得到內線消息，道是共產黨迫近上海了，眼看沒幾天就要進城，外公商量著要全家東渡，獲悉有艘開往基隆港的商船，可是船票所剩不多，要去得趕快。

外公要外婆連夜收拾簡便行李，值錢的細軟尤其重要。外公口中說著要買船票，轉身便跑出去了，老半天才灰頭土臉的回來，外套裏用油紙包了三張船票，邊搖頭邊說，一張船票就用了兩條黃金，不過值得。

臨走前，外公將一切都辦得妥妥當當：母親不能再回校，外公老早就拍電報去辦理了停學，宅院是租來的，退租便是，傭人結清了薪金，家中器皿帶不走的也分了給他們。

家裏鬧烘烘的，泥娃娃們也感受到這股不安的氣氛，它們似乎知悉了東渡的事，齊聚到母親寢室窗前，急躁的發出『嗯嗯』聲，掙扎著要說話。

母親還記得，她跟外婆坐上人力車前往港口時，天正陰雨。

陰晦的烏雲壓在空中，濺下棉絮似的雨絲，將視野蒙上了一片霧紗。

泥娃娃們站在雨中，焦急的奮力揮動雙臂，口中竟說出了幾個字。

它們臉上開了個洞，就正好在嘴巴部位鑿開，鑿得十分粗糙，臉部都裂開了幾道裂痕。

它們齊聲大喊：『秀玉！秀玉！不要走！過不去！過不去……』它們很努力的要說話，也果真說了話。

但它們在說什麼『過不去』呢？

母親後來才明白。

它們沒跟來台灣，因為它們過不了海。

很久以後，母親才聽人傳說，一切妖魔鬼怪精魅等物，都是過不了海的。

在輪船上，母親沒看見泥娃娃們，直到上岸也不見它們的身影，母親心裏猜想，她已經擺脫它們了。

母親在台北落地生根，多年後結婚生子，但從來沒想過要回大陸。

因為她不想令泥娃娃們再度找上她。

『可是，媽，』我忍不住插嘴，『妳的名字並不是秀玉呀！』

對於我的問題，母親只疲累的瞥我一眼。

同一時刻，原本已經寧靜的門後又再度嘈鬧起來了，彷彿有聽眾對故事中斷表示不滿。

『秀玉……秀玉……』淒厲的聲音從門後傳來，像是幼兒饑餓的哭喊聲，哀求著哪怕一丁點能夠填飽肚子的食物，音聲淒涼得令人眼眶發燙想哭。

我們依然處於從外門通往屋門的過道上，過道上鋪了不規則形狀的石板，石板邊緣較少被腳底摩擦的地方長了層青苔，為了避免石板路面顛簸，也擔心青苔會讓輪椅滑開，我將母親的輪椅推到石板路旁的短草地上。

由於屋裏的怪聲，我們不敢貿然進屋，正躊躇間，各種怪聲不知不覺自院子的各個角落響起，地面捲起陣陣詭異的寒風，風聲中充滿了不明生物的嗥叫，從四面八方迫近。小石子微微滾動，敲擊地面，庭院的大樹上，樹葉相互拍打，然後花葉紛紛落下，整個院子像是赫然充滿了生命。

『可狠啊……』母親兇惡的咆哮，連喉頭插管都鬆動得在搖晃，『你們可別弄錯對象了，你們是衝著我來的才對吧？』

原本是春天涼爽的午後，瞬間竟冷得像嚴冬，氣溫急速下降，我的口鼻呼出陣陣白霧，草葉上結了霜，空氣中的水氣化成冰粉，紛紛落地。

看護婦嚇得縮在我後面，我想告訴她躲錯地方了，但四周都是聲音，沒有哪個角落是安全的。

這一切其實早有預警。

我漸漸明白，早在母親那次去上海探親，便已經露出端倪了。

那是一年半以前，父親過世週年忌之後。

母親要我陪她去闊別四十餘年的上海，她說想回舊房子看看。

從小到大，我從沒聽母親表示過對家鄉的思念，她雖常說童年的寫意生活，但每當我問她有沒有想過要回去時，她卻老是避開話題。此刻在她生命的終點面前，我才總算明白她過往未曾敘述的那一部分童年往事，是一段充滿了恐懼的回憶。

如果泥娃娃們能跟著她到寄宿學校，那麼當她再次踏上故土時，它們是否也會察覺呢？

如果母親真的恐懼，那她一年半以前為何還要去上海？

我陪她去上海，她單憑童年記憶就找到了舊宅院，房子仍舊保留了下來，然而數度易手，人事已非。母親說，房子外觀跟原貌相去不遠，當年的規模依舊可見，這在改革開放、都市變遷迅速的上海委實不易。

外公以前經商，家境小富，請得起傭人和花王，可以將庭院打理得漂漂亮亮，母親所說的庭院的確不小，而今被人佔住，半個庭院被加蓋了磚房，佔領了過去的花圃和草地，有十幾戶人家住在一塊，或者……該說擠在一塊。

母親告訴這裏的住戶，她在一九四九年以前是住這兒的，想回來懷舊一下。一位年邁老太太想找人搭訕，便讓母親進了房子，四下參觀。記得當時母親邊走邊告訴我，哪裏還是跟從前一樣，窗牖的花鳥木雕仍在，哪裏本來有什麼的，現在已經改建遮掉了。

當時我以為母親很懷念，現在回想，她其實沒什麼傷感，反倒是透露出些許緊張。她像是要尋找什麼，走到庭院，跟老太太東拉西扯，探聽消息。老太太說，她搬來有十多年了，但從沒聽過或見過母親所說的事兒，蓋新房掘地時，也沒聽過什麼詭異事兒。

此刻我才知道，母親當時在找的是泥娃娃。

母親沉默了許久，又在房子內踱了一陣，才無奈的離去。

後來母親哄我獨自去逛街，她又私下回老家去徘徊了數趟，才鬱鬱不樂的搭機回台北。

『媽，妳說它們過不了海，』我說，『那妳為什麼要回上海？豈不是自投羅網？』

母親驀然沉默了，庭院的嚴寒令她唇色轉紫，面色慘白，一時我還以為她斷氣了，雖然知道這是遲早的事，但我心中依舊陡地一驚，忍不住試探性的輕撫她的肩膀，她才嘆出一道長長的白煙，輕輕搖頭道：『其實，早在解嚴之後，它們就找到我了。』

民國七十六年七月十五日，蔣經國先生在過世的前一年宣佈解嚴，結束了三十八年的戒嚴，並在同年年底開放有條件的大陸探親，兩岸關係開始出現前所未有的新局勢，漸漸有人聯絡上大陸的親人，相約在香港會面。

父親也很想聯絡大陸的家人，但礙於自己是軍中退休幹部，可能還曾經擔任過一些情治工作，所以不敢太明顯表達回鄉的願望。他靜待時機，終於等到民國八十年，台灣成立『陸委會』，大陸成立『海協會』，幫助兩岸民間交流，爸爸趕忙去找朋友一起組回鄉團，退休後的生活又再忙碌了起來。

兩岸政府和民間經過一段時間的溝通和試探之後，對岸的課題漸漸不再那麼禁忌，兩岸電話也比較方便互通了……

也就是這時候，泥娃娃們終於有機會追蹤到母親了。

某天電話響起，母親才剛一接起，便覺全身一震，電話那端湧來一股冰寒的激流，她頓覺全身像被澆了一桶冰水，整條背脊迅速寒透，沖得她站立不穩、渾身顫抖。

小時候熟悉的感覺，忽然間又回來了。

『小玲嗎？我是舅舅呀！』話筒中是久違多年的聲音，只不過蒼老了許多。

留在大陸的親人歷經千辛萬苦，透過各種管道，終於找到母親了。

同時，泥娃娃也找到母親了。

它們沿著電話線，跨過海洋了。

六個泥娃娃環繞在她周圍，眼神又是哀怨又是懷念的望著她，它們的身形像褪色的水墨畫般模糊不清，但依然是六歲小孩的高度。

母親兩手緊執話筒，不敢相信泥娃娃們會突然出現在眼前，她咬緊牙關，抑制自己不發出尖叫聲，差點把新做好的活動假牙咬斷。她不敢相信，小時候的惡夢那麼久遠了，竟會在大白天突然冒出來，這突如其來的變故令她精神瞬間崩潰。

終於，她控制不了，累積多年的恐懼自喉頭迸出，發狂的放聲嘶喊：『你……你們走！你們走！』

『什麼？小玲？』話筒那頭的舅公驚訝不已，登時又失望又悲憤。

『對……對不起……舅舅。』母親強定精神，極力將顫抖的嘴唇穩定下來，『我……我在罵我家的貓。』

當然，我家沒有貓。

是的，我記得幾年前，母親曾有一陣子精神狀況頗糟的……

泥娃娃們包圍她，說出來的話像風聲，自鑿裂的臉上吹出：『秀玉，約好的，妳忘了嗎？秀玉，約好的……』

它們強迫要母親回答，不斷在耳邊聒噪，她試著不理它們，極力要聽清楚聽筒彼端的話聲。母親多年不見的小舅舅，其實年紀不比她大多少，小時候跟母親很要好，這通原本應該是歡聚的電話，母親卻完全沒了心情，但還是憑著理性記得先問清對方的電話號碼，才輕輕蓋下電話。

放下電話後，她頓時崩潰，整個人軟倒在地上，抱膝痛哭。在哭泣中，她甚至還能理性的思考自己為什麼哭，是因為幼年的親人聯絡上她了？不，這許多年來，她幾乎忘了這位小舅舅的存在；是因為擔憂多年的事終於發生了嗎？是的，但並非因為害怕，而是因為覺悟，感覺上好像是期待已久的見面。

泥娃娃們看見她哭，紛紛停止吵鬧，走過去試圖撫摸她、安慰她。

正在此時，父親剛好回家。

退休後的父親，每天早上會去晨運，然後找老朋友聊天打混，現在又多了一件回鄉團的事，更是要拖到午飯後才會回家。那天他如常回家，就看見坐在地上哭得全身發抖的母親，他趕忙上去摟住她：『怎麼了嗎？發生了什麼事？』

母親緊擁父親，有父親寬闊溫暖的肩膀，她頓時放心了不少，但仍不忘用被淚光迷糊的眼角瞟了一眼泥娃娃。

當下，她不寒而慄。

泥娃娃死板的眼睛噴出忿怒的目光，直瞪著父親。

泥娃娃們發現，經過了四十餘年後，它們有新對手了。

聽母親說到這裏，我不禁倒抽一口寒氣。

它們也不甘示弱，在大門後越發吵鬧，厚重的鐵門發出令心臟悸動的砰砰聲，像有人作勢要衝出來。這道門是我每天出入的通道，門後是我自幼生活的空間，曾幾何時已經被不明的力量佔據了，還在裏頭耀武揚威，當初不知道那股力量是什麼，我還會恐懼，而今我已明瞭它們的身分，而且還知道它們很可能是造成父親猝死的元兇時，我胸中的無名火油然而起，心中吶喊：『它們憑什麼？憑什麼破壞我的家庭？』

門後發出呼嘯聲，像疾風吹過門隙般淒厲，此時此刻，我終於聽清楚了，那不是風聲，那是泥娃娃的呼喚：『秀玉……秀玉……』跟母親說的一樣。

我的淚水奪眶而出，母親忽然患上癌症，事前毫無徵兆，莫非也是它們的傑作嗎？

我上前一步，意欲走向我多年進出的家門，但母親的手制止了我，她羸弱的手臂像是要用盡最後一點力氣般緊拉著我，朝我搖頭：『不要……妳鬥不過它們。』

『可是，媽……』

『這不關妳的事，妳不應該受到傷害，』她的眼神強烈的命令我，『如果妳有任何不測，我會死不瞑目的！』

我想要掙開她的手，憤怒令我胸中充滿了無限勇氣，認為自己沒有辦不到的事。

『我回來這裏，告訴妳一切，告訴它們一切，妳可瞭解我的苦心？』母親更用力的拉緊我，『因為妳還年輕，妳還有很多的人生還沒體會，妳還沒結婚生子，妳還沒享受過為人父母的樂趣，妳還沒體會過工作成功的喜悅，而這一切我都已經擁有過了，妳爸爸也擁有過了！』

『可是它們要害死妳！』

『不，不是這樣的……』母親猛搖頭。

『為什麼它們要這樣對妳？為什麼它們要苦苦糾纏妳？』

『我也曾經這麼自問，我也曾經想了很久很久，妳知道嗎？乖女兒，這是我自取的。』

我放鬆了手，不明白她的意思，什麼自取？自取什麼？

『聽我說……』母親近乎懇求的說，『我必須要說，要說完才行。』

……當時，父親扶著驚慌的母親到客廳去，倒了杯水給她，問她什麼事？

母親偷瞄一眼虎視眈眈的泥娃娃們，它們仍舊以仇視的眼光瞪著父親。它們已經與母親記憶中的泥娃娃有很大分別，它們失去了光彩，灰濛濛的它們比往常更像妖魅，母親回想，過去它們除了陪她玩之外，並沒做過主動傷人的事，即使是她那兩個夭折的弟弟，也不是它們故意要害死的。

這樣的泥娃娃們，有能力傷害父親嗎？

有一個泥娃娃走向父親，伸手摸摸他，母親還以為它想做什麼，接下來，泥娃娃的手忽然透入父親胸口，父親猛地瞪大眼，喉頭『呃』的一聲緊繃，用力緊抓著心臟部位，整條脖子暴粗脹紅。

『不可以！』母親大驚，衝過去兩手奮力一推，一手推開泥娃娃，另一手將父親推倒，泥娃娃的手於焉脫離了父親的胸口，父親倒地後，拚命喘氣，一臉慘白。當母親碰上泥娃娃的手時，覺得像沒入了一堆冰冷的沙礫之中，她心中一沉，憶起了小時候跟它們玩耍的時候，是否曾經摸過它們的手？是柔軟的手抑或堅硬的手？她發覺她竟不記得。

母親爬過去抱住父親，撫摸他的胸口，尋找心臟的跳動，父親眼神迷茫，口中喃喃的問：『我怎麼了？我是不是不行了？』

母親怨恨的望著泥娃娃：『這又干他什麼事了？你們為什麼要這樣對他？』

它們似乎覺得闖禍了，紛紛垂下頭，口中呼出奇怪的聲音，母親聽了一下，才明白它們在說：『玩……玩……』

她扶起父親，離開房子，到巷口外去截了輛計程車，送到附近的醫院去掛急診。

我想起來了，這就是那天我跟第三任男友約會結束回家時，家裏黑漆漆沒開燈的理由，那個時候距離手機普及化還有六、七年，連最早的一張和信電訊『輕鬆打』預付卡都要在五年後才會推出，家裏也沒裝電話答錄機，母親也沒隻字留言，我完全不知道發生了什麼事。

當時黑暗的家中只有我一人，心裏不禁毛毛的，要是當時知道有什麼東西在家裏的話，我是絕對不敢待下去的；當然，說不定泥娃娃們也不在家，而是跟著母親去醫院了。

直到午夜十一點，媽才打了個電話回來，要我去外頭過夜，朋友家也好，賓館也好，總之別留在家裏。

『媽妳別嚇我，』我嚇壞了，左右張望，擔心有什麼東西從後面撲上來，我不禁一手掩住話筒，壓低聲音問道，『家裏有小偷嗎？』

媽在電話那端沉默了一下，才說：『爸媽有急事，今晚不在家，妳一個人不會怕吧？』

我呼了一口氣：『拜託，我三十歲了耶。』

『那就好，』母親的聲音很累的樣子，『睡覺前別忘了檢查水電，瓦斯也關好。』

『我會啦。可是，你們是什麼急事……？』母親已經蓋電話了。

如今回想起來，自從那天之後，父親的身體就大不如前了，面色常會蒼白，走路也常會兩腳發軟，所以也很少去晨運了。他告訴我，他是血栓造成的心肌梗塞，不能再做劇烈或長時間的運動了，大概連回鄉也會很吃力，語氣中帶有說不盡的遺憾。

自此之後，母親的臉神總帶有一絲憂愁，眉頭常會不由自主的跳動，露出像是受到驚嚇的表情。當時我以為母親純粹是擔心父親有事，如今才瞭解媽的心中是忍受著怎樣的一個秘密，一個她甚至不敢告訴爸的秘密，她可能不希望爸會怪罪她，她可能不希望爸會產生怨恨，很有可能父親直到臨終都不知道真相。

到父親死後，這秘密必定仍舊折磨著母親，直至她也行到生命盡頭，才一古腦兒說出。說了很多話的母親，向看護婦表示需要氧氣罩，看護婦熟練的將氧氣罩蓋在她鼻口上，我邊看媽吃力的吞食空氣，邊看著看護婦抖動不安的眼神，只見她不時望向喧譁的大門，但仍舊堅守崗位，沒有因害怕而奪門出去。或許她也很好奇，好奇心戰勝了恐懼，即使兩腿發軟，依然理性的照顧病患。

『所以，』我打破沉默，『在那之後，它們就一直住在家裏嗎？』印象中，家中似乎沒發生過什麼異象。

母親放開氧氣罩，待呼吸穩定了，才說：『我要它們別嚇著家人，苦苦哀求它們離開，不要再糾纏我了，但它們不願放過我。』

『到底為什麼它們無論如何都要找到妳呢？媽，妳說是妳自取的，為什麼？』我不應該對一位臨終的至親如此殘酷，苦苦逼問她心中最痛之處，但我不願她就此抱著秘密離去，我要她在與時間的賽局結束之前告訴我最關鍵的那一塊拼圖。

母親輕按我的手背，要我耐心等待。

她說，泥娃娃們最終答應她不住在家裏，它們會待在屋外。

屋外！

說到屋外，我馬上想起庭院的小儲藏室。

那儲藏室堆些掃把、舊地毯、雜物之類的，我們平日很少會靠近，倒是我小時候很常去探險，我喜歡出其不意打開儲藏室的門，期待有什麼東西會突然跳出來嚇著我，直到有一次果真衝出幾隻黑毛老鼠之後，才停止了我的探險活動。

我記得，儲藏室有不少老鼠蟑螂，父親用捕鼠器、蟑螂屋都逮不完牠們，後來老鼠蟑螂都忽然消失不見了，我想應該就在父親身體轉弱之後。

我這下才明白！

這幾年來，雖然小儲藏室沒有了老鼠，庭院卻老是有怪聲，每到晚上，就有細細碎碎的雜音，像有小孩在窸窸窣窣的低語。

父親猜想是鄰近小孩在牆外搗蛋，但誰家小孩會這麼晚出來呢？或許是不良少年吧？父親時而突擊檢查，半夜悄悄走出院子巡了幾夜，都一無所獲。

我現在才明白，那是泥娃娃們在調皮的嬉鬧。

母親說，她還曾乘著送父親去醫院檢查、我去上班時，偷偷打了把鑰匙給道士，秘密邀人做了好幾場法事，想請它們離開，或超度它們，結果只是白白花錢，泥娃娃們寸步不移。

話說回來，你怎麼能趕得走泥土呢？

母親說會請道士，歸根究底是因為它們傷害了父親，她心存怨恨，但試了數次無效之後，且泥娃娃們也不作祟，為了避免惹火泥娃娃，母親也不再邀來道士，只求和平相處，一如她小時候那樣就好。

有一次母親做了饅頭，泥娃娃們見狀也要討來吃，它們一人取了一個，將饅頭塞進嘴部鑿出的凹穴，塞得滿滿的。它們口含饅頭，吞不下又不吐出，滑稽的四處奔走繞圈圈，似乎以此為樂，接下來它們安靜了好幾天，沒來叨擾母親，直到它們口中的饅頭變硬、粉碎、散落，再也含不住為止。

以後每次她做饅頭，它們都會聚過來討饅頭。

某個早晨，父親吃著饅頭配熱豆漿，一個口中塞了饅頭的泥娃娃走過去好奇的觀看，端詳父親咀嚼的動作，然後泥娃娃用手推擠口中饅頭，希望將它送進去，試了幾次不成功後，它走去找同伴，一起來觀察父親。

過了不久，母親注意到它們有小小的爭執，似乎對於吞不下饅頭覺得很沮喪。

母親也不留意，繼續忙她手上的活兒，一間老式的房子可是每天有很多瑣碎好忙碌的。不久，母親發覺父親也不在飯桌前了，桌上還留著半碗變冷的豆漿，還有一塊似是倉卒之中扔下的饅頭。

母親覺得有異，她呼喚父親的名字，卻沒人回應，她馬上快步搜尋父親，連廁所都找了，卻沒半點蹤影。

她教自己冷靜下來，站在她最常工作的廚房水槽前，那是她常常冥思的地方，接著她靈犀一閃，走到庭院去。

果然，父親躺在庭院草地上，頭頂頂住儲藏室半開的門，口中塞滿了饅頭，臉色發紫，雙目圓瞪，兩臂屈曲，兩手僵硬的逗留在空中，像要趕跑什麼似的。父親身邊，圍繞著泥娃娃們，它們好像有點不知所措，茫然的站在那邊。

媽跪在父親身邊，小心翼翼的從他口中挖出饅頭，一直到深入咽喉，取出最後一團發脹卡在深處的饅頭，然後才撥電給我，要我從公司趕回家。

我永遠不會忘記那一天。

我忙著聯絡葬儀社，打點後事，這才知道一個人去世會有這麼多需要處理的事。

我也不會忘記那晚回家後，發現母親又做好了一大堆饅頭。

我轉頭望了一眼家門，門後嘈鬧的正是殺死父親的兇手，它們到底在吵什麼？而今它們也想害死母親嗎？『媽，』我問她，『當妳發現爸時，那些……那些妖怪的嘴巴，也有饅頭嗎？』

母親疲倦的望我一眼，搖搖頭道：『我怕它們再作怪，所以做了更多饅頭，這樣它們又可以安靜好幾天了，這樣，它們才不會去傷害妳……』我點點頭，要母親別再多說，省些力氣。

所以母親才有後來的上海之旅，她大概想去尋找它們原本的身體，打算徹底的毀了它們。看護婦已經冷得受不了了，她身上僅披了件外套，哪抵得住這庭院的冰寒，她不停的發抖，看不出是害怕還是單純的怕冷，她能陪我們到此刻，我心中已然非常感激。她打個岔，建議我們回頭走出大門，去哪都好，那些東西，犯不著跟它們糾纏不清。

『妳們再等一下。』母親沉穩的說著，放在扶手上的手指不停的彈動，像在計算什麼似的，口中則喃喃道：『快結束了。』

母親的額頭冒出汗珠，數排汗水沿臉龐徐徐流下，她咬著牙，像在極力忍耐著劇痛。經驗豐富的看護婦很是眼尖，她連忙尋找嗎啡的注射按鈕。媽見了，趕忙搖手阻止看護婦：『不行！不行！妳會害慘我！』說著就要動手去搶。

『媽，妳不必忍痛的，』我也勸她，『至少不會……』我說不下去，我想說的是至少不會在死前忍受這麼多痛苦。

『至少什麼？』母親又慌又怒，生怕我們真的將按鈕接下去，她壓著看護婦的手，朝我圓瞪著眼，『妳知道我昨晚有多痛苦嗎？我為了保持清醒，為了保持我的神志，我不停的念佛，極力不讓嗎啡影響我的意識，當我可以控制自己之後，我就不停的跟妳說話，妳們以為嗎啡會減少我的痛苦，其實它令我神志不清、意識模糊，這樣子，我就會任它們擺佈，它們就會為所欲為……』

母親非常清醒，不像是迷糊下說的話。我忙問：『什麼為所欲為？它們想幹什麼？』

『它們想要妳死！』母親的眼睛爆紅，牙齒咬得格格作響，『它們要我跟它們走，它們以為，妳爸死了之後，我還不願跟它們走，是因為我還有妳這個女兒在，我怎麼解釋，它們都聽不明白，我告訴它們，事實是因為六十年還沒到，還沒到呀！』

我背脊發寒，全身寒毛豎立，不是因為庭院的寒風，而是從內心透出來的寒意。我想起了一件事：『媽，難道妳昨晚跟我說，有人跟妳約好，在家等了妳六十年，就是它們嗎？』

母親點點頭。

我抖著聲音問：『媽，妳跟它們到底約好了什麼呢？』

『約好了六十年後，我要跟它們在一起。』

它們大概聽見了這句話，於是門後方的聲音突然興奮起來，齊聲呼喚道：『秀玉……秀玉……』這次不像先前的淒厲，而是充滿了期待，是長久的等待終於要實現時的喜不自勝。

我提醒母親：『可是它們要找的人叫秀玉啊。』

『秀玉就是我，我就是秀玉。』母親在語中帶著濃得化不開的玄機。

我屏著呼吸：『我沒聽說過妳有這個名字。』

『我原本也不知道，直到它們告訴我。』

泥娃娃們千方百計要找到母親，一定有理由。

母親瞪著我，說：『妳外婆養的泥娃娃，其實不只六個。』

忽然之間，我猜到母親想說什麼，我不敢相信！不！我不能相信！

母親說：『還有第七個泥娃娃，乳名秀玉。』

說完，她鬆了一口氣，像是將聚積已久的濁氣一次吐出。

砰砰作響的大門，發出金屬的哀鳴聲，表面開始漸漸扭曲。

『妳外婆最喜歡我，要我當她女兒。』母親繼續說。

在泥娃娃重新出現之後，某夜在夢中，母親忽然憶起了一件事，一件深潛在她意念中從未被認真對待過的記憶。

她想起外婆捧著名叫秀玉的女泥娃娃，用手指逗弄她紅冬冬的圓臉：『秀玉呀秀玉，我有個像妳這般可愛的女兒就好了，妳想不想當我女兒呀？』

她想起跟『它們』道別時的情境。

『妳要去當人了，好好哦。別忘了我們哦。』

『以後我們還是一起玩好不好？』

當時秀玉說：『我答應，一甲子以後，等我老了，我再跟你們在一起。』

我腦袋一片空白，說不出半個字。

太荒謬了。我告訴自己。

母親說完之後，直愣愣瞪著大門，被癌症折磨得乾瘦的她，一雙明亮的眸子在烏沉深陷的眼窩中分外清澈，眼神中不再帶有懼意，而是終於將一切交代完之後的鬆懈感，我隨著她的視線轉眼望去大門，這才發覺門後不知何時沉默了，整片庭院安靜得很。

我毛骨悚然，感到整個背部忽然麻痺了，就如每一次颱風肆虐前的寧靜，在靜謐中醞釀著殺戮的能量。

砰的一聲，大門猛然撞開，門後漆黑一片，那片漆黑彷彿毛茸茸的生物，正側身在門後張牙舞爪，冷風穿過玄關呼嘯而出，許許多多腳步聲奔跑出來，如浪濤般洶湧而來。

風聲依然在呼喚：『秀玉……秀玉……』它們的聲音像快樂的小孩，一心一意要邀好朋友一同去玩耍，音聲陰森卻帶著無邪的天真。

門後吹來的風拂過我身邊，那風又渾又重，像一道沉沉的冰河流過，它吹過母親的輪椅，母親慘叫一聲，拉長青筋暴浮的脖子，整個頭重重撞去後方，她仰首發出咕嚕咕嚕的聲音，像拚命的在漱口。

『媽！』我無助的高聲大喊，向看護婦求救。

看護婦趕忙拿來氧氣罩，被母親一手格開，她拒絕被救援。

我忽然想起母親的念珠，她曾經說過無數次，將來要念佛往生西方極樂，往生最重要的是臨終前的最後一念，所以屆時要不停念佛，這時我才注意到母親由始至終沒拿過佛珠，昨晚在她手上的那一串星月菩提念珠也不知所蹤。

她在輪椅上痛苦的拉直全身，兩手像雞爪般屈起，喉頭不停發出咕咕聲，兩眼忽然翻白，眼珠子像乒乓球般在眼眶中不住抖動。

『媽，念佛！媽，念佛！』我在她耳際大喊，提醒她。

她吃力的舉起手，奮力搖擺，口中好不容易擠出幾個字：『不，不……跟它們走，跟它們走……』

我熱淚盈眶，我明白她的心意，母親要跟它們走，不去西方極樂世界了，因為她對我放不下心，她擔心它們會對我不利。她要回到家中，娓娓道出整件事的來龍去脈，與其說是要講給我聽，不如說是為了讓泥娃娃們瞭解她的想法，希望它們放過我！

我還來不及為母親做什麼，她已經斷了氣。

她吐盡體內所有的空氣，彷彿在輪椅上定格了。

她全身僵直，兩腿伸直，眼睛瞇成一線，紅唇嘟成圓形，臉龐脹得紅冬冬的。

就像一尊泥娃娃。

看護婦嚇得坐在地面，她從沒見過這種場面，不禁驚怕得兩眼發直。不行！我不能也慌了手腳，我咬咬牙，用手背擦一擦淚水，離開母親，奔到大門前面去看。客廳內一如昨晚，桌椅沒有紊亂，沙發也沒有移位，我昨晚順手扔在飯桌上的信件仍然留在原位，方才的吵鬧和騷動像是從未發生過一樣。

我趕忙抹去臉上的淚水，母親說過人死不可以哭的，否則會不願意離開自己的身體，變成守屍鬼，何況我現在還有遠比哭泣更重要的事情。

我轉身跑向庭院的儲藏室，那裏的老鼠在它們來了之後消失，半夜的庭院常有怪聲，而且父親就是暴斃在儲藏室前方的！我剛才早就在猜疑了，只悔恨沒早一步跑過來！我扯開儲藏室的門，長期遭到日曬雨淋的鐵門發出尖叫聲，像是在抗議我的騷擾。我將儲藏室內的掃把、畚箕、地毯、花圃工具等等一件件扔出，直到將儲藏室掏空，找不到！我還踮起腳尖去摸上方，看看在邊緣的狹溝裏有沒有藏了些什麼，還是找不到！

我找不到泥娃娃！

它們一定在這裏！它們一定是已經過來了！所以它們不會在上海！

天色越來越暗，庭院裏的寒意迅速褪去，空氣變得越來越暖和，台北的春天向來就不冷，這表示庭院內的氣溫正漸漸回復原本的狀況了，這表示泥娃娃們也正在離開嗎？

『你們在哪裏？』我低聲問著，在問對方，也在問自己，就像小時候在玩捉迷藏。

我要找到它們，找到它們就是找到母親，留在輪椅上的只是母親的軀殼，真正的母親已經被它們帶走了。

『喂……喂……你們在哪裏？』

氣溫已經完全回復春天的暖意，我的淚水也止不了溢出。

我轉頭望向母親，從儲藏室望過去只能看到輪椅後緣，看到母親的脖子直挺挺的，很難想像不過一分鐘之前她仍活著，我左顧右盼，卻沒看到看護婦，她該不會逃跑了吧？

後來我才知道，當時看護婦走進家裏撥電請救護車過來。她一定是鼓起了很大勇氣才敢走進家裏，因為房子裏頭很可能躲了方才還在喧囂不已的妖物。

我繼續翻找儲藏室，將它木製的牆壁用力扳開，查看儲藏室後方，挖掘下方的泥土，直到天色完全暗下，救護車的笛聲遙遙傳來時，我才驚覺我讓母親孤零零的坐在輪椅上好久了，而我竟兀自在這兒弄得自己狼狽不堪。

我坐進救護車，陪伴母親的身體去醫院，整個心不知懸掛在何處，浮沉在虛空中兜圈子，我失焦的眼睛呆望母親詭異的遺容，心中有很多雜念翻滾，卻說不出半個字。

忽然間，我起了一個念頭。

泥娃娃是泥土，庭院是一大片泥土地上長滿了細草，我怎麼可能在大片泥土中尋找泥土呢？

那一晚，我直到半夜才回到家門，過度饑餓的胃囊抽搐著，腦袋瓜依然空空洞洞，直到看見大門外貼了張留言便條，心中才有些踏實。便條是姊姊留的，她從美國趕回來聯絡不上我，暫住在附近旅館，便條上寫了電話號碼和房號，她說會在房中一直等到我去找她。

我沒進家門，直接到旅館去找姊，跟她住了一晚，將整件事傾吐給她聽。

姊聽了之後，只淡淡的點了點頭。

『姊，妳不相信嗎？』

她無言了一陣，說：『明天一大早，我們回家。』

這一夜，我在不安中睡得很香很安穩，因為我並不是孤獨一人睡在偌大的宅院中，擔憂著泥娃娃，我身邊還有自小陪伴我、常常爭玩具、一起去上學的大姊，令我著實安心不少。

次日一早，我和姊回家，打開大門，庭院中濺滿陽光，空氣清新，一點也沒有昨天的陰沉。

姊走在我前頭進了房子，直接走到母親的寢室去。

母親的寢室是一個我很少會去的地方，那裏是我心目中的禁地，是一處我無論如何都沒想過要進去的地方，而現在的確是應該整理母親遺物的時候了。

但是，姊姊卻推來一張椅子，站上去蹬高了腳，抬頭探望衣櫃上方，然後向我招手：『妳也搬一張椅子來。』

我覺得心跳加重，重得連呼吸都覺得有些困難了。

衣櫃上排了一整列小巧的泥娃娃，每一個都可以完全放在手掌心裏。它們殘舊不堪，五官不清，四肢不全，紅肚兜剝落，連外表的奶白色底漆都脫落了，露出土黃色的泥胚，在頭部還鑿了個裂孔，我仔細一瞧，裂孔中還殘留有乾硬的麵塊。

數一數，共有七個泥娃娃。

只有一個泥娃娃的頭部沒有裂孔，但看起來最老舊，底色顏料幾乎脫盡，它的頭比其他的來得大，尤其臉部特別膨膨的，看來原本應該有一副紅冬冬的笑臉。

『我上次回來替媽媽打掃房間時就看到了。』姊說。

上次？上次是什麼時候？我想起來，是父親剛過世那一段時日……泥娃娃們安靜的聚在一起，看起來非常享受它們共處的時光，我幾乎可以感受到它們的滿足和快樂，那段歡樂時光像是停頓在母親寢室的衣櫃上方，很久很久都不會再流動。

我知道不會直到永遠，但會到很久很久很久。

四季台北／夏

超級瑪莉

人影是從瓦礫之間冒出來的，
更正確的說是像擠牙膏一樣
從縫隙間擠出來的，
人影飄過她眼前，
像絲綢般滑過水泥碎塊的粗糙表面……

上午十一時五十三分，天搖地動前一分鐘，瑪莉正在六樓通往五樓的樓梯間，準備將打掃工具收拾到底層的儲藏室去。

有一部分的上班族正打算提早開溜，有的焦慮的頻頻看錶，擔心趕不上中午的約會，有的在偷傳手機訊息，有的已經溜進電梯，按下了通往底層的按鈕。

南投附近的震央傳出強烈縱波，推歪了這棟大樓十年前偷工減料的地基，扭斷了鋼筋鐵罐水泥的支柱，扯裂了鋼筋紙板水泥的外牆和地板，於是整棟大樓下陷，四樓變成一樓，四樓以下像砸扁的三明治，將地下停車場的房車全都壓成廢鐵，包括一輛前幾天剛出貨、貸款還沒繳清的賓士車，買主是七樓電子公司的新貴總裁，他剛在電梯中跟其他幾個上班族一起被壓成肉醬。

上午十一時五十四分，地震十秒後，瑪莉被壓在破瓦碎礫之下，由於地震前那一分鐘，她臨時起意想喝杯水，於是將工具擺在樓梯間，打開五樓的門，拿了保特瓶到廁所旁邊的飲水機去裝水。五樓有新遷入的辦公室，負責人還沒帶鑰匙來開門，飲水機旁堆放了幾張辦公桌椅，搬運工人剛下樓去找人，所以這幾張辦公桌幫她擋住了倒下的牆，雖然桌子的金屬支架嚴重扭曲，依然為她保留了不少空隙。

中午，外頭炎陽正熾，瓦礫下的瑪莉卻覺得寒冷無比。

飲水機的水管破了，她的衣服泡濕了水，將她體表的體溫迅速奪去，而且她的肚子好餓，早餐只不過是來上班前買的一個糯米飯糰，在經過一個上午的辛勞工作之後，早已化為汗水。

一切來得過於突然，她還沒回神弄清楚發生了什麼事，只感覺到下半身無法動彈，也不知道自己有沒有受傷流血，只是覺得好累好累，力量正一點一點自身體流失。

此時她腦中只有一個念頭：『我不要死！』

萬千個畫面忽然從她腦中迸出，過往的回憶如走馬燈掠過眼前。

話說回來，瑪莉也沒什麼特別值得回憶的事情。

不過有一點無可否認的是：瑪莉很厲害。

瑪莉很厲害！

她凌晨起床，為孩子和老公準備早餐。

然後她到四十分鐘車程外的辦公大樓上班，六點半打卡，在八點鐘公司上班以前將幾層樓打掃一番，如此不斷的掃地、拖地、抹窗、抹這抹那等等。

傍晚回家，她還得去買菜，回了家再洗菜、切菜、洗米、燒飯、煮菜、吃飯、收拾、洗碗、打掃家裏、洗衣，往往到了午夜才有機會將自己梳洗一番，還要看老公睡前有沒有需求，她才有機會就寢。

所以說瑪莉很厲害。

瑪莉，四十歲。

十二年求學成績平平，在班上從不受人注意，生平無特殊愛好，高中畢業後打了幾年工，有人追求，所以嫁了，嫁了，所以生小孩，帶小孩很忙，待孩子上學了，家中收入不足，所以再去工作。

目前職業是清潔婦。

瑪莉是她為自己取的洋名字，她夢想有朝一日能去美國，過美國人的生活，所以她覺得最最基本的，該讓自己先有個洋名，至少先沾點邊。

瑪莉最自豪的，是最小的兒子上學期英文考了七十二分，她覺得最可能圓她美國夢的，是小兒子。

為此，她工作更加辛勤了，還考慮晚上要不要去便利商店還是快餐店兼差。

瑪莉告訴小兒子：『你以後去了美國，一定要接媽過去住哦。』

小兒子不睬她，他覺得老媽很土很俗氣，小聲嘟囔道：『我如果去美國，絕對不會帶妳過去。』

其實瑪莉聽到了，她告訴自己不要傷心，因為兒子正值叛逆期，會這樣說話是很自然的。

以上就是瑪莉全部的日常回憶。

她在破牆之下奄奄一息，事實上，她不只被牆壁壓到，地震時整個地板下陷，她隨著整堆碎石往下掉，等於掉落了三層樓，雖然不是垂直掉落，其間有不少次還撞到其他東西減緩了速度，她的內臟依然受到了撞擊，說不定會內出血，如果這樣，她就真的離死期不遠了。

內出血跟外出血一樣是出血，除非吐血，否則在外表看不到有血，但內臟破裂的血液會流進腹腔，一樣會造成缺血性休克，然後表皮下會顯現大量瘀血，看起來會青青的東一塊、西一塊。

四周靜得很，瑪莉聽不見平日空調、汽車、機車的吵雜聲，她睜開眼，看見微弱光線自碎石縫隙中穿入，餘震未歇，碎石沙子還在撒落，幾粒沙子摻進眼中，手又被壓住伸不出來擦走沙子，令她眼淚直流，只看得見一些模糊的影子。

迷糊中，她看見幾條人影。

『太好了，有救了……』

但她馬上又察覺不對，那幾條人影飄忽不定，走過眼前卻沒發出一絲聲息，沒踩在瓦礫上的聲音，甚至連呼吸聲也闕如。

她努力想伸出右臂，右手被壓著，但仍有扭轉空間，她將手臂轉動，移了移腰，好不容易伸出半個手掌，她低下頭湊近手指，輕輕挑走眼角的沙子。在眼角餘光窺見的前方，她看見了，人影是從瓦礫之間冒出來的，更正確的說是像擠牙膏一樣從縫隙間擠出來的，人影飄過她眼前，像絲綢般滑過水泥碎塊的粗糙表面，有的往上飄去，有的像污水般沿水泥塊邊緣流下去。

瑪莉忽然明白自己遇上什麼事了。

那些是新鮮脫離軀殼的神識，正迷迷糊糊的不知何去何從，只能隨波逐流。他們大部分在幾分鐘前正好饑腸轆轆，最後的記憶中盡是吃的慾望，只想湧向平日吃午餐的地方，這就是為什麼幾分鐘後，附近那家他們常去光顧的簡餐店老闆忽然間嚴重頭暈，結果倒地後送院住了三天。

瑪莉感到十分無助，有人會知道她在這裏嗎？她又在哪裏？她驚惶的想轉頭四顧，但頭被卡住，轉不了多少，突然，她感到頭一鬆，整個頭脫出束縛，身體離開了瓦礫，她還來不及高興，低頭一瞧，卻看見瓦礫中躺了一個婦女，婦女頭上的髮夾她認得，那是她自己。

『我不要……』她快哭出來了。

她還沒準備要死，她還沒去過美國。

這時候，她又想起了家人，他們是她生命中重要的人，雖然他們根本不在乎她的存在。

瑪莉在家中得不到尊重。

大兒子當她是廚子和洗衣機。

女兒認為她很煩人，在朋友面前很沒面子。

小兒子覺得她樣子很老殘，像幫傭多過像媽媽。

老公除了當她是廚子和洗衣機之外，還抱怨她不會打扮，而且在床上也令他很沒趣。

我說過瑪莉很厲害。

她不以為意，依然盡心盡力為家人打理一切，因為她從小就認為，當一個好女人就應該要這樣。

可是瑪莉再怎麼厲害，蠟燭多頭燒總不是辦法。

在兩個月前的一次早晨打掃時，疲勞過度的瑪莉暈倒了。

在她搬著打掃工具爬樓梯時，忽然覺得腦袋瓜朦朧一片，兩眼失焦，小腿酥軟，整個人倒在樓梯間轉角。當時還沒到上班時間，另一位清潔工也還在另一個樓梯間打掃，即使是上班時間，大家也搭電梯，少走樓梯，因此沒人會發現暈倒的瑪莉。

瑪莉醒過來時，第一個念頭是預計的工作尚未完成，她趕忙看手錶，然後一邊喊糟糕一邊繼續工作。或許是因為這一暈倒半個小時，讓她得以休息了一會，所以覺得精神好多了。

她不知道，她剛剛在鬼門關口打轉了一趟。

她更不知道，她其實是被救醒的。

她沒將暈倒這件事告訴任何人。

她習慣將不順利的事吞進肚子，因為其實也沒人可以傾訴心事，以前她在班上像透明人，現在老公和兒女又都嫌她煩。所以其實她也覺得沒什麼不順利的，正如一個常常跌倒受傷的人，久而久之會覺得跌倒像走路一樣正常。

但她也不知道，自從那次暈倒之後，她的生活已經產生了某種變化。

她的工作變得不太順利。

有時候，當她在拖地時，會發現身邊的水桶突然不見了。

有時候，當她在抹窗時，會發現剛才扔到水桶中的抹布轉眼不見了。

剛開始，她還在想是不是人家講的老年痴呆症啦，因為那些不見了的東西總是會在樓梯間找到。

漸漸的，向來神經粗大的她也覺得不對勁了。

首先，有時候，當她在工具間窄小的角落吃豬排便當時，會發現便當內多了一塊豬排，她以為是賣便當的給她加菜，直到她的另一位同事抱怨最近便當總是沒有豬排，明明買的時候還有的。

她那位同事姓莊，年紀比她大了十年，所以叫她莊媽媽。莊媽媽會熱心的替她買便當，她不知道其實莊媽媽過去老是偷偷將便當中的菜移了一些過去，這就是為什麼瑪莉吃的使當總是飯多菜少，自從瑪莉暈倒過後，便當中的菜就回來了，不僅回來，還多了一點。

起初莊媽媽以為錯把自己的便當給了瑪莉，有一次她甚至事前打開、再三確認後才遞給瑪莉，便當中的菜餚照少不誤。莊媽媽抱怨菜少了，瑪莉會夾回一些給她，可是莊媽媽不敢要。

『有鬼。』這是莊媽媽暗地裏的結論。

瑪莉也覺得有問題。

她到廟裏求了個護身符，讓她在清晨獨自打掃時壯些膽子，聽她家樓下的慈濟師姊說《心經》很靈，而且只有兩百六十個字很容易背，於是她又背下了《心經》，一邊打掃一邊背誦，果真也少了孤單一人時的毛髮聳然。

瑪莉拒絕相信有鬼，雖然她其實也這麼認為。

可是現在，莫非她也變成鬼了？

她浮在半空，腳不著地，她試著跺一跺腳，卻感覺不到半點肌肉收縮和關節扭動的存在感，她也感覺不到自己的體溫，甚至找不到自己的身體。

她想背誦《心經》，卻怎樣也想不起來，想不起來有個菩薩，想不起她平日很喜歡那段很多『無』的經文，只記得有個『心』字，連『經』也忘了。

瑪莉欲哭無淚，她茫然不知如何是好的同時，發現瓦礫堆上坐了一個男子。

那個人很隨性的坐在一塊原本是牆壁的水泥塊上，水泥塊上還有個大大的金色塑膠字『鑫』，原本是七樓電子公司大門旁貼著的招牌。那個人在那個大字上數了數，口中呢喃道：『三個。』然後抬頭望瑪莉。

瑪莉非常吃驚，那人居然可以看到她！

那人一身乾乾淨淨的，不像是剛從地震中倖存的人，只不過他面色枯黃，雙頰凹陷，兩眼像是過勞似的墮入藍黑色眼眶中，他衣服樣式老舊，像是二十年前就不再有人穿的中山裝，而且還印滿了過時土氣的花樣。

瑪莉記得她在哪裏見過這種衣服。

在她幾天前買來準備要在清明燒給過世的公婆的那堆冥幣、金紙之中，就有這款紙衣。

不管怎樣，總之那人看得到她，她需要他的幫忙，至少傳句話給她老公。

『我需要妳的幫忙。』

她楞了一下，這句話不是她說的，是那人說的。

那男子站起來，向她招招手：『妳先過來這邊好了。』

『你……你是誰？』瑪莉結結巴巴的問。

那男子也有點錯愕：『妳忘記我啦？』

瑪莉猛搖頭：『我不認識你。』

『那次妳在樓梯暈倒，記得嗎？』

『記得。』

『那時候我告訴過妳，記得嗎？』

『什麼那時候？你別亂說，我老公會生氣的。』

男子懊惱的垂下頭，思索了一會，才說：『總之，妳可以過來幫我一個忙嗎？』

瑪莉對這名陌生男子還是感到不安，她語帶防備的問：『幫什麼？』

『幫我把他拉出來。』男子指向壓在磚塊下的人，那人臉孔朝下，也不知是死是活。

瑪莉心中念頭才一動，就已經來到男子身邊，伸手要拉磚塊下的人。

忽然，她覺得不妥：『為什麼你不幫忙？』那男子背著手，一點也沒打算幫忙的樣子。

男子嘆了口氣：『我不能幫……』

『為什麼？』

『我真的告訴過妳……』男子大大的嘆了口氣，彎腰伸出兩手，然後回頭向瑪莉說，『妳看清楚了。』

他緩緩移近那人，很不情願的碰了那人一下，指尖馬上冒出青煙，他趕忙縮回手，整張臉變得更加慘白，眼珠子像脫線一般打滾了一陣子才止住，他將手湊近瑪莉，給她瞧瞧焦黑潰爛的指尖，爛肉還在冒著煙。

瑪莉嚇傻了眼，半晌才問：『痛嗎？』

『非常痛……』男子將手伸入腰間的衣袋，用另一手不停去平撫它，『所以，請妳千萬幫忙，不然會太遲了。』

瑪莉楞楞的點頭，蝦腰去拉扯磚塊下的人，僅輕輕一拉，就將那人抽了出來。不，不對，她拉出來的是一個人的形體沒錯，可是很快就在她手中崩解，變成一團黑霧似的膠狀物，鬆膨膨、輕浮浮的握不實。

瑪莉吃驚得合不攏嘴，極力想抓緊它，但那團黑膠依然從她手中流走，墮到地上，鬆軟的彈動了一下，然後又高高的浮起，像是企圖站穩的斷線傀儡，失去了骨骼、肌肉和關節的束縛，一時還不知該如何站穩才好。

『我……我……』瑪莉驚訝的指著那團黑膠，向男子結結巴巴的說。

男子微微點頭。

『我殺了他！』

男子猛搖頭，口中說：『不，不……』

『我以為你叫我救他，可是我殺了他！』

『不對，妳幫了他，』男子說，『妳看看周圍，他們都順利脫殼了。』他攤開兩手，示意瑪莉瞧看四周許多飄飄蕩蕩黑霧樣的人形，『可是有些人脫不掉，如果妳不幫忙，他們會一直在這邊徘徊打轉，最後會爛掉消失的。』

『我殺了他！』瑪莉不能接受，不停責備自己。

『請相信我，他們不可能再活著，妳幫了個大忙，而且還有很多需要妳幫忙。』

那團黑膠在瑪莉面前轉了幾圈之後，慢慢流入碎石磚塊之間的空隙，像灌入地底的養分一般，最後流得一點也不剩。

『他去了哪裏？』瑪莉驚道。

『去他該去的地方。』

男子沒再多說，他移到另一個地方，指著一堆破牆和鋼筋：『這下面有一個。』

瑪莉遲疑了一會兒才移過去，將手伸到破牆下方，摸到一團軟軟的東西，將它一把拉出。

所謂一次生、兩次熟，瑪莉的動作越來越熟練，她依照男子的指示，將黑霧狀的人形一個個拉出，看著他們有流到地底的，少數往上升去的，其餘大多都是被風一吹，不知飄往何方去的。

在台北盆地悶熱的空氣中，瑪莉不知已經拉出了多少人的黑膠，卻一點汗也沒流，身體只覺涼涼的，她想平常工作能這樣子多好哇，這樣她就可以早點完成工作進度，到儲藏室角落去打個盹了。

可是眼前的這個工作，她不知道進度，不知道有沒有薪水，也不知道她到底在幫什麼忙。

『喂。』她又拉出一團黑膠之後，對那男子吆道，『請你告訴我，為什麼是我一個人在忙？你難道什麼都不做嗎？』

『我？有哇，我負責告訴妳那些人在哪裏呀。』男子環顧一圈，點頭說，『這一區清空了，我們下去。』

『下去哪裏？』瑪莉警戒的說。

『給我。』男子伸出手，要瑪莉拉住，瑪莉伸手過去，摸到一隻寒冰似的手掌，她想退縮，但男子握緊她，將她拉向瓦礫之中。

瑪莉感到身體沉入碎瓦破磚，她猛然想起身體還被壓在瓦礫下，不禁急得大叫：『等等，我的身體！』

『不急，不急。』男子喃喃道，不理會她的慌張，硬把她拉下去。

瑪莉完全沉進瓦礫之中，那裏光線稀薄，但完全不妨礙視物，她能完全看清楚碎石中的屍體，有的已經是空殼，有的還有黑霧在屍體表面抖動。

瑪莉伸手要去幫它脫出來，但被男子拉了一把，鑽向廢墟的更深處去。

『我們還有更艱難的工作。』男子說著，在一個地方停步。

那是一個被壓扁了的大鐵箱，它原本是個電梯，它扭曲洞開的兩扇門之間正流出一大攤混濁的液體，在上方沉重的擠壓下，還不停在溢出液體。

如果瑪莉此時有鼻子的話，她一定會聞到鐵鏽般的腥臭血味，有如濃縮未還原的番茄汁（其實主要成分是金瓜），還會聞到從大小腸擠出來的漿汁，氣味關乎那人昨晚吃了些什麼，鐵箱裏有三位昨晚為便秘所苦且今早仍脹著小腹來上班的人，他們的比較乾硬。

事實上，這裏頭還有五位（跟前述便秘者有重複）糖尿病患或潛在的未來（哦，沒有未來了）患者，包括那位剛買新賓士車的電子新貴總裁，他們的液體不久就會吸引大批地底的蟻群出動，為牠們的地下王國增添不少能量。

『請妳幫忙，』男子朝電梯揚揚手，『提醒妳，這個有點困難。』

瑪莉深吸一口氣，將兩隻因經年工作而粗大的雙臂伸進去，透過一堆堆肉碎和骨塊，摸到一團鬆軟的黑膠，她一拉，竟被扯住，拉不出來。

『怎麼回事？』她問男子。

『或許，妳需要用點力氣。』

她奮力一拉，好不容易拉了一點出來，卻發覺後頭扯住了好大一團，她摸到許多扭動不停糾纏不休的東西，像布丁一般軟綿綿又黏膩膩的，她再加把勁，終於拉出了一團東西，這才看到好幾個糾結在一起的黑膠，要不是有些揮動的黑膠仍有手臂的外形，瑪莉根本看不出人形。

男子說：『麻煩妳把他們分開。』

不需男子吩咐，瑪莉已經在試圖找出打結的位置。

多年來的埋頭苦幹，令瑪莉培養了一股幹勁，就是一旦啟動了工作，她就會不眠不休、不飲不食，直到預訂的進度完成為止，而且還常常完成額外的工作，令莊媽媽常常有機會偷閒。

瑪莉東拉西扯，將一團黑膠分離了出來，往旁一放，黑膠先是懵懵懂懂，漸漸才出現人形，然後又忽然崩解成液狀，像變形蟲一樣緩緩蠕動。

正當瑪莉要分開另一團黑膠的當兒，那團糾結的黑膠中忽然伸出一隻手，將她緊緊抓住。瑪莉尖叫了一聲，轉眼望向男子，黑膠中隨即傳出一聲低吼聲，接著像背書一般呢喃：『三十歲前要賺到一千萬，三十五歲前要股票上市，四十歲前要跟一百個女人上床，四十五歲前……』

『放手！你這色鬼！』瑪莉怒聲罵道，用力去拍打他。

『我不甘心，我不甘心，我不甘心……』

瑪莉轉頭向那男子：『你！不知什麼名字！倒是想想辦法呀！』

男子聳聳肩：『如果有辦法，我就不需要妳的幫忙了。』

瑪莉啐道：『你這沒用的男人！』轉頭用力拍打那隻抓住她的手臂：『你也是！死就死了！不甘心又怎樣？我都還沒去美國呢！』說著說著，瑪莉竟也想要哭起來了。

她不理會那隻抓她的手，也不理那煩人的背書聲，趕忙快刀斬亂麻的將那一團團黑膠分離，漸漸的，黑膠團越來越容易分離，一個個脫離流走，最後只剩下一個人形，依然伸著手緊抓瑪莉。

那人形左顧右盼了一會，忽然崩解，化成水似的一攤黑汁，背書的呢喃聲仍在繼續，但隨著滲入地底而越加小聲，很快它被地面吸乾，四周馬上陷入了沉靜。

瑪莉鬆了一口氣之後，才轉身問那男人：『你剛才不敢碰，是怕被燙傷嗎？』

男子點點頭：『病死的、老死的人，一般上比較輕，因為即使有所不甘，也早有心理準備了，可是暴死的人通常比較烈，越不甘心的越烈，像剛才那一位，對我們來說，是根本碰不得的。』

『你們？你們是誰？』

『押司，你們一般上稱我們是無常。』

瑪莉楞楞的瞪住那人的眼睛，良久才說：『無常不是專門勾魂的嗎？』

『呃……原則上來說，是的。』

『連你也碰不得，還要找我幫忙，那還要你們來做什麼？』

男子（無常）有點難堪：『這麼多年來，我們都是這麼做的，據說當年曹操死的時候，氣勢很大，我們請了十個陽人才成功幫他脫殼。』

『什麼是陽人？』

『還沒死的人，還沒死的人陽氣猶盛，不怕那些剛烈的……』

瑪莉搶著問：『所以我還沒死？』

『沒錯。』無常咬了咬唇，才繼續說：『可是我不知道妳等下會不會死。』

瑪莉惱火了：『那為什麼你在旁邊乾等，不願意幫我？』

『我正在幫妳。』無常直瞪她的眼睛，表情十分認真，像是要從她眼中挖出些什麼似的。

瑪莉有點害怕，畢竟對方聲稱自己是無常，聽說凡是人死一定會先見到無常的，可見無常是不可得罪的。

可是眼前這位無常說話挺和善的，雖然瑪莉搞不懂他的意思，她壯起膽子，問一件他剛才提起的事：『你剛才說，我在樓梯暈倒的時候，你見過我？』

『妳想起來啦？』無常面露喜色，乾瘦的臉龐笑起來像一片老舊的面具。

瑪莉搖搖頭，無常又失望的垂下頭去。

『你還說那時候，你跟我提過什麼？』

無常揮揮手，說：『現在沒時間多談這些了，我們應該上去了。』

『好，我們一邊走一邊講。』

『沒時間。』無常大步走開，在破牆碎石上輕輕一級級朝上蹦跳。

瑪莉追上去：『你不要逃避問題！』

『我沒騙妳，』無常頭也不回，『我在倒數，四十五、四十四、四十三……』

『數什麼？』

『快點跟上來，四十、三十九、三十八……』

瑪莉快步追過去，她跟著無常一跳，穿過一塊一寸厚的鋼筋水泥，重新回到陽光下。

他們在廢墟上穿梭，轉過一片歪斜的高牆之後，瑪莉見到有個男人被壓住下半身，奄奄一息的他表情痛苦，努力想將自己拉出來，卻怎麼也移動不了。他整潔的襯衫雖然被沾污了，細心打理過的頭髮雖然亂掉了，卻怎麼也遮不掉他俊俏的面貌。

無常告訴瑪莉：『他是台大高材生，拿過幾次書卷獎，留美雙碩士，又是柏克萊博士，受高薪僱請回國，上個月剛來這裏上班。』

瑪莉不禁心想，這麼厲害的人，又是大帥哥，這次能夠大難不死，必有後福，在電影還是電視裏面，帥哥不總是活到最後的嗎？

遠處，救護車和消防車的聲音傳來，兩道警鳴聲交錯著合奏，兩車越是接近，聲音越是尖銳，瑪莉慌張的四顧，尋找救護車的蹤影，她希望這男人能獲救，否則他過去的努力和輝煌不就白費了嗎？當然她也希望自己能獲救，即使她的過去根本不值一提，充其量只會包含在今天刊在晚報的傷亡數字之內。

『十二、十一、十、九……』

『你還在倒數呀？』

『六、五……』無常點點頭。

『倒數什麼？』

『二、一。餘震。』

廢墟下方轟隆一聲，整個廢墟馬上下陷，瑪莉大吃一驚，她聽到下方有慘叫聲，忙問：

『下面還有人活著？』

『剛才。』無常糾正她說，『妳看。』他指指前方。

他們剛才繞過的那片高牆被餘震搖了幾下，正慢慢的越來越傾斜，瑪莉馬上瞭解是怎麼回事，她下意識的衝過去，意圖擋著那面牆，高牆加速倒下，她的身體穿過牆，眼睜睜看著牆仆倒，將下方的俊男博士壓扁，一粒眼珠子和著腦漿從牆下彈出，滾到一旁去。

瑪莉欲哭無淚，看著一個那麼漂亮的事物被活生生擠碎，她完全不能做什麼，於是將怒氣轉嫁到無常身上：『你明明知道它會發生的！』

無常聳聳肩：『我只知道一部分。』

『可是你卻什麼也不做！』

『妳明明知道，我什麼也做不了。』

他說得沒錯，瑪莉氣餒的坐下來，消沉的垂下頭。

無常走過來，不知從哪兒弄來一本簿子，攤開在手上：『這上面寫滿這次要脫殼的人，可是妳看。』瑪莉抬起頭，可是無常只讓她遠遠看。

簿子上有很多字，可是那些字並不是固定不動的，仔細一瞧，它們正在緩慢的變化，如散雲在空中不住的湧動。

『一切都是定數，』無常說，『可是定數會因為係數改變而改變。』

係數？對瑪莉而言，這個似曾相識的名詞早在八百年前就還給老師了。

『比如說，』無常又說，『在剛才的餘震之前，有好幾個人的名字，都還不一定會顯在這上面。』

『我的呢？』瑪莉忽然問道。

無常頓了頓，說：『我還不敢說。』隨即合起簿子，不知又將簿子收到哪去了。

他走向瑪莉，蹲下身子，去摸一摸那具曾經俊美的屍體，輕輕一挑，拉出一段黑霧似的膠狀物，轉頭對瑪莉說：『我以前當人的時候，摔碎過一個唐朝的花瓶，心痛了好久。』

瑪莉冷冷的不看他。

『後來我才發覺，花瓶摔碎之後，掃到院子裏，也只不過是泥土。』他不理會瑪莉的冷漠，將整團黑膠抽出來，黑膠有些驚惶失措，兀自彈動不已。

無常抓住黑膠，不令它滑下來：『妳也知道，我的工作是幫忙帶走死人的神識，我救不了人，因為我也碰不到他們的肉體。』

瑪莉終於說話了，語氣中帶有驚奇：『你不怕碰他？』

無常咧嘴一笑：『妳以為讀書厲害的人，氣勢一定很強嗎？那是兩回事。』

瑪莉憂傷的看著那團黑膠，想著無論多麼優秀的人，死了也不過如此。

『現在，我要遵守諾言，完成應承過妳的事了。』

瑪莉聽了，疑惑的看著無常。

『哎喲，那不是誰嗎？』無常忽然指向瑪莉後方。

單純的瑪莉即刻回頭，冷不防無常衝過來，一手從後面抱住她，另一手將一小團黑膠塞入她口中。她拚命掙扎，可無常不放手，他緊壓她的腹部，硬生生令她吞下那團黑膠。

瑪莉掙脫他，跑到幾步之外，不停咳嗽，意圖將東西咳出來。

『不必咳了，』無常拍拍手掌說，『妳現在不是人，沒有氣管也沒有肺部，妳以為有，因為一切唯心所造，所以不必咳了。』

她渾身不對勁，像冬天的瓦斯熱水器，瓦斯時斷時續，熱水時有時無，洗起澡來就是越洗越煩。『你做了什麼？』她又咳了幾下。

『諾言，妳暈倒那次，我答應過妳的。』

瑪莉說不出話了，那團黑膠正在融進她之中，加速成為她的一部分。

她想開口罵無常，喉頭有一堆字爭著要出來，卻結結巴巴的，一個字也說不出口。

黑膠完全消融了，成為阿賴耶識的一部分，永遠不再消失。

瑪莉喘著氣，她感覺到自己煥然一新，身體之中多了一樣過去從來不曾有的東西，卻又說不出是什麼東西。

『你……到底給我吃了什麼？』

無常沒打算回答，他只是滿意的點點頭，然後將手放開，放走他手中那團一分鐘前曾經以留美博士身分活著的黑膠，此刻則隨業風吹拂，飄蕩而去。

餘震過後，更多的黑霧從廢墟之下冒出，凝聚成團團膠狀物，在廢墟上拖行游蕩。

他們身邊不時經過人形的黑霧，大多數都好像不知道何去何從，在十二點十五分陽光的照射之下，形體時而崩解，時而凝聚，努力的堅持生前該有的形狀。

朦朧中，有一團蹣跚的走近他們，在迫近他們時，黑霧驟現人形，一張黑蒙蒙的臉忽然現出人臉，身體也穿透黑霧迸現。

瑪莉大吃一驚，眼前的人是莊媽媽，她一臉驚魂未定，張大嘴望著瑪莉：『午餐怎麼辦？午餐怎麼辦？我還沒去買……』一手展開手掌，伸向瑪莉。

瑪莉低頭看，見莊媽媽手上是兩張紅色的紙幣，其中一張是她交託莊媽媽幫她買便當用的，不過紅色紙幣上除了數目字和人像十分明顯之外，其餘部分都顯得模糊不清。

『莊媽媽。』瑪莉張開雙臂要抱她，卻發現抓不實，莊媽媽像鬆軟的蛋糕，輕輕一碰就會散落下一些碎片，瑪莉趕忙縮回手。

『午餐……』莊媽媽還在呢喃。

瑪莉不敢再碰觸她，只好無助的望向無常，無常擠了擠鼻子告訴瑪莉：『她還不知道發生了什麼事，她現在最強烈的念頭，就是最後的那個念頭。』

『莊媽媽死了？』瑪莉還是不太願意接受，因為對方是她認識的人。

『我看是的。』

『午餐，午餐怎麼辦？……』莊媽媽憂心忡忡的不停追問。

瑪莉抹了抹眼角不存在的淚水，小心翼翼的輕握莊媽媽的手：『妳不用擔心午餐，我去買好了。』

莊媽媽楞了一下，隨即綻放出放心的笑容，身形即刻開始模糊，一層黑霧再度包裹上她的身體。

隨著一陣不知何方吹來的風，莊媽媽被帶走了，如紙鳶般劃過廢墟，滾過街邊，不知往何處去了。

瑪莉呆呆的望著莊媽媽遠去，好一會才回過神來，發現那位無常正忙著將黑膠從一些人身上拉出來，她想了想，問道：『需要我幫忙嗎？』

『不必了，』無常沒回過頭來，說，『接下來的我都可以應付。』

『我可以回去了嗎？』

無常停下手上的工作，想了一想才說：『我勸妳，先在一旁守候著，要是真的有機會，妳再進去還不遲。』

瑪莉點點頭，走向她身體被壓著的地方，在她身後，無常大聲叮嚀道：『該捨的時候就要捨，千萬別當個守屍鬼呀！』

越過高高低低的廢墟，她找到了自己。

剛才的餘震又將壓住她身體的牆壁推移了寸許，替她阻擋壓力的金屬辦公桌扭曲變形，也隨著牆壁的移位而鬆脫，瑪莉只要還能爬，就能獲救了。

她毫不遲疑的坐上自己的身體，在碰上的剎那，她的身體產生一股強大的吸引力，像千萬隻小蟲一般的細絲牽上她，將她重新連接回來。

頃刻之間，她的疼痛回來了，她的腿劇烈的抽痛著，同時嗅覺也回來了，陣陣粉塵味和血肉的崩解氣味洶湧而來，聽覺回來了，廢墟四周是圍觀的民眾在議論紛紛，警笛聲比剛才更響亮更尖銳了，味覺回來了，她感覺舌頭乾得快要斷掉，喉嚨裏滿是金屬味。

終於，她也想起《心經》該怎麼唸了，『觀自在菩薩，行深般若波羅蜜多時，照見五蘊皆空，……』她不停的唸，不停的唸，希望專心唸經能減輕雙腿的疼痛。

當救援人員的腳步聲傳來時，她轉為大喊救命，但乾裂的聲帶實在喊不出什麼聲音來。

跫音漸漸迫近，救援人員的臉孔也從廢墟邊緣冒出來了。

瑪莉舉起兩臂狂烈揮動，然後暈了過去。

這次暈過去，並沒上一次在樓梯間那次睡得那麼香甜，因為太痛了，影響她享受這難得的休息。

瑪莉再次睜開眼睛時，已經躺在涼快的房間裏，空氣中飄滿藥物的氣味，護士發現她醒了，忙呼喚醫生過來。

接下來經過一連串的檢查、詢問，又將她折磨了好一會，醫生和護士都離開後，她才看見丈夫從擋住病床的布幕後方出現。

『阿誠……』她低聲叫著老公的小名，心底洋溢著許久未有的幸運。

她老公緊握她的手，手心送來一股暖意，令她的疼痛頓時緩和不少。

但她老公正皺著一張臉，下唇不停的推進推出，她知道當他在盤算什麼的時候，就會有這種表情。

『幸好妳沒死，』阿誠悄聲貼近她耳邊說，似乎不希望被旁人聽見，『這樣子他們就要賠更多一點了。』

『呃？』瑪莉一時不能領會。

『妳知道嗎？』阿誠的臉上忽然露出掩不住的喜色，『有人會免費幫我們打官司，我們要去告政府、告建築公司、告妳老闆，這樣就會有國賠，還有建築工程弊案，還有很多，加起來一大筆呢，到時只要五五分帳就得了。』

瑪莉困惑的看著他。

阿誠見她表情有些困擾，忙貼近她耳邊說：『別擔心，我不傻，到時我會要他四六分帳的，受傷的又不是他老婆，天底下哪有這種便宜事？』

『阿誠……我……』

『妳沒死，幸好妳爭氣沒死，沒死就要他們去算妳下半輩子的生活費，這樣子比死了賠更多。』

瑪莉不說話了。

她看著阿誠洋洋得意的神情，這種表情她十分熟悉，有時阿誠去買東西，店員找錢找多了給他，回家就會得意的吹噓說他賺到了，或者今天停機車比別人搶先佔到個好位子，或者是嘲笑拜把兄弟近來輸了一筆錢，他都會露出這種表情。

以前看了只覺平常，但是今天瑪莉的腦袋瓜好像經過了重組，對某些事情產生了新的看法。

『醫生說妳的腳沒事，只有輕微骨折，如果……』阿誠摸摸下巴那堆老是剃不乾淨的鬚渣，『如果妳的腿斷了，搞不好可以賠更多，不過，』他拍了一下床緣，『這樣子妳就很難找到工作了。』

『阿誠。』瑪莉大聲叫他，阻止他再說下去，阿誠楞著看她，因為瑪莉很少這樣大聲喝他的。瑪莉輕輕問他：『孩子們呢？』

『哦，』阿誠回過神來，『老大去補習班了，老二和老三不知哪裏去了。』

瑪莉合上眼睛假眠，不想再多說。

她身為大廈少數生還者的事跡，被媒體炒熱過一個星期，然後漫長的告訴就開始了，有一家律師事務所幫忙打官司，為她爭取賠償，她老公阿誠每日為這件事忙，忙著去抗議，去記者會，去擺姿勢供媒體拍照，惟有當事人瑪莉缺席。

出院後，瑪莉去找了一分工作，很快就被錄取了。

她依然每日早出晚歸，照顧丈夫和三名子女，然後等待最小的兒子考上大學。

但小兒子連高中都沒考上，而且還跟她說，想早點去工作，而他所謂的工作是在網路咖啡廳打網路遊戲，有人說他很行，可以在網咖當指導員。

『指導員可以當幾年？』她問小兒子，『幾年之後呢？』

小兒子答不出來，但他認為是老媽跟不上時代了，才會不瞭解他的想法。

大兒子考上科技大學，大女兒在某個早晨的一場嘔吐後，宣佈她有孕了，不久之後就高中休學，嫁了樓下開租書店的小開。

瑪莉認為是時候了。

大地震後二十四個月，當她老公阿誠正忙著催促律師事務所要法院快點開庭時，她將已經填寫及簽章的離婚協議書擺在桌上，令阿誠登時傻眼，眼珠子差點滾出來。

『妳這婆娘搞什麼鬼？』阿誠發怒了，『跟老子開這款玩笑？』

『你不簽也可以，反正我等下就搬走，什麼也不會帶走，過個幾年也會離婚生效。』

阿誠見她鐵了心，不禁放軟了語氣：『官司還在打，何苦這樣呢？』

『官司的事，我從來沒說過要打，你自己去忙好了。』

阿誠見她這麼無情，用力拍桌大罵：『臭婆娘，妳是不是有了男人？』雖然他自己也不相信會有這回事，『給我戴綠帽，小心我殺了妳！』

『你儘管放心，你的頭好好的。』瑪莉冷冷的說，『別以為我不知道你在外面喝酒跟小妹亂來，我只是一個字也不想提，我在外面是正正當當在工作，自己養活自己，我只是看清了一切，不想再這樣下去了。』

阿誠錯愕萬分，眼前的女人，遣詞用字根本不像他那位憨頭憨腦的老婆，大地震之後，瑪莉的表現一直跟以往不相同，他還以為是驚嚇過度造成的，現在他不禁懷疑瑪莉是不是在地震中被什麼附身了。

『妳在說什麼呀？』

『簽名吧。』瑪莉說。

阿誠無計可施，『呸！』的一聲，拍桌離去，跑到樓下去找酒友散心。

瑪莉嘆了口氣，也隨後打開大門，留下鑰匙，毫不留戀的離開。

她上公車，轉捷運，來到城市另一端的社區，那裏有她一個月前租下的小套房。

她躺到新買的床上去，舒適的展開四肢，感到前所未有的放鬆。

二十四個月前，她連作白日夢都沒想過會有這麼一天。

明天早上，她將穿上一身整潔的上班服，走路前往附近的電腦公司上班。

由於她的傑出表現，兩個月前，她剛被升級為開發部主任，負責開發針對家庭婦女上網的家庭網路系統、購物網以及指導課程。

她還記得，出院之後，她是如何查看報紙的求職欄，如何決定來這家公司應徵的。

當她以流利的美語和豐富的電腦知識對答如流時，所有在場的主管頓時對這位四十歲的歐巴桑刮目相看，當她提出她對當前全球網路以及台灣未來發展方向的見解時，連主考的總經理都在折椅上不安的移動臀部。

瑪莉知道這一切是怎麼開始的。

當那位無常從那位帥哥的黑膠挖來一塊，送入她口中時，一切就發生了。

瑪莉在醫院中獲准下床後，她在醫院中四處蹓躂，發現候診區有一排書架，擺了不少新舊雜誌。

令瑪莉吃驚的是，她信手去拿起的，竟是一本英文雜誌，更令她驚訝的是，她不但翻開來看，而且還看得懂，看得很順暢。

回到家中，看有線電視時，她不由自主的轉去ＣＮＮ頻道，聽得津津有味。她害怕被家人發現這些變化，所以只敢在他們不在家時看。

乘著兒女上課、老公去送貨，她騎腳踏車去附近的市立圖書館，看看那邊有哪些英文書，結果她在那兒待了一個上午，看了好幾本專門書籍，最後乾脆借回家，藏在廚房的壁櫃中，每天乘家人不在時翻看，看到書頁上一行行的英文句子，她彷如找到了闊別已久的老友，內心有一種久違的平靜。

在家待了幾個星期後，老公開始催她去工作：『妳的腳好了吧？該去賺點錢啦。』事實上，她工作所賺的錢全都投入家用，個人幾乎沒用什麼錢，而老公賺的總會先用在喝酒、買樂透、吃點心，剩下的才補貼家用，所以瑪莉沒去工作的話，家裏的開銷的確挺吃緊的。

瑪莉老早就注意報章上的徵才廣告了，她每天仔細看看有哪一些工作，幾個星期下來，經過幾個步驟的篩選之後，她已經很清楚知道自己要做什麼。

果不其然，她在第一次的應徵就得到了工作，當時她還是穿著最好的衣服——十年前的新年，老公在夜市買的大尺碼連身裙——去應徵的。

她第一個月的薪水是過去的三倍，第三個月時，已經增加到五倍。

當兒女跟她要學雜費時，她給得一點都不猶豫，不像過去一般要愁著家用，但兒女們一點也沒察覺媽媽的變化，他們覺得一切理所當然，媽媽給錢理所當然，媽媽做家務理所當然，媽媽生病理所當然，媽媽在大地震中差點沒命，他們除了拿來作為跟同學聊天的題材之外，其實也沒太放在心上。

瑪莉的眼睛和腦袋都比過去清醒很多很多了，她將薪水存進銀行，開始計畫未來。

而今，瑪莉躺在床上，兩臂反轉枕在腦後，思量著下一步。

她會定期給大兒子大學學費，其他費用就由他們自己去賺吧，因為他們也該學習如何自己想辦法生存了。

現在，她想要好好享用這個曾經不可能經歷，現在雖遲到卻已在手中的未來。

想著想著，她不禁雀躍的走到書桌，從抽屜取出一張機票，反覆觀看、觸摸，那張機票將會在幾天後把她送去洛杉磯，代表公司參加一個國際性的討論會，到時，她胸前的名牌將會寫上Mary Lee。

瑪莉從來沒出過國，沒想到第一次出國就是她夢寐以求的美國。

她老早收拾好旅行箱，辦好護照，買了洛杉磯的導遊手冊，打算好好享受這一趟夢幻般的旅行。

好不容易等到上飛機那天，因為怕第一次乘飛機會錯過時間，她興致勃勃的一大早就趕去中正機場。

隨行的還有三位同事，四人會合後，一共兩男兩女，剛好住兩間雙人房。其中一位男同事曾經留美，對美國並不陌生，不過他說洛杉磯還是第一次去。

『大姊去過洛杉磯嗎？』一位男同事問她。

她在新進員工之中年紀最大，上上下下都喚她『大姊』，久而久之，已經成了她的綽號。

瑪莉不諱言，告訴大家：『我第一次乘飛機，好緊張。』大家都是年紀輕輕就出過國的人，對於這位傑出的歐巴桑竟是第一次乘飛機頗感驚訝，誰能想像瑪莉之前過的是怎麼樣的生活？

飛機升上高空的不安感很快就消失了，耳中阻塞的壓力釋放後，她興奮又好奇的望向窗外，飛機下方，一團團白雲像棉花糖，滾在光潔的藍海上，她掩飾不住內心的喜悅，忍不住直跺腳跟。

『雲很漂亮吧？』

『美極了。』瑪莉喃喃地回答。
『想不想躺在雲朵上面？』
瑪莉突然一陣警覺，回頭去看問她話的人。
坐在她旁邊的是女同事，可是剛才說話的明明是男人。
『小惠，』她問女同事，『妳剛才有跟我說話嗎？』
『沒有哇。』她放下手上的機艙雜誌，也湊過頭去看窗外，『哇，大姊，下面已經是太平洋了。』
瑪莉滿腦子疑惑，可是剛剛的男聲真的不像是錯覺。
『妳沒聽錯，是我。』
瑪莉嚇了一跳，她循聲音尋去，看見女同事隔壁、靠走道那個座位上是位不認識的男人，那位旅客顯是累壞了，他合目沉睡，嘴巴微張，蹙著眉頭，似乎在作著惡夢，不安的扭動脖子，而那位無常就端坐在男人身上，直瞪瞪的看著瑪莉。
『你怎麼會在這邊？』瑪莉驚道。
『嗯？』女同事嚇了一跳，困惑的瞪著瑪莉。
瑪莉趕緊收起驚訝的表情，尷尬的擺擺手說：『我認錯人了，不好意思。』她站起來，說要上廁所，女同事欠欠身子讓她經過，走道旁的男人也被吵醒，無常從他身上站起來，跑到走道去，男人馬上吐出一大口氣，額頭上即刻冒出豆大的冷汗。
飛國際線的都是大型客機，機艙內有三行座位，中間那行有五個座位，瑪莉四處望望，望見隔幾排的中間那行有一整排是空的，她忙走過去坐下，無常也在她旁邊坐下。

瑪莉悄聲問道，剛好比飛機吵鬧的引擎聲大聲一點點：『你為什麼在這裏？』

無常沉默了一下，反問道：『妳呢？』

『我要去美國哇，去美國是我一生的夢想呀！』

無常又沉默了一下，嘆息道：『我知道。』

『你怎麼知道？』

『妳告訴過我。』

『我什麼時候告訴過你了？』

『那次，妳在樓梯暈倒的時候。』

這次換瑪莉沉默了，她埋頭想了一下，說：『我怎麼告訴你的？』

『妳說，妳還不想死，因為妳還沒去過美國。』

『那你又做了什麼？』

『我發現妳的體質很適合走無常，所以幫了妳一把。』

『等，等等，什麼叫「走無常」？』

『就像那次大地震，妳幫我那一次，妳的陽魂幫助我們押司將死者的神識帶走，自古我們都會找這種人……』

『好好，我想我明白了。』瑪莉制止他，然後連珠炮似的呢喃道，『你幫了我一把，你讓我沒死成，抱歉，我不知道你有這麼大的能耐，然後你又把那個博士的……的什麼給我，我變得會講英文了，又會電腦工程了，所以我才有機會去美國，所以！』她正視無常：『為什麼你會在這裏？』

無常枯瘦的臉龐抽動了一下，表情像肉乾被撕扯一般，他避過臉去：『我有工作。』

『工作？你還有什麼工作？』瑪莉的臉越來越蒼白了，『這架客機會墜機嗎？大家都會死翹翹嗎？』

『我不能說。』

『你不說也一樣。』說著，瑪莉垂下頭，開始抽泣起來。

『看來，是命逃不過，』無常嘆口氣說，『我不知道妳也會上這班飛機。』

『等下到底會發生什麼事？』瑪莉已經快要嘶嚎了。

前排的旅客忍不住回頭來看看發生了什麼事，無常忙將食指抵在唇上，要瑪莉小聲一點：『別驚動其他人。』

瑪莉努力冷靜下來，小聲說：『你說是命逃不過，難道我沒有去美國的命嗎？』

『跟美國無關，而是因為妳的命應該要在這個時刻用完了，這架班機上的人都是命要用完了，你們會全部湊在一起，並非巧合，這叫同類相吸，俗稱「共業」。』

瑪莉悲憤不已，她兩手抱頭，將頭埋在臂彎中。

『或許，這本來就不該是妳的命，妳現在的情況，有點像銀行戶頭超支了。』無常說，『妳這一生本來就沒遇上過什麼好事，忽然間給妳過這樣子的命運，或許會提早用完妳的好運。』

瑪莉沒把頭抬起來：『我倒楣透了，還有什麼好運？』

『妳以為我為什麼要妳在大地震的時候幫忙？』

『嗯？』瑪莉不懂。

『每個人都有兩個戶頭，一個的存款是好的，一個是壞的，而且存款都有利息，存得越多，將來的所得就越多，妳知道嗎？action and reaction，這樣解釋不難懂吧？』無常說，『所謂善惡自有報，妳在大地震幫了這麼多神識，令他們順利去投生，免得淪為守屍鬼，將來落得個魂銷魄散，這種善事，積德不少的。』

『你是故意要我幫忙的？』

無常面無表情的說：『因為這可以增加妳的存款，改變妳的命運。』

瑪莉楞楞的望著無常，心中想：『你為什麼對我這麼好？』可是在死亡的陰影籠罩下，她口中說出的是：『那我的存款用完了嗎？』

『大姊，妳怎麼躲來這邊？』瑪莉嚇了一跳，原來是女同事小惠走了過來，將上半身伸進座位來察看她發生了什麼事，『妳哭了？』小惠訝道。

瑪莉四處尋找那位無常，只見他站在走道上，專心的四下張望。

『妳為什麼哭？』小惠在旁邊的空位坐下，試著安慰她，『妳的存款怎麼了？被人騙了嗎？』

瑪莉啼笑皆非，她搖搖頭，不多說什麼。

『我在當押司之前，是大學的物理講師，』無常在走道上碎吟吟的說道，『很奇怪，人一死，什麼論文、升級、老婆子女，真的沒什麼好惦念的。』

瑪莉沒法子回答他，免得小惠以為她精神有問題。

『其實，』無常繼續說，『妳也無需懼怕死亡，因為我在這一頭，會好好看顧妳的。』

瑪莉伸手要拍拍小惠，一拍之下，她馬上覺得不對勁。

她感到她摸到的，是一團鬆垮垮的布丁，只輕輕一拍，小惠全身竟像水波一般晃動。

『小惠？』瑪莉訝道。

『什麼？』小惠居然完全沒察覺到異狀。

瑪莉抬頭看向無常，無常起先是沒望她，後來終於忍受不住她的凝視，轉頭與她對視。

兩人的眼神互視良久，瑪莉看見無常冷峻的眼神逐漸軟化，越變越溫柔，然後忽然別過頭去，望去窗外，似乎不想令瑪莉看見他眼角泛現的淚光。

『死亡不是終點，』無常背對著瑪莉說，『只是另一段旅途的起點，如果每個人都記得上一次的死亡，就沒人會害怕它了。』

瑪莉嚥了嚥口水，輕輕推開小惠，站起來走向窗口。

客機已經飛出雲層，窗外一片澄清，海洋蔚藍無比，瑪莉看見無數的塊狀物正冉冉掉向海面，海面上還飄浮著一段狀似原子筆蓋的物體，從高空望下去，只像一顆渺小的藥囊。

瑪莉回頭望向無常，此刻，她已經沒有忌諱：『那麼，這架飛機是什麼？』

『一切唯心造，這些是大家的心顯現出來的。』無常說，『因為大家都認為是這樣，所以就這樣。』

『難道他們沒感覺到嗎？』

『妳有感覺到嗎？』無常反問。

瑪莉忽然感到傷感，她沒有料到一切會是以這樣的方式結束。

飛機起飛後不久，在太平洋上空遇上一道罕見的亂流，那道亂流力量之大，將機身最脆弱的區塊扯裂，只不過轉眼之間，所有乘客都暴露在攝氏零下三十度，在來不及發現危險之前，已經被瞬間冰凍，機身隨即裂成碎片，在空中分解，被大海吞噬。

而完全還不清楚自己發生了什麼事的神識們，依然在繼續他們的旅程。

瑪莉很想再看自己的身體一眼，卻一點可能也沒有。

她驚恐的環顧四周，不信任的看著機艙，漸漸的，機艙輪廓變得模糊，她更加恐懼的望向腳下，地板下已經透出大海的顏色。

『不要怕。』無常走過來，握著她的手，『妳絕對不可以害怕。』

瑪莉感到自己越來越寒冷，她知道自己其實已經死了，在毫無預警之下死了，眼前是一片深邃的未知，她感到一股沉重的虛無正逐漸籠罩上來，恐懼在她體內擴大、渲染，越來越濃稠，逐點逐點取代她清楚的意識。

『大姊，妳怎麼了？』女同事小惠驚恐的叫嚷，機上乘客也紛紛轉過頭來，他們看見瑪莉整個人越變越黑，一片烏膠似的黑油從腳底慢慢包圍上來，她整個人下半部像黑色的布丁，隨著飛機的引擎震動而不停顫抖。

瑪莉覺得自己越來越模糊了，黑油透入她的身體，侵蝕她無窮以來的每一滴記憶，將它們搓磨、粉碎，令她一點一點失去自主的意識。

『不可以！』無常緊抓她的雙臂，他冰寒的手心令她不由得打了個冷顫，神識馬上清醒了幾釐，黑油也退縮了一些些。

『妳聽清楚，現在大家還以為飛機正飛向美國，大家會錯過時間，然後他們會變成飄流的無主意識，最後就會慢慢消失。』

瑪莉懵懵懂懂像夢話一般問道：『那我該怎麼辦？』

『妳要幫助他們，不能驚嚇他們，否則他們意識一亂，就會無法控制自己，就像妳現在一樣！』

『我已經死了！』瑪莉終於控制不住，抓狂大叫，黑油馬上迅速活動起來，加速流上她的身軀。

接下來有如連鎖反應般，許多人發狂的跳起來，兩手不斷往身上揮動，原來有黑油爬上了他們的身體，前後方紛紛傳出尖叫聲，整個機艙頓時歇斯底里起來。

無常懊惱的觀望四周，他眼睜睜看著機艙內壁正逐漸消融，像遇熱的冰淇淋一般黏滋滋的。

『妳已經死了！』無常緊抓瑪莉，不停的說，『妳也已經知道了！所以妳應該做什麼？妳應該幫助他們！幫助他們！不然眼前就是通去地獄的路！』

瑪莉雙眼一睜，眼前赫然洞開出一個火紅的巨穴，裏頭似有熔漿繞著穴口邊緣打滾，產生一股漩渦，令瑪莉情不自禁的想投身而入。

無常覺得有異，他從瑪莉的眼神知道不對勁，但他並看不見瑪莉所見的：『妳看見什麼了？是紅色的嗎？不可以！不可以去！那是妳的心變現出來的，那是妳的害怕、妳的恐懼開出的地獄之路。』

瑪莉的腳控制不住，慢慢朝紅色巨穴移動，黑油爬上她的脖子，慢慢包裹她的後腦勺，她的整個神識渾沌一片，快要無法思考，她的一切行動只隨著恐懼的力量而運作，她將陷入永不休止的漩渦，隨波逐流，沒有終點，也沒有起點。

『妳還沒去過美國。』

瑪莉止住腳步。

『美國在哪裏？』她迷迷糊糊的問，至少她還有這一個執念。

『不在前面，』無常指向她背後，『在後面。』

她回首，看見許多恐懼萬分的人，他們有的已經意識到發生了什麼事，正逐步被黑油包裹，有的對四周的狀況惶恐不安，腳底下也開始冒出黑色的霧狀物。

『他們為什麼會那麼怕？』

『我不知道，』無常說，『也許妳可以安慰一下他們？』

瑪莉很厲害。

以前，瑪莉在學校雖然不搶眼，甚至在畢業之後也沒幾位同學記得她的名字，但大家都可能會偶爾想起有一位很愛幫助人的同學。她會在有人跌倒的時候第一時間跑過去扶起，她會在同學搬重物的時候跑過去撐一把，她會在別人忘了繳學費時幫忙墊錢。

她的心腸很好，別說是人，即使是小動物都會忍不住去關心，她會為牠們找來食物，有一次她看見螞蟻四處亂竄，好像很恐慌的樣子，所以給了牠們一小塊餅乾，讓螞蟻們不至於餓死。

如今這些人，就如那些亂竄的螞蟻一般，茫無頭緒。

『他們好可憐哦。』瑪莉哀傷的說，她看見大家的恐慌，就馬上忘記了自己的恐慌，在念頭轉變之間，黑油油的凝膠很快從她身上褪下，直到溜到腳邊，還拖著一小坨。

她就是忍不住會關心別人。

女同事小惠在她身邊發抖，她雙手環抱自己的雙肩，身形漸漸變淡，口中不停嘟囔著：『我好冷，我好冷……』她察覺到發生了什麼事，並無法回答自己，只好不斷重複同一條句子。

瑪莉張開雙臂，走過去抱著小惠：『乖，別怕。』

『大姊……到底發生了什麼事？』小惠顫抖著聲音，也緊緊抱住她。

瑪莉將她抱得更緊了一點，悄聲說：『妳知道的。』

瑪莉的身材比較大，小惠被整個包在她的懷抱中，漸漸也沒抖得那麼厲害了。

『我好想媽媽，』她抽泣道，『我……我好久沒回老家去探她了。』

瑪莉輕拍她的背：『那麼，就去探她吧。』

『可是她住得好遠。』小惠的語氣中充滿了困惑。

『不遠，不遠，』瑪莉柔聲說，『只要想念她，就不會遠了。』

『是嗎？』小惠把頭靠上瑪莉的肩膀，開始想念母親，然後像電視螢幕關掉似的，忽然在瑪莉懷中消失。

瑪莉鬆了一口氣，感到肩膀瞬間輕了下來，她問無常：『小惠去了她媽媽那兒嗎？』

『我看是的。』

『你為什麼對我這麼好？』瑪莉突然問。

無常呼了一口氣，他為這個問題準備很久了：『因為妳幫過我。』

『我？』

『妳大概不記得，這是好久好久以前的事了。』

瑪莉歪頭想了想，接著微笑著搖搖頭。

無常也忍不住笑了，他燦爛的咧嘴大笑，枯瘦的臉龐彷彿瞬時開了花。

『謝謝你。』瑪莉說。

『我也謝謝妳。』無常頓了一下，又說，『這句話我想說很久了，非常謝謝妳。』

她深吸一口氣，走向她公司的兩位男同事，他們正徬徨的坐在座位上，呆滯的望著瑪莉。

『大姊……』年輕的男同事茫然抬頭，哭喪著稚氣未脫的臉孔，『我才剛開始還房貸呢。』

瑪莉輕拍他的肩：『不用愁了。』

她轉頭四顧，觀望機上前後三百多名乘客與服務人員。

現在她可有得好忙了。

一旦開始忙別人的事，她就會忘記自己，不會在意自己的身體有沒有損傷，不會關心自己的肚子餓不餓或手腳累不累，不會介意自己曾經喜歡或討厭這個人。

她心底奮起一股熱流，她知道必須幫助他們，因為眼下只有她最清楚該如何安撫他們。

『大家要好死哦……』她呢喃著，伸手輕撫年輕男同事的頭，他旋即哽咽起來。

一萬公尺下方的海面上，瑪莉殘破的屍身與其他人的屍塊隨著波浪互相碰撞，不久之後，他們都將沉入海底，成為魚兒的飼料。

十二個月後，瑪莉出發前買的意外保險令她的大兒子無牽無掛的唸完博士班。

一百九十二個月後，瑪莉的大兒子收到一通來自美國大使館的電話。

然後，他約了好久不曾見面的弟妹，一起到一家五星級飯店頂樓的超貴餐廳去用午餐。

席間，他妹妹不安的坐在椅子的軟墊上，對於四周的豪華佈置面有慚色，她身上穿的是衣櫥裏最好的一件衣服——三年前在夜市買的，衣角已經有些脫線和霉斑——鬆垮的臉龐令她看起來比哥哥還要老。

『妳沒跟老公講吧？』當兄長的問道。

『哥，我離婚五年了。』妹妹抬起浮腫的雙眼，紫灰色的眼袋說明了她長期沒睡好。

哥哥羞愧的低了一下頭，轉頭問弟弟：『你呢？現在忙些什麼？』

弟弟搓搓一頭好不容易梳好的亂髮，肚子發出響亮的叫聲，他不好意思的笑笑，顯然他為了今天午餐，連早餐都還沒吃。他沒打算回答問題，只問：『我們真的可以每人拿到一百萬元嗎？』

哥哥聳聳肩，他也很想知道。對方說是美國大使館的電話，還說請他們只能三人前來，應該沒人會找他們這種普通小民開玩笑，他自從考取博士之後，好不容易在高中謀得教職，又好不容易才能維持工作至今，今天請這四堂課的假，希望不要影響考績才好。

三人空著肚子苦等，期望請客的人速速現身。

門外進來一位高大的白人，一頭灰白短髮，鬍子剃得乾乾淨淨，西裝筆挺，銳利的眼睛一望見他們，便走過來，用一口流利的京片子問他們的名字，確定之後才坐下來。

知道來人會講中文後，弟弟大膽了起來：『你找我們來，說要給我們錢，有什麼條件嗎？』

白人臉上的微笑一閃而逝，拿起桌上的餐牌說道：『諸位想必肚子餓了，我們先點些什麼來吃吧？』

『我也很好奇。』哥哥也按捺不住，佔據他腦子的重重疑惑壓過了他胃囊的慾望。

『有錢快拿出來吧，我手頭緊，急著要。』妹妹單刀直入，更快將話題拉到結尾。

男人看了看三人，輕輕用鼻子呼了一口氣，從西裝內袋中取出三個信封，信封上各用生硬的正楷字體寫了三兄妹的名字。

三人困惑的拆開各自的信封，裏頭各有一封信，跟信封一樣，用標準但生澀的中文寫了兩頁。他們讀完信之後，臉色變得很奇怪，妹妹更是才讀到一半就跳了起來：『這是誰寫的？』

男人有點裝傻的樣子：『上面不是寫了嗎？』

『上面寫的是我媽，』弟弟無精打采的說著，把信紙甩在桌上，『我老媽死了十多年了，這算什麼玩笑？』

妹妹緊張的問哥哥：『你看過媽媽的字嗎？這是不是她的字？』

哥哥咬了咬牙，鄭重的說：『你跟我們素不相識，不應該會開這種玩笑，請問你是誰？到底這是怎麼回事？』

男人兩手朝空中一揚，嘆了口氣：『事實上我也不知道是怎麼回事，我也是受人所託。』他從衣袋裏又取出三個厚厚的信封，交給他們兄妹三人：『你們點點看，一個人一百萬。』

哥哥還在猶豫，弟弟和妹妹早已一把搶過來，拆開信封數錢。

哥哥看著一張張千元紙幣在弟妹指間彈動，他顫抖的望著面前那個信封，又望了望手中那封信，信末寫著：『不知媽最後在六月十日轉去你戶頭的錢，有沒有收到？』這件事沒有其他人知道，他還記得當年媽特地為他開了個專為他存學費的戶頭，囑咐他不能讓爸知道，當他收到那一筆匯款時，也是瑪莉的空難噩耗傳來之時。

哥哥用發抖的手拿起信封，指肉冒出的汗水沾濕了信封，令他很輕易撕開封口，露出一疊厚厚的鈔票，還散發出新鈔的氣味，想到他捉襟見肘的家計，他頓時兩眼通紅，忍不住將鈔票抽出來細數。

男人站起來，說：『你們想點什麼吃的就請點吧，我會吩咐櫃台記我的帳。』但三人似乎充耳不聞，只管忙著數錢，男人微微搖了搖頭，離開餐廳。

餐廳外的沙發上坐著一位金髮少女，見男人出來，輕聲呼喚了一聲：『爹地。』

男人皺眉問道：『妳從小存下來的錢，就這樣給這三個人？』

她微笑著用力點頭，紮在腦後的馬尾晃動著。

男人摸摸她的頭，輕聲道：『瑪莉，我的乖女兒，希望妳會好好跟我解釋……』

『爸，有一天我會告訴你的。』兩人走去搭電梯，當電梯抵達時，她回頭望了望餐廳內的三兄妹，眼中帶有一點不捨。

『明天妳十六歲生日，有決定怎麼慶祝了嗎？』

父親的問話令她頓時回過神來：『不知道鼎泰豐還在不在永康街？……』

『妳才剛來一個月，對台北還挺熟的嘛。』

她急忙說：『我查書的，旅遊手冊上也有……』她趕在電梯門合上前再看那三兄妹的背影一眼。

在這一刻，她總算覺得卸下身為一位母親的擔子了。

四季台北／秋

阿蓮斷頭記

她的頭在空中飄動，
緩慢的飄到睡床上空，
枕骨貼著牆，慢慢往下滑，
藉此將長髮推到旁邊去，
然後謹慎的接回脖子上。

阿南半夜起床小便時，被老婆嚇出了一身冷汗。

他下床時還沒注意到，當時他睡眼惺忪，又還沒戴上眼鏡，等他上完廁所回房時，眼鏡戴了，腦子也清醒幾分了，走廊的燈光也照了進房，他才嚇了一跳，要不是剛去尿過，還說不定會被嚇得尿濕褲子。

床上的老婆，沒有頭了！

阿南除了被嚇一跳之外，他內心其實還澎湃著更複雜的念頭。

他的心情洶湧起伏，心裏頭萬分不捨這個老婆，因為他們結婚還不滿一個月，他才剛剛享受過有生以來的第一次魚水交歡沒多久，還有，這個老婆是他花了工作十年來幾乎所有積蓄，才從越南娶回來的。

他嚥了嚥口水，鼓起勇氣湊上前去，輕輕拉開被子，希望老婆只不過是被子蒙住了頭，在昏暗光線下看錯了而已。

不，老婆的頭真的不見了。

他好想哭。

他想哭的原因是，這老婆雖說不是大美人，但肌膚雪白潤滑，洞房那晚，阿南心想不知幾生修來的福氣，他人生得肥矮樣憨，從小不討女生歡迎，在女生面前好自卑，這老婆卻恍若天降珍珠，新婚以來，溫柔婉約，讓他久旱逢甘霖，暗地裏感激天公不知多少回。

阿母總是提醒他，這女人是買來的，又是語言不通的外來人，別掉以輕心，免得人財兩失。

阿南才不聽，首先他就不喜歡阿母用『買』這個字眼，那筆錢是嫁妝，是把人家女兒帶到這個大老遠地方的豐厚嫁妝，再者，他相信老婆對他的溫柔不會是騙人的。

老婆小名阿蓮，嫁過來之前學了一年中文，日常對話、上市場買菜都不成問題，有時見她想念家鄉，在偷哭，口中嘀咕的是他聽不懂的話，他也不在意，他相信只要誠心愛她，她也有一天會真心喜歡上他的。

可是，眼前的阿蓮，沒有了頭！

阿南想起來，阿蓮的頭曾經差點失去。

仲介遞給他一疊照片選擇對象時，照片中的阿蓮在頸項圍了一條絲巾，絲巾的顏色和花樣，即使是不懂流行的阿南也覺俗氣。

仲介要安排他去越南相親時，他沒去，因為阿南剛剛發生意外，斷了一條腿，一方面行動不便，一方面也擔心對方會嫌棄他少了一條腿而不願嫁他，所以是表弟代替他去越南看對象的。

表弟回來後，拍拍他的肩說：『娶到這某，你好福氣啦。』然後給他看相親現場照片，有表弟和阿蓮的合照，阿蓮頸上照樣圍了條絲巾。

阿蓮和其他新娘不同，她家人沒要求在家鄉擺酒設宴，只阿蓮隻身一人飛來下嫁，連表弟也說，沒見過阿蓮家人。

阿南和阿蓮初見面時，阿蓮穿著高領衣服，遮住了脖子。

當時阿南很擔憂害怕，因為阿蓮終於見到他那條斷腿，他擔心阿蓮會認為受騙了，阿南不是故意要騙的，他去找仲介時，雙腿的確還是完好的，但阿蓮什麼也沒表示，只是對他靦腆的淺笑，毅然接受了他。

新婚之夜，阿南的腿不方便，不奢望能夠順利行房，他只想抱住這位新娘子，不讓她離開身邊，她是他此生最大的禮物，他從來沒遇過對他這麼溫柔的人，尤其是女人。那一晚，採取主動的是阿蓮，她要他先躺好，然後伏在他身上，阿南用全身去感受到阿蓮柔滑的肌膚，還有摸在他手中一把又厚又細的烏黑長髮，他一邊興奮，一邊感動得快要哭出來了。

那一晚，是他此生睡得最香最安詳的一晚。

晨曦才剛露出，群星尚未隱身，他就爬起來了。他平日就習慣早起，但今日特別有意義，他乘著微弱晨光，端詳熟睡的阿蓮，阿蓮還沒穿上衣服，雪白的皮膚在黯淡的自然光下彷彿鋪上了一層白霧。

這時候，阿南注意到了，阿蓮的脖子上有一條細細的紅線。

他忍不住用手指去摸摸看那條細線，紅線有些兒浮起，像條疤痕。

後來他問阿蓮那條線是怎麼回事？阿蓮盡量用淺白的華語讓他明白，小時候有人斬她脖子，好像是戰爭的樣子。會是越戰嗎？阿南的歷史不太好，他想不起。

現在，阿蓮的頸真的斷了。

阿南覺得阿蓮好可憐，他自己更可憐。

什麼人會弄斷阿蓮的頭呢？

阿南打了個寒噤，這才看見窗口正開著。

已經是入秋了，空氣開始沁涼了，可是阿蓮還是喜歡將窗戶推開，說是怕熱。阿南怕冷，又不想違阿蓮的意，只好衣服穿厚些、被單蒙著頭，心中一邊嘀咕：阿蓮熱帶地方來的人，怎麼會不怕秋寒？

他正要去關窗，想起在租書店看過《名偵探柯南》那部推理漫畫，說是現場要保留完整，現在應該要去報警才是，可是這麼一來警方就會折騰很久，他就會睡眠不足，那明天的工作怎麼辦？

阿南很懊惱，心想不如先去叫阿母來瞧瞧，不然她會說什麼事都沒先通知她，然後碎碎唸他不敬老、養兒防老個屁啦之類的。

阿南用楞杖去敲阿母的門，敲了半天，他那有重聽的阿母才邊罵邊開門：『夭壽，三更半夜拍什麼門？幾點鐘了？』

阿南抬眼覷了一下壁鐘：『兩點。』

『什麼事啦？』

『阿蓮死了。』

阿母再三確認他講的話之後，咚咚咚蹬到阿南房門，開燈探視。

『死囝仔，你咒你老婆幹嗎？』阿母罵了他一頓之後，就回房去睡覺，還用力關上門。

阿南困惑的走回寢室，果然見到阿蓮正從床上坐起，用手背遮擋光線，兩眼不舒服的瞇著，咬字模糊的說：『什麼事？為什麼開燈？』

『阿蓮，妳的頭……』阿南楞住了，阿蓮的頭好端端的在脖子上。

『關燈好不好？』阿蓮疲憊的小聲哀求道。

『等一下。』阿南爬上床去，翻開被單，沒有血，如果頭斷了，應該會有血才是吧？剛才阿南也沒翻開被單去確認一下，現在他更加是迷糊了。

阿蓮見他腿不方便再下床，便兀自下床去關了燈，回床翻身就睡。

百思不解的阿南拉上被單時，發現溫度跟平日有異。

因為窗戶已經推上了，空氣變得比較不流動了。

窗戶是什麼時候關上的？或者……剛才真的有開過嗎？

阿南抱著滿肚子的疑惑重新入睡，莫非剛剛在作夢？還是眼花了？

原本送貨的阿南，斷了一條腿之後，改成在家樓下賣檳榔過日子。阿蓮的手十分靈巧，包檳榔的手法很熟練，像是一早就習慣了似的。

『我家也有吃的。』她告訴阿南，『可是跟台灣的不一樣，比較香，比較有味道。』

『那妳做越南檳榔給我吃吃看？』

『看看再說，我不知道台灣有沒有在賣那些材料。』阿蓮在對他微笑之際，手上又包好了一盒檳榔。

阿蓮來幫忙之後，檳榔攤的生意比以往好多了，大概是女孩子的手巧，包出來的檳榔比較好看，連口感也不一樣吧？

可是，這一天阿南悶悶的不太說話，時不時偷瞧阿蓮的頸，她用白手巾圍著脖子，還放下一頭長髮遮住，即使流了一頭大汗，也不拿走那手巾、不紮起頭髮。

『阿蓮，』阿南忍不住，試探道，『妳不熱嗎？』

『不熱。』

『妳的頸會不會癢？』

阿蓮伸手輕輕摸了摸頸上的白手巾，搖搖頭。

『妳可以不可以再告訴我，那個有人要割妳的頭的那件事？』

阿蓮沉默了一會，輕搖首，小聲道：『我怕。』

『我想聽嘛。』

阿蓮又再沉默，阿南直瞪著她，耐心的等她說。阿南沒什麼長處，惟獨有耐心，他可以等，還可以等很久，小學暑假時，他坐在廚房地上一整個下午，只為了看螞蟻們如何將一大塊餅乾慢慢分解、搬運，直到一點兒餅屑也不剩。

『有壞人，』阿蓮總算開口了，『衝進我家，拿刀，要殺死我，那時候我還小。』

阿南憤然道：『太可惡了，他們連小孩都殺？』

『他們不喜歡我。』

『為什麼？妳的人那麼好。』

阿蓮淡然一笑：『阿南對我才好。』正好有客人來買檳榔，接下來又有賣玉蘭花的、郵差簽掛號的、選里長來拜票的、警察來詢問有沒有看到附近便利商店搶案犯人的、基督教團體跑來力勸他們相信耶穌會得救的，打斷了他們夫妻的談話。

這晚，阿南睡不好。

他忘不了昨晚目睹的情景，他不相信是夢，也不相信是看錯了，但他搞不懂他看見了什麼。

那晚，阿蓮跟他做愛後，還細心的為他呵護斷腿上的傷口，傷口已經收口，望上去有如一個垂掛的袋子，阿南感覺癢癢的，醫生說是細胞在生長，所以才會癢。

阿蓮在關燈前，不忘去推開窗戶，還探頭望了望外面。

『外面冷咧。』阿南說，暗示她關窗。

『有人在叫什麼？』

『什麼？』阿南豎耳聆聽，果然有一把淒涼的聲音在外頭飄揚，『哦，是賣粽子的，燒肉粽。』

『粽子？好吃嗎？』阿蓮沒等他回答，伸手關了燈，拉上被單就睡。

阿南望了望窗戶，窗外的路燈照進房中，汽車的排煙味隨著冷風拂入，他又望了望床邊的枴杖，只好輕輕嘆了口氣。

我說過，這一晚阿南睡不好。

不知為什麼，今晚他的腿傷特別癢，還隱隱然有些疼痛。

他昏沉沉的半睡半醒，作了好幾個他事後也追憶不起來的惡夢。

惡夢中，他赫然驚醒，用力喘氣，覺得心跳又重又快，但他馬上擔心會吵醒阿蓮，於是趕緊抑止喘氣，轉頭望望阿蓮有沒有醒來。

阿蓮的頭不見了。

他遲疑了一下，伸手去摸摸。

阿蓮的頭並不在枕頭上，枕頭還有點餘溫，摸起來是乾的，大概沒有血。

阿蓮的身體在被單下隆起，阿南大膽將手探進去，摸到阿蓮的身體，還是暖和的，而且在微微的起伏呼吸著。

仔細一聽，阿蓮沒頭的脖子像通了風，發出『咻—呼—咻—呼—』有節奏的風聲。

『阿蓮還活著！』阿南這麼想著。

阿南發呆了很久，腦子裏成片空白，良久，他決定回到被窩，睜大眼等待。

他不明白發生了什麼事，但他有耐心，知道只要能等，阿蓮那失蹤的頭和正在呼吸的身體就會有個解答。

等著等著，阿南感覺有點冷，伸手拿了枴杖要去關窗，他費了一番功夫下床，繞過床尾走到窗邊，在關窗之前，他把頭靠去窗戶，望望外面，阿蓮把窗開得不大，阿南的大頭探不過去，不過正好適合阿蓮的瓜子臉。

阿南知道，因為阿蓮的頭正好在窗外要探頭進來。

阿南驚叫一聲，坐倒在地上。

阿蓮似乎沒看見他，她的眼珠子有點僵硬，像在望向某個遙遠的地方，她的頭伸進窗口，拖著長長的頭髮，頭髮有些紊亂，還沾了些灰塵蛛網，她的頭在空中飄動，緩慢的飄到睡床上空，枕骨貼著牆，慢慢往下滑，藉此將長髮推到旁邊去，然後謹慎的接回脖子上。

阿南坐在地面，靜靜的觀看這一幕。

頭剛接上的阿蓮，輕輕的轉了一下頭，忽然張開大口，像是憋了很久一般的用力吐了口氣，才舒服的呼吸起來。

阿南遲遲不敢站起來，阿蓮是妖怪，可能會吃掉他，他不敢讓她知道他已經看到了。

阿蓮深呼吸了數次之後，骨碌碌的爬起來，舒展了一下筋骨，才睜眼看坐在地面的阿南。

在窗外路燈透入的輕薄光線下，阿蓮的臉龐像被黑暗挖去了大半塊，兩隻眼睛閃爍著光澤，像是浸滿了淚水。她徐徐下床，要扶起阿南，阿南的身體縮了一下，阿蓮輕柔的撫摸他的臉，他緊繃的肌肉才稍微鬆懈了些兒。

阿蓮扶他上床，替他蓋好被，說：『我去刷牙再回來。』

阿南躺著不敢動，聆聽阿蓮在外頭的聲音，只聞在昏黑中傳來細微的開燈、開門、刷牙、漱口等等聲音，直到聽到她輕盈的腳步聲，腳跟輕頓在地磚上的聲音逐漸靠近了，阿南不禁又將被單拉得更高更緊了些。

阿蓮若無其事的回到他身邊，他馬上說：『不要害我。』

阿蓮輕柔的反問：『我為什麼要害你？』

『妳是妖怪。』

『我才不是。』

『妳的頭會飛……』

阿蓮嘆口氣，垂頭沉默了一會，淚水就從眼眶盈流出來了。

她一哭，阿南就心軟了：『阿蓮，別哭，我沒有罵妳。』

阿蓮噗哧一聲笑了出來，用手抹去淚水，抱住阿南道：『謝謝你對我那麼好。』

『我……』阿南起先還有些猶豫要不要抱阿蓮，最後還是拍拍阿蓮的背，說，『妳是我老婆呀。』

『相信我，阿南，相信我，』阿蓮低泣著說，『有機會，我會告訴你的。』

以後，每隔幾天，阿蓮的頭就會在晚上飛走。

她每次出去必定會一、兩個小時，回來以後總是會先去刷牙，阿南不敢過問，等阿蓮自己告訴他，阿蓮說過會告訴他的，他相信。

那一天，一位買檳榔的顧客向他搭訕：『老闆，你也娶了個外籍新娘啊？』

阿南不想多說，但為了顧全生意，還是滿臉堆笑：『是啊，哈哈。』

『我也是呢，我那個是緬甸的，你的呢？』

『越南。』

『差不多啦，他們最近有個同鄉聯誼，你老婆去不去？』

阿南感興趣了：『真的嗎？』他問明了地點和時間，問阿蓮怎麼看：『妳去會會同鄉嘛。』他想起阿蓮想家會哭，怪可憐的。

阿蓮不想去。

無論阿南怎麼勸，阿蓮都不想去，最後她老實說，她不想見到同鄉：『我害怕。』

『妳怕什麼？』

她摸摸脖子。

阿南似乎有些明白了。

莫非阿蓮害怕同鄉能認出她頸項上的紅線？

為了多賺些錢，檳榔攤一直開到晚上，他們雖然坐落在台北縣市交界，卻非交通要道，平日經過買檳榔的人也不會多，勉強糊口，但他們還是等到街道都快要淨空了，夫妻倆才收拾回樓上。

阿母在家裏看電視，見阿南回來，急忙拉著他說話：『告訴你的女人，晚上要把陽台上的衣服全收回來。』

『為什麼？那要把衣服晾在哪裏？』

『你沒聽說呀？嚇死人啦，聽樓下歐巴桑講呀，這裏晚上有個人頭會飛來飛去，頭髮長長的。』

阿南的心當下涼了半截，立刻變得結巴起來：『亂……亂講，哪有人頭會飛的？』

『有人看到呀，聽講會伸出長長的舌頭，去舔人家內衣褲的呢！頭髮很長，大概是個女鬼。』

阿南硬是露出一臉不屑的表情：『亂……亂講！』阿蓮假裝沒聽到，慘白著臉，一言不發的走進廚房，準備清理明天要用的檳榔。

阿母一直纏著阿南，說她今天聽來的故事有多驚人。

她說，隔壁那棟高級公寓，有戶人家晚上晾出去的嬰兒服，到了早上總是掉到地上，大人的衣服就沒事，原本以為是貓的什麼的，因為衣服是晾在陽台，有鐵欄杆圍住，不是貓兒大概也進不來，可是不懂為什麼專挑嬰兒衣服。

『結果哇，有一天晚上，』阿母興奮的圓瞪大眼，壓低嗓子，露出講恐怖故事講到得意時的表情，『那小孩的媽半夜上廁所，沒有開燈，她聽到廁所窗外的陽台有動靜，就偷偷從窗戶去看，就看到那個飛頭了！那個飛頭女鬼呀，伸長舌頭，不停在舔嬰兒的褲子呢！』

阿南推說很累，要去洗澡，逃也似的拐入浴室。

那一晚阿蓮大概心情很亂，家事整理得很晚才洗澡就寢。

在寢室關了燈後，阿南悄聲說道：『阿蓮，妳不能再這樣下去了。』

阿蓮坐在床緣，低垂著頭，一臉憂愁的模樣教人不忍。

『阿蓮，妳不這樣子不行的嗎？』阿南焦慮的說。

『我好想睡……』阿蓮兩眼浮腫，一直掙扎著不令眼皮闔起來。

『阿蓮……』今天是弄得有些晚了，比平常遲了一個小時就寢。

阿蓮很是疲倦，完全控制不住沉重的眼皮合上，她一閉上眼睛，就靠坐在床背，無力再起來。

阿南嘆口氣，正想幫阿蓮扶正身體睡好，阿蓮的脖子忽然『卡』的一聲，頸上紅綠陡地陷入，整個頭竟霍然脫離，緩緩地平空升起，直到頂住天花板。

阿南嚇了一跳，但他隨即回神過來，端詳阿蓮斷了的頸項。

高高在上的頭顱並沒滴下血來，坐在床上的身體，其脖子斷處清楚可見頸動脈、肌肉、食道和氣管的截面，卻不見有血流出，只有空氣進出的風聲，還傳出胃囊裏的酸腐味。

阿南深吸一大口氣，仰視阿蓮的頭，阿蓮沒張眼，似乎仍在熟睡，發出輕微的鼾息聲。不久，那個頭顱開始緩緩移向窗口，阿南一瞧，發覺今晚尚未開窗，阿蓮的頭撞了撞窗戶，發現出不去，焦急的繞著房內打轉，像小貓一般啾啾叫。

阿南擔心阿母會聽到，雖然她重聽，他也擔心如果不讓她出去，不知會怎麼樣？

阿蓮的頭越來越急躁，她發出尖細的哀泣聲，在房中胡亂東飛西竄，她靠坐在床上的身體急促的喘著氣，皮膚上的血色漸漸褪去，膚色變得越來越蒼白。

阿南趕緊掙扎著下床，拿起床邊的柺杖，一時慌張，柺杖沒拿穩，倒去了一邊，他滾下床，爬過去拿柺杖，再拖著身子回床邊，要利用床緣將自己撐起來，他抬頭一望阿蓮，看見她的身體已經非常虛弱，喘息聲又細又弱，他急得快哭出來了，當下決定先爬過窗戶那邊去。

他一手拖著柺杖，利用另一隻手臂在地上推進，好歹這是四肢健全時在當兵那兩年做過的。繞過床尾之後，他試著伸高手去推窗，窗戶果然如他所料被扣住了，他必須站起來去打開，而站起來是他目前最不可能做到的事。

阿蓮的身體虛弱無力，慢慢滑到一側，上半身歪倒在床緣，像個斷線的木偶般扭曲成怪異的姿勢。

『阿蓮，妳回去好不好？回去會不會就沒事了？』阿南哀聲問道。

阿蓮的頭像是完全聽不懂他的話，只顧不停的啼叫。

他掙扎著，奮力用柺杖站起來，在倒下去之前，快速用手指彈開窗戶的鎖釦，然後整個人仆到地上，眼鏡差點兒掉下鼻梁，他不顧跌倒的疼痛，扶正眼鏡，忙撐起上半身去推窗，一股涼風倏地鑽入，外頭的車煙味也跟著闖入，阿蓮的頭欣喜的怪叫一聲，衝出窗外的夜空去。

阿南看不見她的去向，她的啾啾聲也很快被城市的噪鬧背景聲所掩蓋了。

阿蓮的頭飛不出去時，他很擔心，飛出去了之後，他看不見又更加擔心。他吃力的爬回床上，扶起阿蓮的身體，但身體軟綿綿的硬是坐不好，阿南只好讓她躺下。

她的身體仍然是冷的，但皮膚已稍微恢復紅潤，阿南摟著她，希望她趕快暖和起來，口中呢喃道：『救苦救難觀世音菩薩，您一定要讓阿蓮沒事，不管她是人還是妖怪，您一定要幫她好好活著……』

床頭的鬧鐘指針指著凌晨一點，外頭又傳來了燒肉粽的叫賣聲，今天賣粽子的遲來了一點，或許今天在別處生意不錯吧。

阿南抱著阿蓮的身體，感覺到她的呼吸緩和些了，發藍的指甲也開始顯出粉紅色了，他揉掐著阿蓮的手指，希望指尖快點暖和，一如她平日為他的斷肢清理傷口時那般暖和，阿蓮溫熱的指尖滑過他的皮膚時，所有的不舒服都彷彿會在瞬間消失。

他心急如焚，不斷的拿起鬧鐘來看，期望阿蓮快些回來，千萬不要有什麼意外才好。

不到半個鐘頭，阿蓮的頭回來了。

她悄悄的飄進來，阿南看到了，忙將她身體扶正，讓頭可以準確的接回去。

阿蓮的臉孔表情呆滯，兩眼吊白，像是處於失神狀況，但卻能準確的找到斷處接上，頭接回脖子後，脖子裏頭發出一堆掐肉般的聲音，斷處自動縫合收起，只留下淡淡的一道紅線。

不久，阿蓮『呃』了一聲，大大吐出一口氣，才徐徐睜眼。

一看見阿南，她馬上說：『我去刷個牙。』

阿南抓住她的手：『阿蓮，妳沒事嗎？』

阿蓮搖搖頭，眼神中帶了片化不開的哀傷，似是沉積了很久很久，沒有任何東西可以將它稀釋沖淡。

她掙脫阿南的手跑出去，阿南只好呆坐在床上，望著窗戶，聽著阿蓮的刷牙聲。

阿蓮回來了，他終於放心了，緊綳的神經一旦鬆懈，疲倦馬上就湧上來了。待阿蓮回房時，阿南已經沉沉入睡。

他當時不知道，更糟的事還在後頭。

『阿南，真的有耶！電視新聞都在報導了！』一回到家，阿母馬上拉著他說，『隔壁棟那家人裝了閉路電視，拍到那女鬼了！』

阿南的心瞬間寒了半截。

『不信的話，等下新聞台重播時，你去看看？』

阿南不安的打開電視，守在電視機前，焦心的聽著一段又一段新聞，懊惱的想著：閉路電視？怎麼有人那麼無聊？還上電視新聞？他看見新聞台螢幕下方列了一行字：『觀眾熱線，歡迎提供消息！』口中忍不住咒罵起來。

『北縣最近四處流傳的女鬼傳說，終於有民眾拍到了照片……』一聽到這段新聞，阿南馬上呼喚：『阿蓮！過來！阿蓮！快過來！』

『什麼事？』阿蓮以為他需要幫助，趕忙擦乾手快步走來。

阿南指向電視機。

電視螢幕上出現一張照片，黑暗的背景前方，有一道道模糊泛白的欄杆，上方還露出衣褲的一角，顯示這是在曬衣的陽台拍的，衣角之下，一個騰空的人臉若隱若現，一半的臉被長髮擋住，約略可以看出眉毛和眼睛，是一張清秀的女子面龐。

阿蓮的臉迅速變得紙白。

只不過數秒時間，那張照片從電視上消失，換成另一則新聞，是便利商店搶案，也是有閉路電視拍到歹徒臉孔，那張臉就清楚多了。

『阿母我今晚也不睡覺，看看會不會遇上？』阿南的媽媽興致勃勃的說道。

晚上就寢時，阿蓮一言不發的整理床單，阿南沉不住氣，說道：『阿蓮，我是不是妳老公？』

阿蓮點點頭，不敢望他。

『我很擔心妳，可是，妳好像不想讓我幫妳。』

阿蓮憂愁的搖首道：『你幫不到我。』

阿南抓住她的肩膀，直視她的眼睛：『我是妳老公，我想幫妳。』

阿蓮望著他的眼睛，良久，咬了咬下唇，再望了眼鬧鐘。

她坐在床緣，低聲說：『再過一個小時，我又要出去了。』

『妳一定要出去嗎？難道不能乖乖睡著嗎？』

『不能，』阿蓮說，『我控制不了，當我出去時，我不太能記得自己做過了什麼事。』

『為什麼妳會這樣？為什麼妳的頭會飛走？』阿南苦著臉。

『你……不喜歡我嗎？』

『喜歡，所以我想幫妳！』阿南抓抓頭，『……雖然我很笨，國中之後就考不上學校了。』

阿蓮甜津津的一笑，臉上潮紅：『謝謝你，阿南。』

阿南正色道：『妳說過，有人想切妳的頭。』

『不是用刀切，』阿蓮說，『是用話來切。』

阿蓮說，她小時候，家裏忽然來了個很兇的女人，那女人還帶來了另外兩個壯碩的女子，凶神惡煞的跟在她後面，令她媽媽感到很害怕。

那女人穿了件很好的衣服，看上去是很舒服很光滑的料子，而且沒有補丁。那女人年紀比她媽媽大，還化了濃妝，她用歧視的眼光盯著阿蓮，說：『就是這小雜種嗎？』

『妳想做什麼？』阿蓮她媽緊抱著她，似是要保護她免受那女人傷害。

『我想做什麼就做什麼，』那女人冷笑道，『妳的靠山死了，昨天剛埋了，難道他還能阻止我對付他的雜種嗎？』

幾年後，阿蓮才知道，她是一位大財主的私生女，那天來的可怕女人就是大財主的大老婆。

『求妳放過她，她還小，什麼也不知道。』阿蓮的媽哀求道，『我不會要你們家一分一毛的。』

那女人嗤道：『諒妳也不敢要。』隨即冷笑道：『我不會要她的命，只是我看了真的很不爽，她要活著，就不能平安活著。』

說著，那女人一甩頭，跟著她來的兩個壯女人就搶上前來，一把抓住阿蓮的頭髮硬扯，阿蓮痛得哇哇大哭，不斷叫媽，可她媽被另一位壯女人抓著，救不了她。

在壯女人的強硬拉扯下，阿蓮硬生生被拉下一紮頭髮，然後被壯女人甩去地面。她瑟縮在地上，撫著頭髮痛哭，她媽媽衝上前來摟住她，發狂地朝那女人大叫：『妳們走！快走！』

『我們當然要走，』那貴氣的女人道，『來過這種髒兮兮的狗窩，我的鞋也該扔掉了。』臨走前，她還回頭來說：『對了，那做鬼的，生前將每個孩子的生辰八字都保存得很好呢，這個我就不需要跟妳討了。』

阿蓮的媽聽了，發瘋似的大喊大叫。

『她要作法！』阿南聽到這裏，驚叫道。

阿蓮不懂什麼叫『作法』，她學的中文還沒學過這些。

『她就會這樣……』阿蓮翻白眼，兩手在空中胡亂揮動，模仿起乩的樣子，解釋給阿南聽。

『那就是作法，詛咒啦。』

自古以來很多民族都相信身上之物不可被人得到，尤其是頭髮、血、口水這類代表精氣之物，甚至是名字、生辰這類無形之物，但卻更能完整代表本人。

不管怎樣，第三天晚上，阿蓮在沉睡中，她的頭就突然脫出來了。

阿蓮的媽看見了，就去將屋角的便桶蓋子打開。

說到這裏，阿蓮偷瞄了阿南一下。

阿南沉吟了半晌，恍然道：『這就是為什麼妳要刷牙嗎？』

『我很髒的。』阿蓮垂頭道。

『髒了，是可以洗乾淨的。』阿南不置可否，他另有心事，繃緊嘴，思考了一陣，『然後呢？為什麼她要這樣對妳？即使妳是私生女，也還有很多種方法可以對付妳呀。』

『因為……』理由很複雜，也很簡單。

飛頭的傳說十分古老，可以追溯到遠自秦朝的傳說，連阿蓮都不知道有多古老。古人傳說飛頭民是一支種族，有人說是一種法術，眾說紛紜，莫衷一是，但對印度支那半島乃至於南中國海諸島的人而言，飛頭已經是生活中一種既存的事實。

據說，飛頭民會去吃小孩糞便，又說會去吃新葬的屍體，又據說由於飛頭民肆橫過眾，泰皇還曾下令剷除飛頭民，只要見到頸上有紅線的人，一律斬頭不赦！

阿蓮的頸上出現紅線，無論阿蓮她媽如何防患她飛出去，村中還是開始出現飛頭的傳說，迫使她們母女不得不遁離家園。在長大的日子中，母女倆四處遷居，她也總是要遮著脖子，一旦有人察覺，她們又得搬家，為的是泰皇的那則故事令她們懼怕不已。

『那麼……』阿南還想要問，卻發覺阿蓮的眼皮已經越發沉重了，眼看快要閉下來了。

『阿南……我很想睡了。』阿蓮模糊的說道。

『等一等！』阿南拿出早已準備好的一盒水彩，『妳快點躺下。』

『做什麼？』

『我要畫妳的臉，好讓別人看不清楚，』他取出水彩畫筆、水杯，開始在阿蓮的臉上作畫，『妳記住哦，不可以去常去的地方，人家已經準備好相機要拍妳了，不要在空曠的地方飛，容易被人看到，貼住屋頂飛好了，小心看清楚有沒有網、有沒有勾……』阿蓮已經按捺不住，重重合上了雙眼，聽不到他說的話了，即使聽到了，到時無法控制自己，也未必記得。

阿南取來楞杖，趕緊走去關燈，免得阿蓮的頭飛出去時被人目擊，然後才走去開窗，他老早在窗下擺了張椅子，讓自己可以坐著看清楚阿蓮飛走的方向，萬一發生什麼事，至少還有個去處去尋找。

阿蓮脖子上的紅線逐漸陷入，頭慢慢脫離脖子，阿南再看一遍她被畫花的臉，期望不會被人認出來，在阿蓮飛出去之前，他還在窗口張望了一下，確定樓下和對面沒人會看見，事實上在這種冷漠的城市，很少人會常常朝窗外望的。

他目送阿蓮的頭離開了，開始坐在椅子上等待。

他想起阿蓮與他生活這短短兩個月的記憶，打從新婚初夜，每晚阿蓮都挺主動的跟他做愛，令他受寵若驚，現在回想，每次做愛之後，他都會在極度興奮後沉睡到天亮，要不是那天半夜他尿急，根本就不會發現阿蓮的秘密。

阿蓮是個可憐的女孩，她過去經歷過如此多的苦難，現在是他老婆，他就不能再讓她受這種苦了。

他開始盤算自己的儲蓄還剩多少。

半小時後，阿蓮平安回來了。

他一邊幫阿蓮擦拭臉孔，一邊說：『我們去越南好不好？我沒去過。』

『不要，』阿蓮說，『我不想去。』

『那邊不是妳的家嗎？妳媽媽不是也在那邊嗎？』

阿蓮沉吟了一會兒，反問道：『你想去越南做什麼？』

『去幫妳討回公道，找那個對妳下咒的女人，叫她把妳變回原樣！』

阿蓮沉默了一陣子才問：『你還有錢嗎？』

『老實說，』阿南洩氣道，『沒有了。』

『那就睡吧。』阿蓮一手撫著他的臉，深深吻上他的唇，阿南感到這兩片唇無比的溫暖，比過去任何一次都來得香甜，雖然帶有一點異味。

這一晚，他們花了很長的時間做愛，緩慢而纏綿，最後他們也沒穿上衣服，相擁直到天亮。

次日一早，阿蓮讓阿南一個人看守檳榔攤，自個兒不知跑去哪裏了，直到午飯之後才回來，還帶了兩盒便當。

『妳去哪裏了？』阿南擔憂的問道，『阿母問起我不知怎樣回答呢。』

『我去買機票。』阿蓮說，『下個星期我們兩個人一起去。』

阿南楞住了：『去哪裏？』

『我家，像你說的，去找那個女人。』

阿南沒想到她的行動這麼快：『妳哪來的錢買機票？』

阿蓮正色說：『我沒告訴你，我媽媽已經死了？』

『沒有。』

『所以我沒有親人了。』所以阿南付出的那一大筆嫁妝，其實都存進了阿蓮的銀行戶頭，阿南一時沒有搞懂，他只是剛弄明白為什麼當初不必回越南擺酒。

『那……那麼，我要跟阿母講。』說著，他作勢要起來。

『不要講。』阿蓮按著他的手，用堅定的眼神盯住他，他從來沒看過溫馴的阿蓮露出那麼有力的神貌，『告訴阿母，我們去南部一趟，那邊有個人可以醫好你的腿。』

『我的腿？怎麼可能？我的腿斷了。』

『請你這樣告訴阿母。』阿蓮堅持。

阿南望著她的眼神，良久，才疑惑的點頭。

阿蓮收拾好簡單的行李，輕便得即使是斷了一條腿的阿南也可以隨手提走，阿南也沒問她要去多少天，一切全由她打點，包括當天如何乘車上桃園機場，阿蓮都還比他清楚，說起來，這還是阿南第一次出國，甚至是此生第一次到機場去，因為他連松山國內機場也沒涉足過。直到在候機室，他才知道是搭乘哪一家航空公司的飛機，才知道要去哪個城市——那城市他沒聽過，真的會是越南嗎？

在三個多小時的飛行中，阿蓮告訴他一件事……

阿蓮的媽曾去算過八字，想知道阿蓮是否命途多舛，如果這一生不如意，就不如死了算了，結果算命的說，阿蓮命中注定，殘缺人要嫁殘缺人。

她是個連頭都留不穩在脖子上的人，所以也是個殘缺人。

『可是，我是在決定跟妳相親之後才弄斷腿的。』阿南解釋道。

當時阿南開貨車，急著要去送一批貨，不想半路抛錨，其時梅雨時分，天上下著淫雨，阿南冒雨檢查貨車，對車子不太瞭解的他，壓根兒找不出貨車的問題，他不敢向老闆報告說貨車壞了，又對步步迫近的送貨時間心急跳腳。

他發現貨車底下好像在滴著黑油，於是爬到車底去瞧。

天雨路滑，貨車慢慢的在斜坡移動，當他發覺時，巨大的輪胎已經硬生生壓碎他的左大腿，他的右腿反射性的及時抽回，才保住了一根支持身體的肢幹。

阿蓮說：『沒錯，你要娶我，所以才會受傷的。』

『我不相信。』阿南拒絕這種說法，這種說法會令他傷心。

他們各懷心事，在飛機上並沒多說話。

阿南懷疑自己的能力，他真的能幫到阿蓮什麼忙嗎？

傷害阿蓮的女人是個厲害的角色，他區區一個國中畢業（低空飛過）、身無長技，還斷了一條腿的人，真能派上用途嗎？

飛機要降落時，報告了英文還有他聽不懂的語文之後，總算有中文報告，他聽了之後，困惑的問道：『剛才說要在哪裏降落？我聽不懂……』

『Pnom Penh，中文叫金邊。』

『金邊？是在越南嗎？』

『不是，我們在柬埔寨。』

『柬……？』阿南張口結舌，遲疑了片刻，才說：『我記得妳家在越南。』

『我家最後是在越南，小時候不是。』

『那妳小時候是在…？』

『我會帶你去。』

他們下機後，又上了長途巴士，去一個阿南怎樣也記不住名字的地方，然後轉火車，再轉巴士，輾轉兩天，阿南只能乖乖的跟著阿蓮走，一晚住在小旅舍，一晚還在巴士站過夜。直到下機後的第三天下午，他們才抵達一個森林邊的小城鎮。

這是一處邊境小鎮，穿過森林便會進入越南境內，往東直走便能循路抵達胡志明市。那裏濕氣很重，空氣充滿泥土蒸出來的腐敗味，不臭，反而帶有一股清涼的草香。遠離了台北污濁的空氣這幾天，阿南覺得肺臟都清新了許多，對撲鼻而來的草香感到鼻腔滿滿的沁涼。

懶洋洋的午後，鎮上活動的人不多，有七十年代的金龜車徐徐開過去，也有更古老的牛車，在年久失修的石子路上壓出一道道泥溝，建築物斑駁的牆下隱藏了過去細心堆砌的華美裝飾，猜得出這裏曾經有過一度的繁榮時光。

阿蓮配合阿南的速度，率前慢步，令阿南不至於走得太辛苦。

走著走著，他們彎進一條街道，兩側坐落了平房，有的門口改裝成商店，零散擺賣著稀少的貨品。

從阿蓮的態度看來，他們已經來到目的地了，阿蓮不再緊繃的安排下一趟交通，而是對四周覺得很安閒，熟悉的輕步著，不時懷念的止步看望。街角有三兩頑童在赤著腳踢罐子，不時轉過頭來注視他們這兩個陌生人，阿南見了，忍不住低喃出小時候學過的唐詩：『少小離家老大回……』

他覺得提枴杖的手臂有點累了，便停下腳步歇息，向阿蓮確認一下：『這裏就是妳小時候住的地方嗎？』

阿蓮點點頭，然後指向街道末端：『那邊，是她住的地方。』

阿蓮突如其來的宣佈，令阿南感到頭皮麻了一下：『誰？害妳的人嗎？』

『嗯。』

『這麼多年了，她還住在那邊嗎？』

『我不知道，』阿蓮說，『很久很久了，我不知道。』

阿南覺得自己還沒有準備好，內心深處巴望那女人真的不在，又覺得若真不在又好可惜哦，因為依他們手上的錢，大概要好久以後才可能再來一趟。

他們走到那間房子時，斜陽已經將樹影推得長長的，迤邐爬上街道、牆壁以及長了雜草的屋頂，為這老舊的屋身添上更濃的朽邁。阿蓮站在門口，憑著夕陽昏黃的光線看進去，大開的木門內有好幾個年久失修的木架子，擺著稀稀落落的肥皂、毛巾、筆墨之類的，完全看不出當年是間貨色齊全、雄據一方的店號。

店內一角的矮桌後方瑟縮著一位老女人，靠在修補了無數次的藤椅上，正半合著眼打盹兒，她一頭黑白相雜的頭髮隨便紮成一團，看上去有點邋遢。

『阿金姨。』阿蓮呼喚了一聲。

阿南雖然聽不懂，但也知道是在叫那女人，平日憨頭憨腦的他也不禁疑心，如果那女人正是害她的人，阿蓮不是應該很久很久都沒見過她了嗎？怎麼會看起來挺熟的呢？

老女人聽到有人叫她，眼神迷糊的抬起頭來，一看見眼前的阿蓮，她混濁的視線剎那清澈起來，年輕時的怨恨、哀傷和狠辣倏然充滿雙瞳。她的視線轉到阿南腿上時，嘴角不禁露出惡意的笑容。

『就是她嗎？』阿南用臂肘輕輕頂了頂阿蓮，悄聲問道。

阿蓮微微頷首，然後說：『你不要講話。』

老女人吃力的站起來，指指阿南，問了一句話，只聽阿蓮回答後，老女人先是苦笑了一下，接著兩人一來一往對話起來，她們說的話像兩枚鈴鐺不斷在響，聽得阿南昏頭昏腦，他很想問兩人在說些什麼，但絲毫沒有他插話的空間。

不久，老女人的臉色越見緩和，阿蓮似乎也放鬆了不少，最後，老女人嘀咕了一句，轉身進入一道小門，消失不見。

『她去哪裏了？』阿南追問。

『她去收拾房間。』阿蓮說，『我們今晚睡這裏。』

『睡這裏？』阿南搞迷糊了。

原來那老女人不是獨居，偌大的家裏還有另一位體型壯碩的老女人，以及一位來幫傭的老男人，老男人負責粗重工作，天黑之前就離去了。

他們果然打掃了一間小房間，阿南將行李拎進去時，發現這房子挺大的，他們穿過迴廊，深入一重又一重，有三進，有點像台灣日治時期的老店，但房子沒人打理，大多地方荒廢了，嗅起來就有撲鼻的酸塵味。

安頓好行李後，阿南正思量著如何問阿蓮剛剛的對話，那位壯碩的老女人就來叫他們去用晚飯了。阿南疑心這女人就是當年扯斷阿蓮頭髮的兩人之一，雖然年紀老邁，依然透出一股兇戾之氣，令阿南神經緊繃不已。

飯桌上擺了三盤簡單的菜餚，菜量雖少，但酸酸辣辣的很下飯，阿南一直防範著那老女人，心裏一直念著她就是害慘阿蓮母女的人，所以遲遲不敢動筷，他聽人家說東南亞的女人很會下蠱之類的，生怕菜裏頭有什麼蹺蹊，吃了出事。

阿蓮似乎看出他的心事，悄聲說：『吃吧，放心。』說著便大口大口扒飯，要令阿南放心。

一桌四人用飯，沒人再出一句聲，兩個老女人也是靜靜的用飯，阿南偷瞧她們老邁的食態，油然生起一股憐憫，無論她們幹過多少壞事，而今也是風燭之年，再也做不出什麼大事了吧？

用飯後，收拾乾淨，兩個老女人熄了燈火，兀自去睡了，留下錯愕不已的阿南：『就這樣子？』他們走了這麼遠路，難道就只是來吃頓飯嗎？什麼解除詛咒的事，阿蓮竟隻字未提？

這小鎮雖有電流供應，大宅裏也只用低燭光的昏黃燈泡，熄了燈以後漆黑一片，阿蓮也不敢擅自開燈，因為會加重老女人的電費，對她們這種低收入的人來說，電費是沉重的負擔。於是，阿蓮牽了阿南的手，帶他到正門屋外去，並肩坐在黑暗的街道路肩上。

黑夜並不寂寞，樹叢間滿是各種蟲類的叫聲，還有半輪明月在團團雲層後時隱時現。阿南從來沒聽過這種充斥了各種蟲聲的夜晚，在他家的寢室只會聽見風扇聲、空調聲、機車聲還有汽車聲，他一時還不習慣這麼自然的聲音。

他肚子裏納悶著許許多多的話，想要問一問阿蓮，又不知道這樣問會不會傷她的心？抑或會令她生氣？他不想冒這種險。

倒是阿蓮先說話了：『其實，在我去台灣之前，我有來找過她。』

阿南一時還弄不明白是什麼意思。

『那時候我花了兩個星期才找到她，所以這一次我可以這麼快就帶你找到她。』

在蟲聲月影下，阿蓮娓娓道來。

確定要嫁給阿南後，她毅然做了個決定，一個她很久以前就決定要做的事，而今是時候執行了：她要去尋找當年向她施法的人，她親生父親的正室妻子。

當她摸錯了許多路，碰了幾次釘子後，終於找到那位老朽貧困的女人時，阿蓮的同情多於忿怒。她那素未謀面的父親不知曾留下多少財產，都被覬覦已久的親戚和友人們猙獰的摸走，當年叱咤一方的家業分的分、散的散，只餘下一抹殘敗的光華，那女人依然死守男人留下的空蕩房子，似乎這樣子就可以緊抓住她最後的一點尊嚴。

她並不知道老女人的名字，理論上應該稱她大媽，但她並不想使用這個稱謂。

『我是桂的女兒。』她開門見山的對老女人說道。

老女人驚惶的抬起頭，對這個十多年未曾聽過、幾乎從記憶中消失的名字感到震撼不已，她怎會料到在一個昏沉的午後，會被喚起當年被丈夫背叛的記憶？

不堪回想的怨恨令她的雙眼再度有神，上下打量這名女子：『桂的女兒長這麼大啦？』她搜索了一下記憶：『妳叫蓮，是吧？』

阿蓮答了聲是。

『桂呢？』

『死了三年了。』

老女人點點頭：『想來也是。』然後就繼續低垂著頭打盹，等待偶爾上門的顧客。

阿蓮忍不住：『妳不問我為什麼會來嗎？』

老女人獰笑道：『我想，妳自己會說。』

『告訴我，要怎麼樣變回正常人？』

『我不明白妳在說什麼呢？』

『妳忘了妳對我做過什麼事嗎？』

『有嗎？說來聽聽？』老女人語帶幸災樂禍。

『妳……妳讓我的頭……』

老女人伸手阻止她說下去，大概她覺得夠了，也大概不想阿蓮大聲嚷嚷令街上的人聽見。

『經過了這麼久，妳為什麼現在會想……回來呢？』

『我要嫁人了。』

『哦？誰會想娶妳呢？』

『我要嫁去台灣，』阿蓮說，『我不會再回來，所以，求求妳。』

『嫁去台灣？』老女人頗感興趣，『我聽說過不少女孩嫁過去的，台灣人比較有錢嗎？』

她點燃一支土菸，道：『妳一個要嫁人的人，人家怎麼還讓妳跑來跑去的？』

『求求妳，』阿蓮放軟了語氣，『妳有沒有辦法把我變回來？』

老女人覷她一眼，抽了幾口菸，道：『沒有。』

『沒有？』發出怪叫聲的是阿南。

阿蓮敘述的當兒，天氣越感寒涼了，熱帶地方的鄉下，往往早晚溫差很大，又乾又熱的白天，到了夜晚便會變得濕冷，阿南在這兒幾天，已經挺瞭解這兒的天氣模式，每到濕冷時候，他左腿截肢處便會隱然作痛，像是骨髓內部有把小鎚子在敲打。

他彎下腰，撫撫左腿癒合了的傷口。

『痛嗎？』阿蓮關心的問道。

阿南搖頭，然後問道：『她真的沒辦法嗎？』在月色下，他凝視阿蓮的雙眼，她眼中透出黑晶般的光芒，深不可測。

阿蓮繼續說故事……

老女人搗頭如蒜，悶悶的說：『這不是可以回頭的事。』

『那妳為什麼要這樣害我？』阿蓮咬著牙，忿恨的說。

老女人凝視她的眼睛，好一會，才慢慢伸出手，將衣服的高領翻開。高領之下，是一道紅線，在起皺的皮膚下若隱若現。

阿蓮屏息看著那道紅線，她咬著下唇，害怕聽到答案。

『妳媽媽，桂，曾經是我家的女傭，』老女人用沉靜的語氣低頭說，『她跟我家男人偷偷有了妳，當她的肚子終於藏不住之後，我很生氣，可是不久我就原諒了他們……』她將菸頭丟掉，再度凝視阿蓮：『女人是很認命的。』

阿蓮抖著聲音說道：『我不記得住過這裏。』

『因為她還沒生下妳，就被我趕走了。』老女人依舊冷冷的說，『妳想知道為什麼嗎？因為她太貪心了，她想坐上我的位子，她想拿家門和錢櫃的鑰匙，她想做這頭家的女主人，所以她請了一個神婆把我弄成這樣。』

阿蓮感到雙腿發軟，胸口透出一股沁涼，由不得跪倒在店門口。

『如果，』老女人低垂著眼，『如果能夠回復原樣，難道我不想嗎？』

兩個女人面對面沉默良久，阿蓮才說：『那個神婆，妳知道是誰嗎？』

『知道。』老女人說，『妳找她也沒用的。』

『她還在嗎？』

『應該還在，不過很老很老，比我還窮，躲在後山的一間小屋，不知還能不能走路。』老女人頓了一頓，才道，『妳真的要去找她嗎？』

阿蓮抿緊唇：『是。』

老女人嘆了一口氣。

說到這裏，阿蓮輕撫著阿南的手，久久沒再說話，只是抬頭望著閃爍的群星。

『你看。』突然，阿蓮一指舉向天空。

空中，有一樣東西在緩緩飛過。

阿南見過，但還是忍不住驚奇：『是人頭。』

『那邊呢？』阿蓮指向另一邊。

街道兩側的平房屋頂後面冒出數個人頭，在月色下徐徐升空，他們放出啾啾的叫聲，嚇得連夜鳥都沉默噤聲。

人頭們飛向他倆所處街畔的一棵蒼老大樹，在樹頂上群集，啾啾啾叫個不停，像在談天交換訊息。

不久，更多的人頭從遠方飛來，如群集飛翔的候鳥，橫掃過天空，降落在大樹上，加入大樹的人頭陣容，整棵樹頓時變得聒噪不已，恍若百鳥爭鳴，令這條街道變得比白天還熱鬧。有的人頭繞樹而飛，不時擦過樹葉，令樹葉掉落，像是以此為樂。

阿南注意到，其中一個飛頭看起來很像那老女人，也就是阿蓮的大媽，阿南還記得她紮起來的頭髮和臉型的輪廓，她在飛翔時不再老態龍鍾，顯得比剛才更有活力。

大樹上喧鬧的人頭活潑非常，白天生活困頓的他們，彷彿在夜晚獲得了第二生命，可以盡情享受自在的時光。

不久，人頭們漸漸安靜下來，大樹恢復平靜，人頭們抖抖頭，抖落頭髮上的葉子和蟲隻，然後紛紛飛離大樹，四散而去。

阿南目瞪口呆，半晌合不了口，『……這是怎麼回事？』他還沒想過，這個林邊小鎮，或者正是飛頭民們聚居之地。

阿蓮一點都不慌張，她不斷撫摸阿南的手背，不令他緊張。

『女人是很認命的。』阿蓮幽幽的說，『那天相親，我知道那個來的人不是我真正要嫁的人之後，我就在猜，算命的是不是說對了……』

阿南傻著眼遙望人頭們飛遠。

『我一直在想，你的腿是我害的，因為我命中要嫁一個殘缺人，誰敢娶我，誰就有事。』阿蓮握緊阿南的手，『阿南，對不起。』

阿南感到淚水漸漸湧了上來，他撫著阿蓮的肩膀，說：『我才要說對不起，妳以前受了這麼多苦，我卻這麼沒用，沒能讓妳過更好的生活……』

兩人摟在一起，久久沒有說一句話。

不久，阿蓮拉過阿南的手，讓他輕輕按在肚皮上，然後將嘴巴湊過去他耳邊，輕聲道：『我可能有孩子了……』

『孩子？』阿南一時回不過神來，當他終於明白時，頓時熱淚盈眶，『我有孩子了？』

『我這次沒來……去買了驗孕棒，還沒去看醫生。』阿蓮輕聲道，『而且，我最近比較常晚上會飛出去，大概是因為有了。』

阿南哭得唏哩嘩啦，淚水控制不住猛流不停，此時此刻他覺得自己是天地間最幸福的人了。一直到今年新年以前，他還從來沒想過自己可能會有這種幸福日子好過，這一瞬間，他由衷感激各路他常膜拜的神明對他眷顧有加。

『阿南……』阿蓮在他耳邊悄悄說，『你想不想自由自在的到處走，還比你有腳的時候走得更遠？』

阿南擦拭雙眼，點點頭。

『你要不要變得跟我一樣？』

阿南猛抬頭，望著阿蓮，忍不住去打量她脖子上的紅線，紅線被下巴投下的影子遮去了，看不分明。

『妳……沒有跟他們一起飛？』

『住在台灣之後，就比較遲了，大概因為台灣人都很遲才睡，這邊的人要省燈油和電費，很早就睡啦。』頓了一頓，阿蓮再次問道：『你要不要變得跟我一樣？』

阿南想了很久，才問：『為什麼？』

『因為即使沒有了腿，你也可以在空中飛，飛得又高又遠。』

『可是……』

他還來不及說完，阿蓮的眼睛在毫無預警下突然翻白，脖子上的紅線驀地拉寬、陷入，她的時間到了。

阿南沉默不語，看著她的頭漸漸脫離身體，聽著她口中發出聽起來毫無意義的啾啾聲，他抱著她的身體，眺望她的頭飛走，就如同過去兩天在小旅舍、在長程巴士站旁的黑暗林蔭中，等待她回來。

阿蓮飛到半空，在月光下四處環視，最後決定了方向，緩緩飛到街道的另一端。

阿南摟得她緊緊的，感受她的心跳自胸口傳出來，感受她的呼吸聲自脖子的斷處呼嘯著。

他願意相信阿蓮。

回到台灣後，阿南更努力的工作，他不僅賣檳榔，還學了一點手藝，在住家樓下開了個小檔子，專賣水煎包，由阿蓮和他家阿母幫忙做餡料，他自個兒負責麵皮，由於他扶枴杖的手臂變得十分有力，桿出來的麵糰也特別有勁，水煎包做得皮薄有彈性、餡滿有甜汁，漸漸的打出了名堂，每個月的收入也穩定的在增加。

這其中有個訣竅，就是內餡的原料，其實是阿蓮的大媽所提供的，那是她年輕時拿手的秘方，總是能讓她家男人胃口大開的，就是除了豬肉肥瘦比例之外，還加了雞肉、蝦米、洋蔥、花生、高湯等等，成了一道入口則交織有百種滋味的好味道。

收入增加後，依照計畫，阿南租下了他住的公寓頂樓，加蓋了一間房子，準備迎接新生兒的誕生。

每天晚上，他都很期待午夜的來臨。

那時候，他和阿蓮兩人會將頭脫離身體，在空中盡情嬉戲。

回想起那個在柬埔寨小鎮的晚上，他所做下的重大決定，他一點也沒後悔。

那時候，阿蓮買了豐盛的食物，帶他到小鎮後山去，依大媽的指示找到神婆，她所住的小木屋被各種果樹重重包圍，屋外不遠還種了各類蔬菜，那位神婆則躺在神壇旁的藤椅中，神壇上擺了好多罈子，一一全部用紅紙黃符封了口。

阿南不安的望著那些罈子，覺得它們像一個個歇息中的小生物，蓄勢待發。

阿蓮向神婆道明來意，神婆先是驚奇，因為除了巫師之外，沒有人會自願成為飛頭民的，然後神婆嚴肅的告訴她許多話，她聽完了之後，翻譯給阿南聽：

『這是一個不能回頭的決定，你會不會後悔？』

『每次飛回來之後不能馬上洗澡，尤其是熱水澡，也不能洗你的頸，你會不會後悔？』

『每次月圓，或前一天和後一天，都不能飛出去，你會不會後悔？』

『你不能抽菸，不能吃不新鮮的魚、蝦和螃蟹，也不能吃生牛肉和羊肉，你會不會後悔？』

『你的嘴巴，這一生都可能有臭味，你會不會後悔？』

就這樣，阿蓮林林總總說了十多條，阿南都不覺得有問題。

他相信阿蓮不會害他，阿蓮沒有理由害他，因為他關心阿蓮、疼愛阿蓮，他不能讓阿蓮傷心，如果不相信阿蓮，她會傷心的，何況阿蓮還有了他的孩子。

那神婆見他答應了，告訴他需要準備一下，今晚月亮半圓，正是好時候，說著，神婆合眼在藤椅上假寐，也不見她有什麼行動去準備些什麼。

阿蓮去廚房生火燒柴，煮了三人飯菜，等待夜色降臨。當夜晚真的來到時，神壇真的已經準備好了，前方擺了一張小桌子，放了好幾個碗，盛了白米、生雞蛋、蒜頭等物，又擺上黃紙、朱砂筆、白蠟燭等，而神婆依舊睡在藤椅上，不像曾經起來過的樣子。

半輪明月升起時，神婆終於站起來了，她雙目炯然有神，大概是因為休息了一整個下午吧。他被安置在房子正中央，用一塊黑布蒙上眼睛，他什麼也看不見，耳中只有不斷傳入神婆的呢喃聲，時而低吟時而高唱，時而又像在抽泣，神婆腳下踏著有節奏的步伐，像要引導什麼跟著她踱步。

一陣陣異香穿入他的鼻孔，有寺廟裏熟悉的檀香味，也有乾燥香草低溫焚燒的熏人青草味，還有混合了肉桂、茴香和各種說不出名字的香料氣味夾雜其間，忽然，一股蛋殼燃燒的惡臭撲鼻，阿南就開始覺得頸項癢癢的。

癢癢的感覺繞著脖子一圈，他感到脖子四周的皮肉慢慢陷入，壓迫到氣管和頸椎，在他覺得不舒服之前，氣管忽然灌入一道涼風，他內心又驚懼又好奇，但絲毫不覺得疼痛。

即使是頸椎中的脊椎神經切斷時，他也不覺得痛，只是覺得身體突然失去了聯繫，整個人頓時感到前所未有的輕鬆，連當兵之後一直困擾著他的頸痛也在剎那間消失得無影無蹤。

脖子兩側的頸動脈截斷了，但血液依然奔流，在他的腦子四周提供氧氣和養分，在他緊張得吞下口水的當兒，食道也斷開了，口水滑了下去，沒有滴出體外。

這時候，擋在眼前的黑布被輕輕解開了。

黑夜，只有燭光搖晃的小木屋，在他眼前卻變得明亮無比，黑暗的房間彷彿被正午的太陽照耀般光亮，他沒戴眼鏡，也看得見屋樑上的細密蛛絲閃著銀光，看得見神婆臉上的每一根皺紋，看得見神壇上罈子裏靜伏的不明生物，甚至看見碗中白米裏頭暗藏的蟲卵。

他浮在半空，發現雙耳正高速震動，拍打著空氣發出超越人耳的音頻，將他的頭顱托在空氣中，他很自然的試著控制雙耳，然後，他在半空徐徐轉頭，此刻，他心中……是的，心中充滿了驚喜，他的身體跟頭建立了神秘的聯繫，氣血憑著超空間的管道互通，雖然失去了身體的束縛，他依舊可以感覺到內心的激動……

他轉過頭，看見阿蓮。

阿蓮的頭也已經飛起，但不像他平常看見的兩眼翻白，在他超然的視線中，他看見阿蓮的臉滿佈光芒，妖艷迷人，他知道阿蓮口中正啾聲叫著，但在耳中卻是全然明白的說話：『我們出去飛一飛吧？』

然後，他也發出啾啾聲：『好啊。』

月光下的世界多麼美麗，月夜在他的視野下有如正午，但四周的樹林並不是滿山翠綠，而是發出各色黃、紫間雜的瑰麗色彩。他們在月下盤旋嬉鬧，阿南從未如此快樂，遠比新婚之夜更加倍的興奮，尤其是有阿蓮在他身邊，不，頭邊。

回到台北縣，阿蓮教他如何避開大樓之間交織的有線電視線、電話線和電線，否則頭會被纏住逃脫不了，後果可不堪涉想。

然後，他們也從神婆那邊得到了一個除了巫師之外，沒有其他飛頭民知悉的秘密：自由控制將頭飛離的方法。

因此，從此，阿蓮和阿南過著幸福快樂的生活。

……我猜是吧。

四季台北／冬

台北迷路

我已經深入墳地，
左顧右盼，視野所及全是墓碑，
我站在墳地中央，
呼吸著死者透過泥土散發出來的陳腐，
迎著死靈輕拂過身邊的微風。

我知道，我正在作夢。

我在作夢時大多數會知道我正在作夢，因為夢總是那麼的不真實。

夢中，我靠坐在老樹下休息，享受樹蔭下片刻的涼爽，面前躺了條爛泥巴路，路被車輪壓印得傷痕累累，還有無數零亂的牛蹄印。

泥巴路通往一片更荒涼的地方，那裏的雜草被滋養得又高又肥，除了野狗和烏鴉，沒人會對那片土地的豐富養分感興趣。

因為那裏是一大片墳地。

每個住在城裏城外的人，將來都有機會來這裏，無論是大家閨秀、千金小姐、販夫走卒、讀書人、大富商、小跑腿、推車的、拖車的、乘車的、正義浩然之士、卑鄙小人等類，統統免不了一死，兩腿一伸，全往這裏送，塵歸塵，土歸土，埋得淺的還會被野狗掘出飽食一頓，烏鴉如常待在枝上靜候骨骸上的殘肉。

在眼前這片墳地上，眾生平等得很，世界大同。

我不知道我為什麼會來到西門外這種鬼地方找棵半死不活的老樹倚著納涼，我不該會喜歡這種地方的不是嗎？

夢是該醒的時候了，因為牛頭出現了。

『別攔在路上。』牛頭說著，還用粗糙的大舌頭舔了我一下。

其實說話的不是牛，牛的後頭拖了一輛車，車上坐了個壯漢，叫我別攔路的是他。可是我不知道我攔了哪條路了，前方的路那麼寬闊，何況他大老遠就能望見我，早就能拐個小彎繞過去。

我縮起雙腿，讓他通過。

『別攔路，不然會輾斷你的腿！』

我霍然驚醒，一股清冷混合了嗆鼻車煙味的空氣侵入鼻腔，一掃夢中的泥香和草香。

我忍不住咳嗽，企圖驅走入侵的異味，我咳得淚水直流，淚眼迷濛中，墳地自眼前消失，換成大片高樓大廈，灰沉沉的在晨曦中矗立，其中一棟還在最高處閃爍著又大又紅的數目字，很搶眼，我知道是數目字，也明白是什麼意思，卻一個也說不出來。

『喂！』

差點忘了有人提醒我會輾斷腿，我抬頭望向那人，看見他脖子上是一張黑色的國字臉，他推著木車，堆著破銅爛鐵，顯然木車的輪子不易轉彎，而我的腿又正好橫臥在他面前，他要不是得將木車推下人行道，冒險走一小段馬路再登上人行道，要不就得直接輾過我的腿。

不過舉腳之勞，反正夢醒了，我也該起來了。

那人推動木車，又皺鼻子又擠眼的，口中還在唸唸有詞。

我聽不懂他在唸什麼，不過我默記下來了：『臭臭臭，霉氣，一大早就碰到那麼臭的東西。』

這是啟示。

我東張西望，確認眼前不是墳地，而是黑油油的堅硬路面，路面躺了黑白相間的粗寬線條，一顆顆大泡泡在路面浮起又沉下。

要抵達對面的高樓，我首先必須跨過這些白線，白線中間有紅色人，端正的站在框框之中，用看不見的眼睛（他的眼睛跟身體其他部分一樣是紅色發光的小點）直楞楞的盯住我。不，或許他正在監視我，喔，我知道，又是監視。

我故意不直視他，看他打算採取什麼行動。

忽然，紅色人消失了，下方的另一個框框赫然出現綠色人瘋狂的走路，綠色人不只一個，他們每隔一段路就站一個崗，在方形的牢籠中不停的行走，卻老是走不出籠子。

這是啟示。

四周那麼廣闊，黑色路面上沒幾輛車子，天空正在大片藍色之上再披上髒兮兮的檸檬色，身處如此廣大的空間，我卻覺得十分狹小。

正如綠色走路人給我的啟示，我逃不掉。我被硬硬的頭殼封鎖在內，逃不出去，除非破開我的頭一個洞。

也正如牛頭給我的啟示，我的頭裏面有很多很重要的東西，卻被禁止迸出來，只好慢慢腐敗發臭。

我眺望對岸黑壓壓的大樓，一股慾望驅使我舉步，要穿過一橫列白線到對岸去，但這條路太長太遠，雖說黑油路上沒什麼車子，誰知道隨時會發生什麼事？說不定一輛大車乘著清早行人稀少撞過來將我輾個稀爛呢？

腦袋還在猶豫，腳底卻已踏上路面。

綠色人在催促我快走快走。

我不安的望向斑馬線，我有充分的理由不安，因為我知道這條斑馬線不是普通的長，以正常速度通過少說也要一分鐘以上，這表示我必須暴露在險境下更長的時間。

另一個更充分的理由是，斑馬線上正浮出一個個大泡泡，我看清了它們的真面目，那些泡泡是一個個腦袋瓜，躲著一雙雙賊眼，虎視眈眈我的腿。有個人經過我身邊，匆匆的過路，一腳踏上那些浮凸出路面的天靈蓋，它們的賊眼眨也不眨一下，我目睹一隻手從斑馬線伸出，碰了一下那位過路人的小腿，他沒停下腳步，似乎根本沒留意到有隻手碰過他了。

我知道，我見過，要是目標正確，它們會出其不意緊抓那人雙腿，給他個措手不及，僵在馬路上，活生生被大卡車撞成絞肉。

我不會讓它們得逞，可它們難纏得很，一個才沉了下去，另一個又從不同的位置浮出來，永無休止。這樣下去，我一輩子都會過不了這條路。

在我的後面，一棟高大建築物英偉的矗立在路邊，它的正面如同一片巨型神主牌，它上方的天空流動著洶湧的浩然之氣。看來，那些斑馬線上的怪東西是懾於這股氣勢，才不敢大大方方露臉。

但我仍猶豫不決，不知如何才能平平安安通過，我擔心我正是它們久候多時的目標，我擔心那輛在兩列綠色人之外的大卡車會撞上我。

綠色走路人的啟示已經很明顯，他示意我趕快走，可我躊躇不前。

毫無預警的，綠色人忽然消失，頭上立刻又出現紅色立正人。我想綠色人和紅色人大概水火不容，他們永遠不會一塊兒出現，或許是因為綠色人害怕紅色人？所以只要紅色人一出現就躲起來。

我也不喜歡酷酷的直立的紅色人，他像站崗的憲兵，在守著某個不為人知的秘密，不准探問，不准窺視，不准知道，不准想。

這是啟示。

紅色立正人的啟示。

所以我找了個安全的牆角坐下，放鬆四肢，把腳伸在沒有木車或單車會輾過的地方，然後在紅色人的監視下，閉上眼睛。

這一合眼，眼前的景象就改變了。

高樓不見了，眼前的天空一片潔淨，蔚藍無比，冬日暖陽投照在我粗厚的衣服上。我伸長的兩腿前端所指向的，依然是那片墳地，塚墓們大多荒廢，有人打理的，也只有在清明時分才能短暫的回復乾淨面貌。

莫非我又入夢了？

無論如何，我知道這是個機會。

於是我站起來，走向墳地，踩過萬千人最後經過的道路，草地因為送喪隊伍一次又一次的踐踏而開出一條路徑，被踏過的路徑或許因為被死靈的氣息沾過千百次，再也長不出寸許小草。

我走上這條道路，口中沒來由的呢喃起來，我一時沒想起自己在唸些什麼，後來才知道是阿彌陀佛，這是走在死靈路上自心底深層激起的恐懼，將我宿世以來念佛的善根帶出來了。

路徑深入墳地後就消失了，我在墳墓之間前進，看見破裂的或倒下的墓石，看見碑面被風沙磨損得看不分明的姓名，也看見新的墓石上，死者的名諱刻得又深又漂亮。也有沒錢的人用木板立墓，新的還好，舊的早已朽壞得跟泥土分不清了。

我依稀對某些過眼的名字有印象，但不敢確定，另一方面也是匆匆要趕路穿越墳地的關係，我不想對碑文多瞧一眼。

事實上，我連我自己是什麼名字都沒搞清楚，我甚至不記得被牛車／撿破爛的木車弄醒之前去過哪裏？做過什麼事等等？

我最清楚的感覺，是在左腦袋瓜顳葉處有一塊糊糰，朦朧的死賴在記憶中，甩不掉，也沒企圖去甩掉。

而今，我已經深入墳地，左顧右盼，視野所及全是墓碑，我站在墳地中央，呼吸著死者透過泥土散發出來的陳腐，迎著死靈輕拂過身邊的微風。

霎時間，前方出現一條人影。

人影自腐朽的墓前升起，下半身是墓碑，上半身模糊難辨，像一團灰黑色的輕霧。

人影說話了：『先生，買口香糖。』

我赫然驚醒，才發覺在穿越墳地的夢境中，我已經越過了寬闊的馬路，且沒被那些怪頭們逮住。

我看清說話的人影，才看見一個瘦瘦的老人站在我面前，由於他駝背，看起來在向我低聲下氣，他手中拿著一個盒子，裝了白的黃的綠的藍的紫的各色口香糖，在他微微顫抖的手中如同戰戰兢兢的雛鳥，老人的眼神告訴我他還沒用早餐，期望今天的第一個顧客能給他一個好的開始。

我摸摸褲袋，裏頭有幾樣零碎的東西，我拿出來端詳，有一張折起來縐巴巴的紙（不是錢）、一枚比一般還大的鈕釦（也不是錢，而且上面有三個洞，跟一般的不一樣，還刻了英文大寫ＮＷ）、一張票根和兩枚十元硬幣。

我高興的將硬幣遞給賣口香糖的老人，可是他已經蹣跚著腳步離開，可能他對我掏褲袋的動作感到失望，以為我想讓他知難而退吧。

我環顧四周，發覺自己正站在一個黑沉沉的路口，直路兩側都是商店，鐵門全都拉下了，整條街道像是沉睡未醒。

我自然而然走進去，經過兩排佈滿灰塵的鐵閘門，地下還有許多昨晚熱鬧過後遺下的垃圾，一位清潔工正緩慢的打掃。

路旁種了稀稀落落的樹，樹下設有涼凳，坐了一個眼神猥褻的老人，不是方才賣口香糖那位，這個雖然也是瘦瘦的，但眼神很兇，像要吃人，口中猛抽一根菸，還用兩指緊抓住濾嘴部位，像要將每一片菸草的致癌物吸盡方休，他毫不留情的上下打量我，比剛才的紅色立正人更為猖狂，他要我很清楚的知道他在盯我。

我打個哆嗦，忍不住加快腳步，但腳底下似有千斤重，怎麼樣也快不起來。

他開口，露出一枚金牙，被酒精燒乾了的喉頭發出摩擦聲：『少年啊，要不要來點幼齒的？』

這是啟示。

不過這個啟示給得太過明目張膽了。

我居然停下腳步，翻出褲袋裏的東西給他看，他皺起眉頭，不屑的啐了一口乾痰，口中邊嘟囔邊回到涼凳去，連瞥都不再瞥我一眼。

他點燃一根菸，刻意將頭背著我，我引頸眺望他面對的方向，發現街尾的確有飄浮著不少灰濛濛的東西，像霧一般。

難道這不是啟示？

我相信剛才的啟示，是以我決定去找那團霧。

雖然只是清晨，空氣中已經參進了車屁味，就是那種汽油在轎車腹中燃燒後排放的廢氣。這種屁味不比人類的好多少，人屁是食物（尤其高蛋白質食物，尤其肉類，也就是動物的屍塊）在人體燃燒後的氣體，而車屁的原料也是億萬年前的動物屍體濃縮而成的。

但街尾那團霧並非隨處可見的車屁，那裏是啟示所指的方向，隨著越來越近，霧中傳出的低泣聲也越加清楚，那是悲涼的哭聲，在渴求他們本來應得卻被人硬生生奪走的身體。

街尾有好幾家診所，有的門口聚積了特別濃的霧，近看才知道是許許多多小孩的陰影，他們矮小的身影在門外徘徊，腳步輕盈，小孩只有體形沒有面目，整個人只像輕飄飄的灰色漿水。

這是小冤魂的街道。

我已經抵達啟示所指的地點了，應該有下一個啟示出現的，怎麼這麼久還沒來呢？

冷冰冰的街道，還沒什麼行人，有一個賣燒餅油條的攤位，像是生怕有人上門似的躲在角落，老闆正灰溜溜的閃爍著小眼，枯候著不知何時才會光臨的顧客，而充滿四周哭泣不休的小冤魂們又沒有要上前吃早餐的意思。

他們不想，我可想，我肚子餓極了，好想填些東西進去，但我抗拒用掉褲袋裏的硬幣，我覺得它們應該還有更重要的用處。

我將眼睛移開，不想看那些燒餅油條。

我站在人行道上，盡量靠在柱子後面，以免自己太惹人注目。

之前的啟示來得如此明白，此刻我為何會陷入等待？

由於等不到啟示，於是我開始回想這一切是怎麼開始的。

無論我怎麼思索，我的記憶總是只能回溯到墳地旁的樹下為止，那明明是一個夢，可是再推前卻一點也想不起來。說不定那不是夢，而是真實的一部分。

好吧，真實，這條街道如果曾是墳地，那地底下是否仍埋藏著無名的骨骸呢？

我又忽然驚覺，這些小冤魂們是被宰殺的，他們沒有未來的人生，因為一切在尚未開始前就被強制畫上休止符了，所以這裏也是他們的葬身之地。他們被一道屠刀活生生切割，分解成一塊塊然後自母體移除，被裝入廚餘裏屍袋中，再由高唱〈給愛麗絲〉的巨車給載走去集體火葬或土葬。

他們在診所門外徘徊、踟躕、猶豫，是感到困惑嗎？困惑為何他們的計畫旅行尚未啟程就被取消了。

我也在困惑，困惑我在這裏做什麼？我是什麼人？為何不斷在渴望下一個啟示？我是在尋找嗎？尋找什麼？為何尋找？

小冤魂們在我眼前不停走動，像一道道混濁的溪流，佔據了我大部分的視野，我看得頭暈目眩，加上肚子餓得翻滾，胃囊不斷在抽搐，腦袋瓜大概因為缺糖而意識模糊。

戛然，我陷入一片嘈雜，四周都是人聲，空氣也嗅起來清新無比，還帶有水的氣味。我睜眼一看，身旁的柱子消失了，小冤魂們也無影無蹤了，取而代之的是一群打赤膊的漢子，汗水沿著他們肌肉的溝紋流竄，在晨光下揮灑、滴瀝著。

我站在河灘上，渾身衣服被沁涼的河風鼓動，有數艘糧船揚著風帆，在河面上輕輕滑過，河岸也停泊有兩、三艘舢舨，漢子們正將一個個麻袋的米糧扛上船去，邊扛邊吆喝著粗獷的號子。

很顯然這片河灘是運糧的碼頭，墳地距此已有一段距離，我聞不到死靈的氣息，也聽不到任何代表文明世界的汽車聲和空調聲，耳朵像是剎那被掏空般舒服乾淨。

如果這又是一場夢，那麼這場夢太過真實，因為這夢的細節過於繁多：河邊有水鳥，水鳥捕食河魚，微風輕拂，即使在河邊，空氣依舊乾爽，此正係入冬寒流未到前的溫度。

有兩條漢子經過我身邊，飄過來兩句話：『折騰了這幾年，終於要建城牆了，聽說人手不夠。』『工錢有沒有比這邊好？』

這不是啟示，但我被這兩句話吸引，於是尾隨他們飄了過去。

『工錢好，也沒你的分，人家要去廣東招募工人。』

『要這麼多人？不是已經修好大路了？』

『聽說路要改道，要將整座城朝向那座山。』漢子指了指遠方那座山，山前列了重重巒頭，大有小國君王之勢，那山是七星山，晴朗的夜晚會看見這座山正好橫臥在北斗七星下方。

為什麼我知道那是七星山呢？我也不知道，就這麼從腦子裏迸出來了，看來還有不少該迸出、能迸出、未迸出的呢。

我跟著那兩條漢子走了一小段路，他們沒搭理我，只當我是河灘上的芒草，他們逕自走到糧車旁，各自扛了兩袋米，回身走向河邊。

陽光佈滿了天空，晨間的涼意消逝了。

『好歹這兒也是個府城啦。』漢子道。

『待會搬完米，我到龍山寺捻枝香去，你去不去？』

我歇下腳步，不再跟隨他們了。

我已經聽了太多，分辨不出哪一個才是啟示，還是根本有沒有啟示？

我遙望七星山，難道啟示是七星山？我必須走到七星山那裏去嗎？

遠方傳來車聲轆轆，是一輛從大路上駛來的牛車，車上坐了位戴帽的男人，帽子像斗笠，不過紅紅的，還插了根長長的翎毛，在後面一晃一晃的，帽子下的後腦勺還垂下一條長長的髮辮，一種好像不該出現在男人身上的東西。

我當下想起那是清朝官員的穿著！他不是白日現形的鬼魂，而是活生生走動有體溫的人類，這下子我總算明白為何這裏是碼頭，為何要建城，為何我可以望見從來不記得那個方向該有的七星山。

我不知不覺不疾不徐走向那位清官，有點擔心會不會因為靠近他而冒犯他而被大喝一聲『拿下！』之類的，可他身邊隨員不多，不過兵卒十人，刀收入鞘，沒見殺氣。官員由一名兵卒扶下車，也跟我一樣眺望山巒，手中平平拿了一片板子，我猜是羅盤，那官懂得看風水。

他身邊還站了一位師爺模樣的人，戴頂瓜皮帽，手中不停揮動摺扇，一副很怕熱的樣子。官員手指羅盤，比手畫腳，我漸漸走近，只聽他說：『主山坐鎮，前有朝官拱列，這不是君王之象是什麼？瞧，這還有一條河，七拐八彎，龍氣北來延綿不絕，所以城牆建在那裏，主穴的氣就不至於散失，整座府城朝西北面對那條山巒中線，就是天子上朝，前呼後擁……』

那師爺模樣的人道：『劉公所言雖是，然府城方位不正，是為偏格，雖有天子上朝，然未正對北斗，是以天子難以穩坐寶座，令府城日後諸多紛擾呀。』

官員沉吟了一會，才說：『你說得也對，然而折衷之法……』

『劉公您瞧，』那師爺模樣的人收起摺扇，將扇指向七星山，『這山……』

我隨著他的摺扇猛一轉頭，卻望不見七星山，眼前矗立著一棟棟高樓、一堆高掛的招牌，還有漫天垂掛的電線、電話線、有線電視線之類，視線所及全都抹上了一片灰色，還有酸酸的塵埃味。

我踮起腳尖，看不見，我氣急敗壞的跳躍身體，企圖看見被醜陋高樓掩去的山，我耳邊傳來一陣譏笑聲，才發現我的舉動引來了一群人的指指點點。

那群人排列成長龍，苦候著一個小窗口的開啟，好掏錢出來買今早的第一場電影，他們目光呆滯，除了等候沒事可幹，因此全部轉過頭來看我。

我已經惹來側目，此地不宜久留。

於是，我匆匆穿過這條街道，朝回頭的方向走，但這並非我來時的同一條路，我來時是山名，去時是城名，而且是革命先烈推倒滿清政權的名城。

令我不安的是，整條街好幾處都排了一條條長龍，一個個看似無助等候的人都不約而同的轉頭來看我，有的好奇的直視我，有的斜目覷我，有的瞟我一眼，有的睇我，有的一臉不爽的瞪我，有的不屑的蔑視我，我感到自己有如全身赤裸，不，比這更加不安，好像五臟六腑都被看透似的，他們有人知道我是誰！惟獨我自己不知道！但我不敢問他們我是誰！我不敢知道！

不行！我不能走直路！容易被跟蹤！我左彎右拐，轉進小巷，鑽出防火巷，但不忘維持我要去的方向。

店家一間間在開門，人行道慢慢被小攤位佔領了，我不得不在變窄的店簷下行走，這樣子也比較好，我比較不會那麼引人注目。

終於，面前又是一條大馬路了，正是我記憶開始時想從對面跨越過來的那條，擋在我和大馬路之間的，是一個從地面咧開的大口，從口中伸出一排階梯，我目睹有人走進去，站在自動下降的梯道上緩緩滑入食道，也有人從裏頭匆匆忙忙的出來，一臉驚惶的趕路。

紅色立正人堅守崗位，叫我先別忙著進去，我也正猶豫，這張嘴不是我要尋找的那張嘴，這張嘴不知會將我吞到哪個地方去，萬一不是我要去的地方怎麼辦？

我無助的呆立時，身後的鐵閘門忽然拉開，轟隆轟隆升起的巨響嚇了我一大跳，我以為受到攻擊，兩拳不由自主的緊握，回頭一望，看見鐵門拉起後露出的東西時，差點驚叫出聲！

是星星！

棕色的五芒星，擁擠的塞著泡在巨大的實驗瓶中，被萃取出星光的精華，記憶中，這星光的味道是鹹的，很鹹，而且有五十年歷史。

我欣喜若狂，是了，這就是啟示！

浸泡星星的實驗瓶旁邊，還泡了滿滿的一瓶太陽，太陽是圓的，中間像日本錢一樣有個圓孔，有光芒自圓孔輻射狀的放射。

我忽然想起褲袋中那張縐巴巴的紙。

我慌忙拿出紙張，打開一看，上面畫了和寫了這些：

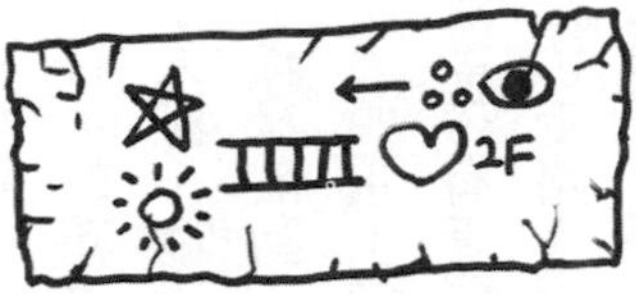

不管這張紙是誰畫的（當然有可能是我畫的），不管它為什麼會跑到我的褲袋裏頭去的（當然有可能是我放的），我相信，它一定是非常非常重要的。

我緊盯著紙上的五芒星和太陽，它們是並列的，我回頭看那兩樽實驗瓶，五芒星和太陽沒錯，然後那道橫列的梯子是什麼？是斑馬線，一定是，所以我必須過馬路回到對面，去找……？

對面會有什麼跟這個♡有關係的嗎？

肚子忽然抽了一下，我的身體又在提醒我餓了，我完全不記得上一餐是什麼時候吃的？吃的是什麼？總之我餓得很，褲袋裏僅有兩枚十元硬幣，鹹鹹的五芒星一小杯就要十元，可是有半杯以上是冰塊，我喝了應該會胃痛，所以那兩枚十元不該用在這邊。

我餓得有點頭暈了，餓得有一股寒意打從體內滲透出來，腳步輕輕浮浮的，隨時要跌倒。

馬路中間的紅色立正人霍然消失，綠色走路人迸出來，沒命的疾走，我受到他催眠似的步上馬路，心中昏沉的想著：『到了對面，就會有啟示了……』

我的肚子太餓，腳下沒有多少力氣，走得很慢，斑馬線上鬼頭鬼腦在探頭的怪物們睜著一雙賊眼，雙手蠢蠢欲動，看準了我低落的時運。

綠色走路人頭頂上的數字漸次減少，開始急促閃爍，我心裏焦急，但怎麼也快不了，我連呼出來的濁氣都帶有虛弱的氣味。

我經過綠色走路人旁邊時，他忽然失蹤了，換成紅色立正人值星。

斑馬線上的怪物們忽然行動了。

它緊抓我的左腳，我大吃一驚，抖腳想要甩開，另一個馬上從地面冒出，抓住我另一隻腳。完了！這下我完蛋了，我怎會如此失策！在時運低的時候跨過這條死靈之路呢？

說時遲，那時快，一輛轎車緊接著掠過我面前，然後一輛輛大卡車、小卡車、箱型車、計程車、小綿羊機車、重型機車、冷藏貨櫃車、公車、運油車、電子花車、競選車、四輪驅動車、救護車、拖吊車、殯儀車等等等洶湧的衝過我面前。

斑馬線上的怪物緊緊抓住我，已經增加到六、七隻手，我這才發覺，我剛才走到馬路中央的安全島旁，一腳已經跨出，再多走兩步，我就當場橫屍馬路了！

它們的手又冷又濕，但此刻我的心恐怕比他們更寒冷，連冒出來的汗都被冰得涼涼的。

怪物們將我的腳往回拉，等待馬路淨空。

終於，綠色走路人再度出現，不過有點不一樣，他不走動了，只是擺出正在走路的姿勢僵在框框裏，而且顏色也比較黯淡，不是由一粒粒綠色光點組成，而是一張黑色玻璃上的透明剪影。

我仰首一看，眼前矗立了一大片城牆！不，不是城牆！是一整列很長很長的高樓，朝左右延續到大路的兩端。

它們經過多年火車黑煙和塵埃洗滌，顯得灰黑擁擠，佈滿層層交錯大小不一的招牌。

我噤了一口唾液。

我知道這是什麼，但它們不該在這裏出現的，難道我又作夢了嗎？我怎麼可以站在馬路中央作夢呢？抑或其實我站在馬路中央也是個夢？

這一排高樓，理應在好幾年前就拆掉了，早已化成瓦礫運去倒掉了，怎麼可能還會在呢？

這一排高樓，分成忠、孝、仁、愛、信、義、和、平八大棟，從大路開端排列到尾端，每棟三層，而橫在我面前的，從前端算過來是第四棟，從末端算過來是第五棟。

斑馬線上的怪頭鬆開了手，在柏油路面瞪著一對賊眼，對岸的綠色走路人也開始閃爍，表示他快要離開了。

我猶豫著，疑心這真是一場夢境，或許我其實是某個躺在床上輾轉不安噩夢連連的人，又或許我是個僵在病床上昏迷不醒的人，惟有作如是想，才能解釋我所經歷的一切。

我之所以如是猶豫，如是疑心，因為我不知道能不能該不該走到眼前的高樓之下，隨即登梯而上，因為我不知道那高樓是否存在、甚至樓梯存在與否，但我知道我應該這麼做，因為紙條上的指示在此刻變得十分清澈，也就是說如果不在此刻，那張紙條根本產生不了意義。

在綠色人消失的前一刻，我戛然拔足狂奔，衝過馬路，眼前是幻境也罷，是夢境也罷，我無可選擇，只有衝到對面去。

我這一衝是出其不意的，在衝出去的當兒，聽到後面傳來驚訝的一聲『啊』。

我沒回頭去看『啊』的來源，因為當時正在專心一意的衝過馬路，而且老長官也說過，有人在後頭叫喚，可別隨便回頭，因為那要不是存心想套出你底細的敵人，就是欲攝你魂魄修煉的妖物。

所以直到我抵達對面，騎樓下昏黃枯澀的氣味迎面撲來之時，我才假意轉身覷看誰人在『啊』。

在我方才站立的位置上，有一個灰黑的人影，身著中山裝，頭戴軟呢帽，身形在川流的車陣中乍隱乍現，如同白日的鬼魅。我看不清楚他的臉，並不是因為他有一頂帽子，而是因為他的臉像蒙上了一層灰霧，其臉龐輕輕的在晨前酸濁的空氣間載浮載沉。

如果我沒看錯，他的兩腳正如芭蕾舞者般豎起，我甚至不確定他的腳尖有沒有碰觸到地面。

我不敢多想，因為眼前還有一件事要解決。

我仰視眼前疑幻似真的樓梯，它可以讓我登上二樓，我伸出左腳試了試，正如阿姆斯壯首次登月時那般，結果證實了樓梯是真的，是實的，雖然在我不牢靠的記憶中，這裏應該已經是一片平坦寬闊的人行道。

我抵達二樓，賣電子商品的店家正懶散的倚在收銀機前喫著菸，他身邊的新式電晶體雙聲道收音機正播放著歌頌寶島的流行曲，指頭在桌上隨節奏敲著拍子，他見到我鬼祟的模樣，也不驚奇，只漠然瞄我一眼。

我走到樓台邊，小心不碰觸樓台上擺放的盆栽，尋找一處沒被遮陽帆布擋住視線的地方。然後，我從褲袋拿出那枚鈕釦，鈕釦上有三個圓孔，正好連成一個正三角，我把它湊近眼睛，望去大樓對面，尋找啟示。

這個啟示，該是最後一個啟示了。

大馬路對面的招牌和廣告字體在鈕釦圓孔中逐一通過，如果我猜得沒錯，應該有三個字會落入圓孔中，組成一條有意義的名詞。

我看到了好幾個組合：

中—扁—襪—百—衣—茶，黃—大—小，……

我看不出意義，於是轉動鈕釦，令三個圓孔排成正三角、倒三角，或底在左、底在右……這樣子的話，進入圓孔的字就有超多種組合了！我怎知道哪一個才對呢？這完全沒有方向可循。

我警覺的四下張望，看看有沒有人注意我的怪舉動，只有電子商行的老闆正蹙眉看我，還故意瞟了瞟他身邊的電話，暗示若有什麼差池，他就馬上報警。

我揉揉眼睛，繼續觀看。

忽然，一組數目字落入孔中，我趕忙穩住手指。

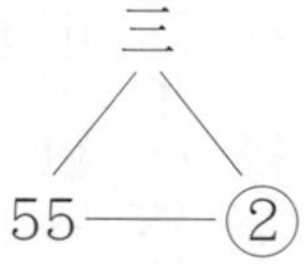

我用眼角瞄看，『三』是直的廣告『八〇三藥膏』的漢字數目字，大紅的2是二號候選人陳××巨幅廣告上的編號，被一個紅圓粗框包住，較小的55是一列電話號碼中的字，正好一同擠入圓孔中，三個圓孔呈正三角，正好套入三個不同廣告中的數目字。

我轉動鈕釦，發覺再也變不出第二種組合。

可是應該由何處讀起呢？

我拿開鈕釦，看看鈕釦上有什麼啟示，果然，刻了ＮＷ兩個大寫英文字母，不知情的人會以為是廠牌名，或以為是西北方之類的，可我知道，這是啟示！ＮＷ是讀的順序，Ｎ是北方，所以我應該從正三角頂端讀起，然後是西邊那個孔，如是答案即為：三——55——2。

我必須牢記這個號碼！但我不能以任何形式寫下，否則會被敵人攔截的！

我收好鈕釦和紙張，回身下樓梯，才剛踏下梯級，我就楞住了。

樓梯轉角站了一個人，他叼住一根菸，尚未點火，他那身中山裝和軟呢帽，令我頓時全身毛孔發寒！他並沒上樓或下樓，只是低著頭站在那兒，分明是在等我！

我趕忙回頭，卻被樓上的另一人擋了去路。

這位另一人身穿白長袖襯衫、墨黑長褲、平頭短髮，腕上戴的是軍方制式計時器，一對精銳的鷹目從容不迫的直盯著我。

不知何時，在不覺之中，我已經被人盯上、跟蹤，而且包圍了。

我一言不發，等待下一個變化，敵不動、我不動，否則就會錯失良機，失手就逮。

『你家長是誰？』樓梯下的人先出聲了。

顯然他問的對象不是我。

樓梯上的年輕人一臉剛毅的兇焰：『草頭將軍。閣下呢？』

『戴先生。』那人雖似輕描淡寫，卻像在唸出一句靈驗咒文似的有把握。

『那咱是一家人了。』

樓梯下的人嘿然冷笑：『一家人是沒錯，可飯不是同一鍋。』

『若要這麼說，就沒轍了，我家可是用過「真言丹」，才有這趟收成的。』

『呵，我家也用過「必吐實」了呢。』

樓梯上的年輕人咬著牙：『怪不得我們一直徒勞無功，原來有人搗局。』

『誰搗誰的局難說得很，』樓梯下的人冷冷道，『瞧你們整得他顛三倒四的，怎麼向戴先生交代？』

他們談的明明是我，卻一點也不把站在他們之間的我放在眼裏，只顧忙著一來一往放冷箭。

我輕咳一聲，他們才停下爭執，看我想幹什麼。

我說：『請問，今年是哪一年？』

這真的是我憋了好久的問題。

『你瞧！』樓梯上的年輕人朝樓梯下的人指向我，一副是那人的錯的意思。

剛才聽了他們的對話，我相信我應該是被他們下了藥，下了要我吐露真話的藥，只是我不知道究竟我有什麼真話會那麼重要，犯得著兩個單位勞師動眾來追蹤我，還給我下了藥。

『兩位，』我要求他們平息怒火，『我還是得先弄清楚，今年是何年？』

『民國六十一年。』樓梯下的人沉聲說道，還是不肯露出他的面貌，令我覺得他不像在說實話。

『真的嗎？』我轉頭問樓上的年輕人。

年輕人點點頭。

『那就不對勁了。』我搖首呢喃，然後再問：『這是什麼地方？』我知道答案，但我需要第三者的證言。

『中華商場。』年輕人馬上回答，盯著我看我葫蘆裏賣什麼藥。

『那更不對勁。』

『為什麼？』年輕人問。

『中華商場拆掉啦。』

樓梯下的人噗哧冷笑，道：『沒聽說過。』

『你當然沒聽過，因為還要二十年才會拆掉。』

『那你又怎麼知道？』年輕人揚首問我。

『如果我不知道，又怎麼會告訴你。』

樓梯下的人又嘿嘿乾笑了幾聲：『他神志不清，別跟他窮扯淡，此方非說話處。』言下之意，他們想帶我走。

可是沒人肯動手，沒人肯邁前一步碰我一下。

『上去吧。』樓梯下的人對樓梯上的年輕人說。

『不，』年輕人說，『下去好了。』

『上去，三樓有戴先生的別墅。』

『下去，地下室有休息室。』

他們還是沒一個敢前來碰我一碰。

或許我知道為什麼，因為一旦碰了我，他們就會消失。

於是我閉上兩隻眼，只要閉眼，他們就會自眼前消失，然後我步下樓梯，然後開始消失。

我感到樓梯在我身後消失，每步下一級就消失一級。

我感到樓台間特殊的沁涼正逐漸消失，只有電子商品店家播放的電台音樂尚未消失，仍在空氣中迴盪著。

我經過樓梯下的人身邊，感到他的畏縮，是的，他大概看到樓梯上的年輕人已經消失了吧？

我不曉得他的表情，因為我仍在閉著眼，或許他也沒有表情，因為印象中他的臉並不存在。然後，在我掠過他身邊時，他『啊』了一聲，聲息中帶有少許無奈、不甘，還有對生命如夢幻泡影的嘆息。

冬天城市的冰冷濁風吹襲上來了，我睜開眼，發覺樓梯消失了，整棟大樓消失了，整排八棟樓房也消失了。

我面前傳來『叮噹』一聲，響亮的『歡迎光臨！』隨之而來，面前是一間商店，其玻璃門上寫了大大的阿拉伯數字『7』。

我猛然抬頭，看見偌大的『總統』兩字！頓時，我胸口發熱，眼眶發燙，禁不住一陣鼻酸，口中喃喃地說：『總統放心，屬下必不負使命，堅守到死，雖然歲月如梭，屬下爾今未有吐露一絲一釐，為敵所乘。』

我不敢多待，低頭就走。

我走過一棟板著臉的建築物，大門有同樣在板著臉的阿兵哥模仿塑像般一動也不動。

接著，我走過一棟殺氣騰騰的建築，裏頭展示有很多殺人利器，敵我兼備，大多數還真的殺過人、飲過血，它們嘗過的人肉滋味難以計數，如今被關在室內，不免饑渴難熬。前些年，那股殺念還迷惑過一位阿兵哥，對參觀它們的一位女學生做出極恐怖的事兒，就在我經過門口的當兒，依然可窺見那股從門縫流瀉出來的嗜血意念。

我心虛的駝著身子經過這兩棟建築物，避開門口硬邦邦的阿兵哥的視線，呵，我實在是非常膽大，想起我剛才還令他們的同伴消失，希望他們不要看出端倪才好。

繞過他們之後，我就安全了。

我拐入一條平坦大道，邁開大步急促前行，這條路上走路的人少，如果有人跟蹤，是很容易露餡的。

餓得頭暈的我，頭頂暖陽，骨吹寒風，單憑著一股毅力走向我腦海中一早預定要去的地方。我知道，我已經越來越清醒，越來越明瞭我到底發生過什麼事了，不管有什麼真言丹還是必吐實，它們都已經漸漸控制不住我了……

但是它們的效力依舊在我腦中迴響著，時而迷惑我、誤導我、擾亂我，我必須時刻注意，緊捉著那一線隨時會浮現的清明，那才是我真正的記憶，那才叫作啟示。

早在他們找上我之前，我已經將所有線索埋進腦中深處，等閒『真言丹』、『必吐實』或『句句真』、『字字明』之類，並無法將線索自我深邃的記憶中揪出來，甚至連線頭也覓不著。只有我自己才知道線的開端何在，惟有我才能循線而行。

這是我對老長官承諾要誓死保衛的秘密，豈可輕易落入敵手？

有賴我多年鍛鍊的堅強毅力，我忘卻身體饑餓虛弱的痛苦，忽視那顆被藥物擾亂的心，勇氣百倍的往前直行，因為我知道，在這條長路的末端，就是答案的歸宿。

明明日正當中，台北城上空的陰霾卻老是散不去，或許是近年含恨而死的人太多，怨氣遮蓋了陽光、驅逐了暖意。

在我模糊的視線中，路旁漸漸多人，但他們都不走動，只是倚在牆角、樹蔭下，或屋簷下之類陰晦之處，他們的身軀如同長滿灰色黴菌的人形物體，黏滋滋的吸附在壁上和地面。

來到十字路口，眼前霍然開朗，我的左邊就是一座倒T字形的紅色建築，中間有根高聳入雲的陽具，尖溜溜的龜頭上還開了扇窗。

是的，是它了，它就是答案。

黏稠的怨靈們將身體沾黏在牆上，緩緩蠕動著往上移，有的像壁虎般在紅牆上四處游動，一點也不害怕它本應有的煞氣，因為牆中透出的氣，已經變成怨靈們喜愛的氣味，令它們不忍離去。

它是答案，但我不會左轉直朝它行去，我會繼續前行，多走一倍的路途，走向答案的起點。

我經過一座乾乾淨淨的小公園，中央立著老長官的長官的老師的銅像，我甚至不敢像平日一般行禮，免得被無所不在的叛徒們發現我。

終於，我轉出一條大路，在此徘徊的不再是黏膩的人形，而是身著古服的淺薄人形，狀如輕煙，在我右邊的巨大建築前方徘徊，有的還從高空的玻璃窗上冒出來，又依戀的回身鑽入，呼吸裏頭古樸的書卷氣。

我屏住鼻息，遙遠馬路對面的宏偉廣場，它有純白花樣的地磚，一路平鋪到遠處那棟藍頂方正高大的廟堂去，我知道廟裏端坐著一尊巨大銅像，我也知道銅像下方有什麼，但我直到這篇文章末尾也絕不會透露給任何一個人知道，當然，包括你。

綠色走路人在對岸跳著月球漫步，提醒我下一步該怎麼辦，我趕忙低下頭，隨一名騎腳踏車的婦人過馬路，我沿圍牆快步走到大門下，渾身細胞剎那沸騰起來。

我轉入旁邊樹蔭遍佈的磚道，全身自動進入警戒狀態，皮膚表面變得極度敏感，可以感覺到周遭風速和氣壓的細微變化，好可以提早注意到任何意圖靠近我的異常物體。

一個女人拖著小男孩走過，男孩手中的麵包不慎落地，他伸手想去撿，卻被那女人快速拉了一把：『髒了，髒了。』然後迅速離去。

我凝視那個被咬了一口的麵包，心知那是老總統英靈的恩賜，他知曉我任重道遠，特地賞給我一口食物，填我胃囊，增我力氣……此時，一個邋遢的流浪漢蹣跚走來，彎腰去撿那麵包，我心中一緊，輕聲道：『那是我的。』

流浪漢不知是沒聽到還是假裝沒聽到，繼續他的動作。

這逼得我不得不出手。

我雖然餓，功底並不因此打折，我猛一沉腰，一個『單鞭下勢』搶撈麵包，流浪漢見狀，竟使出『病虎攫羊』，我有五十年沒見過這招，由不得大吃一驚。

但在吃驚之際，我也不忘一揚手，使出『白鶴亮翅』化解，他也不甘示弱，左右開弓來個『餓狗滾泥』，如此一來一往，兩人過了十來招，誰也近不了麵包。我邊出招邊說！『閣下也是江湖中人？』

流浪漢不打話，只管搶麵包。他一頭蓬髮、一身襤褸，卻雙睛內斂、面色紅潤，顯是內家高手，我猜測他的來歷：『閣下莫非是京城窮家行七條龍門下？』

流浪漢這才定住，收了勢，右手兩指微微交叉，算是代替了揖手，此乃在不方便亮眼的大庭廣眾下的權宜之法。他露出一口參差黃牙，不屑的說：『我是中正班窮家行，七條龍早回老祖宗家去也，倒是閣下，明明官門中人，奈何來跟叫化子搶糧？』

『說出來有辱先人，小弟放腥（出事）了，眼下窮途末路，四面楚歌，老哥可否賞口吃的則箇？』

流浪漢也挺大方，他轉過身去，招手叫我過去迴廊：『落難就是江湖人，過來老弟這兒。』

我忙抄了地上的麵包，整個塞入口中，尾隨他去。

迴廊邊擺了個大布袋，看來是七十年代流行的花色，流浪漢從中拿了個罐子給我，是吃完八寶粥後留下的空鐵罐。他說：『老弟還有兩個，這個你拿去，方便你取水。』

我感動流涕，他怎麼發現我早已嘴唇乾裂？喉嚨也早已乾出鏽腥味兒，因為我自清早以來除了醒來時沾在唇上的露水便滴水未進。我環顧四周，問他：『老弟住這？』

流浪漢搖搖頭：『白天來這乘涼，晚上警衛不給留，要趕我出去，我就睡在青年日報樓下。』

『那些警衛真不通人情，』我附和道，『有迴廊不怕風，卻叫你風裏去。』

『可不是？何況這廟裏供奉的是我爹，』他指著那藍頂大廟說道，『我是他六姨太生的，我為父親守喪，他們竟來欺我，試問良心何在？』

我的笑容立時僵在臉上。

我還以為我腦袋不清，想不到他比我更瘋。

於是，我找了理由告別，眼下還有正事呢。

我拿著鐵罐去飲水機盛水，灌了一罐又一罐，喝得肚子飽漲，才將鐵罐收入褲袋。

我沿著迴廊走到『壹號廁所』，公廁面朝雲漢池，即使是夏天也很涼快。

我垂頭溜進公廁，混有清潔劑的冰涼空氣襲上皮膚，我一個哆嗦，感覺到逐漸在縮小的包圍。

是的，打從西門町就一路跟蹤我的他們，終於認為現在是縮小包圍、準備處理掉我的時機了，因為我正進入一個封閉的、無可遁逃的場所。

先前我一直在空曠的地方行動，他們還不敢太過張揚，而今我已經迫進目標，他們一定也沉不住氣，心癢難熬，何況午餐時間結束在即，他們這些從未自小在挨餓中長大的新人類，一定更耐不住腦袋焦慮和胃囊抽搐的雙重煎熬。

公廁內呈『回』字形結構，中間隔了一面牆，朝外是一列洗手盆，朝內是可以浩浩蕩蕩列隊小便的七個自動沖水便斗，此刻尿客稀少，最後一位使用者也在我進入時正甩著他那因工作壓力而軟弱無力的陽具，當他離去後，外面準備動手的他們，也必定會阻止任何人進來，免得破壞好事。

進入壹號廁所，我馬上轉到隔牆後側的洗手間，進入末端的空室，反鎖上門，然後伸手拉著隔板的上緣，將身子輕輕一拉，翻過隔壁間去，再反鎖上門，如此一間接一間，將整排洗手間全部反鎖後，我再躲入其中一間。

果然，他們進來了。

沉默了一陣，他們才開始緩緩移動，盡量不令自己發出聲音，但此刻我的五官已經進入最敏感的狀態，即使他們脫了鞋，或者穿上厚墊棉底的布鞋，當腳板跟地面接觸時，總會發出空氣被擠壓的細微聲音，當他們柔軟的衣服輕輕擦過空氣時總會產生微細的氣流漩渦，擾動公廁中近乎靜止的空氣。

出乎意料的是，他們之中竟有人完全暴露自己的位置，大聲說話：『出來吧，我們其實不想傷害你。』這句是屁話，跟他們主人每次對外發表的論調一樣。他們灌注在我血管裏的藥物，已經不知損害了我多少腦細胞。

他站在公廁入口，大聲嚷嚷：『您過去勞苦功高，是國家虧待了您老，而今是您卸下任務，安享晚年的時候了，閣下何不接受國家的好意呢？』真是屁話連篇，這兔崽子根本就口不對心，他想用音量蓋過那些嘍囉們移動的聲息，但我的耳膜依然能夠從各種聲音中分辨出他們，尤其是此刻的他們已然心浮氣躁，想要早點結束掉這件差事好去用餐，於是，我聽見他們快速移動到廁所後側，他們手指關節發出不自然的聲響，顯然還戴了指釦，想要一舉擊碎我的頭蓋骨。

那個人繼續在嘮叨著屁話，我也凝神屏息靜待他們的迫近。我站在一個他們從門板下方空隙也望不到我的角落，連我的影子也不露出。

他們停下腳步了，雖然無法估計他們有多少人，但很可能每間洗手間前方都站了一人，打算同時發動攻勢。

為何我會這麼愚蠢，令他們有圍攻我的機會呢？

我當然不蠢，這是我一早計畫好，逼他們現身的方法，以他們現在這批軟骨頭的能耐，算準了是敵不過我一個人的。

站在公廁門口的人拉高嗓子，大大嘆了一口氣：『冥頑不靈，唉！』這是下達攻擊指令，我知道他們的把戲。

所有洗手間的門在同時被撞開，我的肌肉頓時繃緊，反射性的出手……噢，不要，不是這個時候……

眼前的景象倏地變化，門被撞開的剎那，廁所的冰涼和異味忽然消失……不要，不是這個時候……一陣惱人的熱風捲面而來，帶來陽光和草木的氣味。

數名穿著黑色軍裝的男子站在我旁邊，他們單眼皮的小眼充滿蔑視，有人還微帶笑意，其中一人手中握著長刀，人中掛著一小片滑稽的鬍子，刀身染了一片血紅，顯是剛殺了人，而我則跪在地上，身邊倒臥著一具兩手反綁的無頭屍，鮮血噴得老遠，在屍首前方濺上一大攤血水，還在咕嚕咕嚕的滲入草地裏去。

握刀男子整了整黑色軍帽，啐道：『馬鹿野郎，膽敢反抗皇軍，就是反抗天皇，怎麼可以留你？』他說的是日本語，但我字字句句都聽得明白。

我聽見自己在求饒，但我不明白我在說什麼，我環顧四周，才知道我身處於一片平房瓦舍之間的雜草地，不遠處立了根旗竿，飄揚著太陽旗。

不，不對，此刻我應該在公廁遭到攻擊，我不該把時間耗在這邊的！我要去對付那些人，我盤算了那麼久，佈了這麼多局，就是要解決掉他們。

我掙扎，欲掙脫反綁在後的繩子。

那黑裝軍人見狀大怒，斥道：『你們這些支那人，天皇庇佑你們台灣，還不思感恩，處決你去餵狗！』

我集中精神，告訴自己：『這是幻象。』是必吐實和真言丹的殘餘效果。

軍人熟練的舉起長刀，熟練的揮下。

一陣冰涼劃過我的脖子，連劇痛都還來不及傳至神經中樞，我的視野打滾翻轉，最後停了下來，只看得見眼前雜草，還有草葉上爬著的一隻瓢蟲，其餘的景象全被遮擋了。

身體的感覺消失了，血液自脖子切口奔流而去，我的面龐陷入一片冰冷，視覺、聽覺和任何覺以及腦袋瓜的思維迴路都因血液的流失而斷訊，我感覺到我感覺不到任何感覺，如同墮入虛空，十方都無倚恃可以支撐我心緒的重量。

我不相信，於是我奮然站起。

在我站起的瞬間，一把槍抵住了我的眉心。

身體的感覺又回來了，渾身肌肉猶殘餘著興奮，彷彿在死亡瞬間產生的一陣狂喜。

我凝視眉心上的槍口，用額頭的皮膚感受測量一下槍口直徑，然後才端詳我眼前的男子。

他理了個大平頭，小尖眼，微露的牙齒沾染了不少檳榔垢，笑容猥褻，我不認得他，應該是幾年前新進的人員。我用眼角掃視周圍，廁所地磚上躺了好幾條人，一個個都兩眼翻白呈失神狀態。

我再轉眼看我眼前這名男子，才注意到他正極力令自己維持微笑，企圖令自己看起來很猙獰，但他擋不住恐慌的眼神，眼球漸漸控制不了翻去後頭，他的眼白越露越多，眼珠子因為用力控制而劇烈顫抖，然後連握槍的手也開始抖動，一隻在抖，兩隻在抖，整隻手臂在抖，抖得槍隻也掉落下來。

他終於抵抗不住，因為他的兩側太陽穴已經凹陷了下去，照常理他不該再用雙腿站著，所以當他再也抵抗不住身體的自然呼喚時，他兩眼倏地翻白，口中溢出白沫，雙腿像布偶般軟倒，跟其他人一樣仆倒。

我猜是我幹的。

我猜是我在剛才失神狀態之下的下意識中幹的。

這也是我當初預算中的結果。

我呼了一口氣，彎腰取走那把槍，三兩下將槍隻分解，分別將零件放入上衣和褲子口袋。

我跨出公廁，邊走邊把槍隻零件分頭丟掉，有的扔入草叢，有的投入養心洞，有的拋入雲漢池，有的放入鐵瓶形的垃圾桶。

最後，我鑽入音樂廳，走過九彎八拐的通道，接下來我不便透露過多細節，總之在穿過十分隱密的暗門之後，我進入了一條通道。

我摸黑找到一個按鈕，通道裏隨即亮起一排昏黃燈泡，有的還亮不起來，下次來的時候，是該買幾個來更換了。

這條通道，是七十二條地道之一，是從日本人留下來的六十條通道擴建而成。

老長官說過，日本人在台北公會堂（中山堂）簽約交還台灣之後，就有一位總督府近身侍衛之類的人物找他交接通道，那人是日本人，會講一些北京話，他交給老長官一本記載了每一條通道位置和機關的小冊子，全都用密密麻麻的日文片假名蠅頭小字寫成，老長官告訴他，日文他一字不識，可不可以帶他親身走一趟？

老長官告訴我，他很驚訝日本人在佔領這五十年間居然建了這麼多通道，而且每一條都通往重要地點，可以讓他們的總督神出鬼沒，在地表上無從窺見的情況下從這一地遁至另一地。可是堂堂總督總不能在通道裏用腿走，這也不利於緊急逃命，所以地底也有地底的交通系統。

沿著燈泡下方有一條鐵軌，上面擺了輛無頂的小車廂，只容兩人，我可以想像，屆時會是日本總督坐一側，另一側是駕駛員，說不定就是那位交接的侍衛，而其他隨行人員就只有跟著跑的分兒了。

小車廂是電動的，以避免通道內的空氣污染，我上次檢查過，電力還連接著，但我不能用，因為說不定會擾動某個被監視的電錶，讓他們發現我的蹤跡。

我運口氣，腳下飛跑起來，這是老長官打我幼小就訓練我的『草上飛』，在這空氣停滯、沒有打開換氣設備的通道裏，草上飛最適合趕路。

我朝跟來時相反的方向飛跑，經過一扇門，門上標示著『2』，我知道那是通往日本時代軍機場的通道，根據手冊，這條二號通道還會接通其他幾條通道，通往醫院、博物館和一個廢棄了的俱樂部（出口已被封閉）。這一類通往不同地點的門有很多扇，在地底構成一片巨大的迷宮。

我知道我必須趕快，畢竟通道的燈泡也需耗電，如果真的有哪個電錶的存在，他們也該發覺有人闖入了。

十分鐘後，我抵達一個小房間，房內也鋪了一條連出去的鐵軌，上頭也擺放了一輛小車廂。房間沒有天花板，上方是空的，宛如煙囪一般直直朝上通去，又窄又暗。

我開始攀爬，抓著一個個沿牆凸出的把手，我不忘先用力拉一拉，試試把手有沒因為年久鏽壞而斷落。我一面爬，一面聆聽細小的動靜，這裏連壁虎也不願溜進來，因為連一隻可吃的蟲子也沒有，這兒如墓穴般寧靜，如果我當下死在此地，說不定會永遠不被人發現。

隨著我越爬越高，下方的昏暗燈光也漸離我遠去，只餘下一小撮光點，我在黑暗中小心摸索著把手，我知道再過不久，將會看見一絲細細的光線。

果然，那絲光線出現了，正如我以往好幾趟來此所見。我爬到那絲光線所在的位置，腳一探，探到了一塊踏板，循著踏板往上摸，就進入了一個大鐵箱，那是一部緊急升降機，但已經好些年沒人用過了，因為理論上該用它的人，現在壓根兒不知道它的存在。

先生過世前夕，老長官告訴我：『當心來了個岳不群。』

『什麼岳不群？』我道。

『呵，你沒看金庸寫的武俠。』

後來我去讀了，原來是華山派掌門人，身為掌門，居然因為個人利慾熏心，陷害門徒、鏟除門下精英，毀掉自己理應護持的師門。

當時我還不明白老長官所指何人，他說日久見人心，總之我們此刻開始要守口如瓶，不能將通道的事對任何人透露一字。

當初日本總督侍衛只將所有通道資料交予老長官一人，老總統也讓老長官全權負責，自己也不多加過問，即使後來有擴建、電路改裝等工程，也是老長官親自督工，並且不讓同一批工人負責所有工程，每批工人只能看見真面目的一小塊碎片，以達到絕對保密的目的。

今時今日，真正知道所有通道路線的，僅我一人。

我屏著息，以免呼吸聲在大鐵箱中迴響，讓牆壁另一面的人聽見。牆壁是加厚實心的，以免另一頭敲打牆壁時，會發現這一面有空間。

我等了一陣子，果然沒動靜，此時大約午後三點半，裏頭應該沒人，我從透出那絲光線的縫隙窺看了一會兒，才輕輕翻開牆上的一片門，露出一個古老的電子鎖，那是八十年代國內先進科技的產物，但如今也有二十年以上的歷史了。

我回憶那組在中華商場透過鈕釦孔獲得的密碼，密碼由五個數目字組成，我摸黑用指尖辨認按鍵，按下密碼。

牆壁輕輕的打開一道細縫，送入更多光線，我一時睜不開眼，待了一會才推開它，一步跨入那鋪了厚重紅地毯的辦公室。

而今我置身於紅色陽具之中，這根曾是日本總督的陽具、蔣家父子的陽具，在經過一對同校學長學弟（不過學校在日據前後不同名，一位是被日本人訓練的帝大生，一位是被民國培育的台大生）蹂躪之後，已然陽萎，失去至高無上的威勢，連游魂都膽敢自由進出。

在我面前的，是過去老總統和先生用過的辦公桌，但室內擺設已屢遭更動，睹物思人，我不禁有點激動，可我不能，因為還有更重要的事。

我走到辦公桌，取了一張總統專用箋，在上面寫著：『我知道誰射，射不準，因為陽萎。

地鼠留。』

這種事我已經幹過好幾次了，每次我都會留言，或加上幾顆糖果，或故意在桌面留下沾滿泥土的腳印。我這隻『地鼠』弄得他們精神緊張，終日神經兮兮的在外面亂放話，誰會料到這根戒備森嚴的大陽具，竟有一條蛔蟲道可以任地鼠自由出入。

這趟我本來想放一本舊的日本漫畫《聖堂教父》的，然後留言：『你有看過嗎？還是你兒子教你的？』可是臨時找不到這本漫畫，只好作罷。

我將專用箋擺正，準備離開。

『不許動。』

我驚訝的抬頭，牆角站了一個中年人，正用一把上了膛的自動手槍指著我，他離我有十步之遙，還隔了一張辦公桌和一張椅子。

他從剛才就沒發出一點鼻息，看來是個慣於狙擊的能手。

我保持數十年來的冷靜，攤開兩手給他看，表示手中空空如也：『沒想到，當今戴先生門下尚有這號人物……』我們以前都私下說自己是戴先生的人，如今局裏上上下下全換了班底，恐怕也鮮有人曉得誰是戴先生了吧？

『不許說話。』這位後輩沒打算跟我閒扯，他的語氣中不帶一絲急躁，眼睛卻一點也不放鬆的黏在我身上。

他在等待，等待他的同伴到來。

我聽見了，他們的腳步聲來了，不知經由什麼方式，總之他通知他們來了。

『小兄弟……』我說。

『不許說話。』

『你看見……』

『不・許・說・話。』

『我有多……』

『我最後說一次，不許說話，否則……』

他說得太快，需要換氣，在他心底剛剛湧起的心浮氣躁，令他眨了一下眼睛。

沒有人可以不眨眼睛的。

這一下已經夠了。

我施展草上飛，飛身撲向他。

眨眼的時間大約需要零點一秒，這些時間已經足夠讓我搶到他面前，他的反應也很快，在我握拳的指節擊上他的太陽穴之前一剎，他手上的槍已經追著我轉向，瞄上我的左肩，在我的指節擊上他太陽穴的當下，他也不放棄機會，扣下了扳機。

槍聲好響，響得我的左耳頓時失去聽覺。

那一瞬間，我的腦袋翻騰，塵封的記憶生龍活虎的湧現，我看見青澀的我被老長官帶著，在這個房間拜見老總統，他老人家還讚許道：『瞧你教了個好徒弟。』

往事塵影，一字一句，言猶在耳，一舉一動，歷歷在目，怎堪追憶，徒縱老淚橫流。

槍手倒在地上，失去意識，我不再多想，跑到暗門去，鑽入升降機，馬上閉上暗門，接著就聽到房間大門打開，好些人的腳步聲闖了進來。

我用完好的右手去按電子鎖，設定新的密碼，這密碼每次只能用一次，下一次打開之後，必須再次重設，所以除了我，不會有人知道密碼。

『媽的！』暗門後傳來咒罵聲，『還有氣嗎？』

『還有。』我的腦袋回答道。

或許我應該殺死他的，雖然他暫時不會說出暗門的位置，但只要他一甦醒，這秘密就永遠藏不住了。

我這次傷得不輕，只能怪自己太大意。

槍手開槍的瞬間，我下意識移了移肩膀，子彈劃過手臂，肌肉裂開了一道，疼痛得很，但至少沒讓手廢掉。我的左手臂垂掛在肩膀上，稍一移動就很痛。

如果我按鈕令升降機下去，他們一定會聽見馬達聲。

如果我回頭用爬的下去，只剩下右手可以自由運用的我不可能辦到。

『老狐狸真有本事，』暗門後方有人說，『早就該踏進棺材的人了，居然可以做倒我這麼多弟兄！』

『隊長，現在怎麼辦？』

『他一定還沒走遠。』那人說著，踱步起來，我想他正在企圖尋找我逃脫的痕跡，我甚至可以嗅得出他的懊惱。

我咬咬牙，撕下一片衣角，揉成一團塞入口中，咬緊牙關，不令自己發出叫聲。

我的身體已經疲倦至極，若我只用右手臂慢慢爬下去，最後連右手都會發軟無力，再這樣下去，我根本不可能爬完全程。於是，我咬緊牙關，用疼痛不已的左手握著把手，盡量不令左手使力，只求越快下去越好。

我運息調理因慌張而紊亂的氣血，令心神稍稍安和了些，然後我讓自己集中精神在梯級的把手上，讓疼痛的感覺自我腦中消失。

疼痛是假的，不是真的，是假的，不會是真的，四大無我，一切本空，忘了它，忘了它，不，不必忘，因為根本不存在，不存在何曾有？既不曾有何需忘？

我這樣反覆告訴自己，直到通道的光芒再度擁上來包圍著我。

他們還沒追過來，是因為槍手還沒醒，還是因為他們不敢擅自破壞暗門，因為那畢竟是總統辦公室牆壁的一部分？

我已無力再使用多年習武學來的絕藝，眼下要緊的是保存體力，於是，我跨入鐵軌上的小車廂，打開電源，小車廂馬上發出電流通過的滋滋聲，我輕推操控桿，車輪先是掙扎了一下，發出尖叫，就像初次下海半推半就的姑娘一般，然後才馴服的轉動起來。

這整個地底的地圖全烙印在我腦海中，沒有第二分副本。

小車廂移動的聲音響遍了整條地道，我開著它疾行了一小段路之後，必須換軌道，我下車調換軌道，然後將小車廂轉入另一條通道，繼續朝北奔去。

當年那位日本總督府侍衛帶領老長官走這些通道時，可是一步一步用腳走的，他們一共走了十天，才走完所有的通道，想到這裏我不禁羞愧得臉紅，因為我不但沒用腳走，還膽敢坐在老總統的駕座上。

不久，我經過一扇門，那扇門上被我用紅漆畫了個大叉，因為門後的通道在九二一大地震中崩塌了，像這樣因為地震和年久失修而崩垮掉的通道，上一次我點算時就有十四條。

小車廂行了十多分鐘後，通道中傳來陣陣嗆鼻的霉味，前方堆了很多垃圾雜物，阻礙了軌道的通行，我只好停車，開始步行。

這些雜物是民國九十年那位聖嬰釀的禍，納莉颱風猛颳台北，捷運系統大淹水，連台北車站捷運站也不能免，雜物不知通過哪裏被沖下通道來，大概就是這個通風口，這也說明了這一段的空氣為何如此混濁，因為通風口可能也被堵滿了。

捷運站還說有人打理，還為了儘早恢復通車，半年之間累死了一位局長。而這裏卻只有我打理，我像墓穴的守墓人，隨同墓穴凋零、腐敗、分解。

提起捷運，當初楊金欉任市長時，還屢次託人將計畫中的捷運路線請老長官過目，雖無明說，但目的是為了避開這些地底通道。老長官每次只在路線圖這裏打叉那裏打圈，就送回市政府，下一次送來，老長官又是打叉打圈的，如此一直修改到沒一個打叉的為止。

沒想到，一夕改朝換代，那位新上任的大白臉正好遇上捷運完工通車，竟將這件忙了十多年的工程說成是自己的功績，好厚臉皮，要是當時老長官在世，恐怕也會當場氣死。

要是老長官知道那位大白臉日後竟坐上老總統的辦公桌，恐怕他過世多年也要鬧鬼。

我踏過整堆整堆的廢物，有的地方還在積水，我掩鼻踏過，好不容易憑著記憶找到垃圾堆後方的一扇鋼門。我用右手推開垃圾，過度用力扯得左手臂打從骨子裏疼痛起來，我將那門硬拉開一點容我擠入的空間，將自己硬塞進去之後，立刻回身關門。

門一關，我又陷入一片黑暗，但我知道前方是一道階梯，必須往上轉兩次彎才能抵達另一扇門。階梯上也積了很多水，我殘餘的體力不再禁得起一次跌倒，因此步步為營，蹣跚前進，憑著記憶摸索，好不容易看到上面那扇門後透出的溫暖光線，告訴我旅程行將結束。

門邊也有一個二十年前的高科技電子鎖，我輸入密碼，推開那扇厚重的鋼門，出去之後同樣很快反身掩上，不留下一點痕跡。這裏是出口，不是入口，是以門一合上，除了將它毀掉，再也沒有另外打開的方法。

我咳了咳，這裏的空氣又悶又熱，還有濃濃的金屬味和機油味，我走過一台台巨大又喧鬧的機器，找到出口，奪門而出。

外面也沒好多少，這兒是地下停車場，雖然空間很大，但車煙味四處瀰漫，如同一層嗆鼻的厚棉布。我的身體漸感畏寒，平日還算健康的肺臟也覺得不太容易換氣，我不能忍受這種污濁的空氣，或許這是住在清淨地方太久的壞處，我已經不是以往的城市動物，況且以前的城市也沒那麼臭。

停車場旁邊有一個闊寬的入口，正發出暈暈的白光，吸引我過去。

那些黏黏的怪頭又從地底冒出來了，它們像根附在地面的灰黑巨蕈，搖搖蕩蕩，它們並沒騷擾我，只是好奇的觀看我，我拖著羸弱的腳步走向入口，感覺到自己每一步都在微微喘息，肩膀流出的血水在衣袖上乾掉了，感覺涼涼的。

不，這可不行，我還有事沒完呢！

進了入口，旁邊有個廁所，我才剛走進入口不久，忽然就有個年輕人從廁所趕投胎似的迸出來，重重撞了我一把，我的左肩一陣刺心疼痛，痛得我淚水溢出，年輕人一句道歉也沒，逕自走掉，連頭也沒回頭看一下。

我覺得無情的冰冷正慢慢披蓋上手臂，好像還有意浸透到我的胸部，不，我可不能讓它得逞，自從老長官收容我這孤兒以來，我從未向命運低過頭，這一次它又豈能戰勝我？

我知道前方有台售票機，只消投入硬幣，就可以帶我回家，但疼痛的力量過於可怕，我感到記憶正迅速流失，正如我今早坐在中華路路肩時一般，我赫然驚覺：『莫非剛才那年輕人也是他們一夥，又注射了一針？』不，不可能這麼湊巧，他們怎會算計到我在這兒出現呢？他們人手再多，也很難駐守在每一個通道出口，更何況他們還在苦惱不知通道在何處呢。

這片地下的候車大廳空蕩蕩的，似乎整個大廳都為我一人清空了，投幣式的寄物箱安靜的倚靠在牆上，我頭暈目眩，好不容易找到售票機，細看售票機上寫著一列停靠的站名，卻想不起家的名字。

我摸摸口袋，尋找零錢，是的，有兩枚十元硬幣，還有一張殘破的票根，票是車票，上面印的字已經因為汗水和摩擦而褪色。這是我留給自己的啟示，我已然瞭解兩枚十元是我準備給自己回家的車資（幸虧沒用來買口香糖或油條），但車票上的訊息已被塗抹掉，如今我竟覓不著回家的路！

啟示！我需要啟示！

我四下張望，尋找啟示。

啟示之所以為啟示，往往是不明顯的，需要在微小的變動中去察覺，這是學易經者所謂『見微知機』也。我呢喃著，向頭上三尺也許存在的超自然索求啟示（雖然頭上是日光燈管），告訴我下一步該舉向何方，然後，一個匆匆忙忙的歐巴桑跌跌撞撞的走過我面前，她拎著沉重的手提箱，腳下一滑，九十公斤的巨軀轟然跌倒，頭顱重重撞上地面，脖子清澈的『卡』了一聲，就沒了動作，九成是掛了。

她倒下的曲線頗為優雅，重要的是，她手中正抓著一張剛從售票機滑出來的票，墨跡的氣味尚未散發，她的頭扭去我看不見的方向，用右手前三指拿著票，朝我伸手，似乎要我別客氣拿下那張票。

天意，此分此秒，四下無人，我敬畏的彎下身，將票捧在兩手之間，票上的字眼忽然變得十分陌生，我似乎是看懂了，卻一個也唸不出，於是我四下找人，拐了幾個彎，找到撕票口，將票遞出：『請問哪裏上車？』

站在撕票口的男人，我想不是人，他強壯的下顎說明他多麼擅長咬食堅硬的事物，尤其是新鮮多漿汁仍富彈性的骨骸。

無論如何，他有了反應，右手堅定的指向一道通往下層的梯級，一字一字沉重的說：『左邊。』

往下是地獄的方向，而且還是左道。

我想頭上三尺不會給我錯誤的指示，即使是錯誤要我去死的指示，也是一種榮幸。

我想我完了。

我認命的步下漫長梯級，心裏抱怨這梯級的設計者大概跟行動不便的人有過節。在我下樓梯到半途的時候，列車的聲音來了，鐵軌上洶湧的車輪聲震動了梯級把手，我加快腳步，在失足跌倒之前抵達地面，快步走進洞開的車廂門去。

平快車的車廂內只有背靠窗的長椅，裏頭一個人影也沒有，我挑了中間那排長椅坐下，用虛弱的眼睛盯住車門，看看有沒有人進來，等了一會，車門合上，列車開動，我才鬆了一口氣，登時癱瘓在長椅上。

我鬆懈的精神很快進入迷糊狀態，在昏沉中，我將方才新設下的密碼加上重重防護，埋入我腦迴深處，不令它那麼容易被找到，即使是我自己，等閒也不能輕易回想起那道密碼。即使他們對我嚴刑逼供，對我施打藥物，甚或刨開我的腦袋瓜，也找不到答案所在，我自己也必須經過重重程序，才能找到它。

我正感覺安全時，忽然，我渾身寒毛豎立，神經倏地警覺，我馬上睜眼，發覺身邊不知何時坐了一個人。

他坐得很近，肩膀都幾乎要碰上我了，他在大腿上擺了個小盒子，盒子掀開，他用戴了皮手套的兩手取出盒中的針筒和藥水，將藥水抽入針筒。

他一點也不畏懼我，只管垂著頭，頭上戴的軟呢帽投下了不少陰影，我一點也看不清楚他的臉，要說他有臉的話，倒像是打碎了的肉腸塗抹在一塊平面上。

他用看不見的嘴唇，嘟囔著模糊不清的字句：『別擔心，我快送你上路了。』

『那是什麼？』

他說：『孟婆湯。』語中帶有笑意。

我困惑的看著他，坐遠了一點，才問：『你怎麼知道你會比我快？』

那人繼續呢喃道：『別擔心，別擔心。』我不懂他要我別擔心什麼。

好像有什麼不對勁，火車的聲音正轟隆轟隆響，那人的聲音卻能穿透重重噪音，在我耳道裏迴盪。

我眨眨眼，再轉頭看身邊，那人不見了，我環顧四周，真的不見了，偌大一個車廂，只有我一個人。

我摸摸那人剛才坐過的位置，沒，沒有殘餘的體溫，沒有一滴他不慎滴出的藥水。

我呼口氣，將全身重量靠坐在椅墊上。

過於疲累的我，很快進入了夢鄉。

夢中，我在眷村村口的老樹下，跟老長官坐在小凳上，促膝而談。

我向他報告，我剛在台北完成了一趟任務，有若干條通道不能用了，然後遇上了什麼驚險，又如何逃脫。

老長官點點頭，蒼老的微笑中帶有對我的關愛：『你年紀也不小了，該歇著點，七十多歲的人，一房老小也沒，來日誰幫你送終？』

『老長官，個人事小，國家事大呀。』

『什麼國家事大？改朝換代乃天底下常見的事，河東河西，非你我能左右，那些政客如穀倉老鼠，終日無事，只顧一邊關門打鬧、一邊蠶食民脂民膏，他們如過江之鯽，去了一個，又來一群，你又能阻嚇得了多少？』

我知道，也明白，但心裏就是嚥不下那口氣。

老長官伸手拍拍我的肩膀，他溫柔粗大的手掌充滿了綿綿的力道，令我的淚腺忽然溫熱起來。

『老長官，』我淚眼迷濛，說，『我害怕遺忘，我害怕我會遺忘掉這一切過去，也害怕這一切會被人遺忘。』

『如果你不願忘，又有誰能教你忘掉？』

老長官的手的力道在我肩膀上消失了。

我抬頭看，老長官也消失了。

遠方天際，烏雲密佈，正閃著陣陣電光，然後傳來隆隆雷聲。我知道那不是雷聲，是火車聲。

我微啟眼，看見車廂的窗外被夕陽染得血紅，列車已經從地底跑出地表了，正在台北邊緣層層的雜亂建築間行進。

我再合上眼，眼前依舊是眷村村口那棵老樹，很是陰涼，台北盆地送來悶悶的風，吹得我有些不舒服。

原來，合上眼的時候，才可以看見最懷念的故鄉。

故鄉的景物彷彿不朽，每一次合上眼所見到的，都會跟上一次以及無數個上一次那般相同。

所以，我緊閉上眼，不願再睜開。

倫敦 LONDON

大霧瀰漫的教堂、暗街、旅店、河岸上，
埋藏多少記憶，
在時間中靜待腐朽。
看不透的倫敦市，
又有多少神秘，
在另一個空間飄蕩？

四日大霧：褐色篇章
4-DAY FOG：BROWN CHAPTER

古老的惡魔

Ancient Demon

血色的光芒在麻布下若隱若現，
一道道紅光穿出麻布，
散發在空氣中……

『看來，咱們明天必須暫停了。』泰勒將一盆骨頭清理好之後，拿到博士面前。山姆・麥爾斯（Sam Miles）博士把眼鏡架上鼻梁，感到很困擾：『霧怎麼樣？更濃了嗎？』

『我剛打電話去氣象局詢問，這場大霧至少要三、四天才會散去。』

聽了泰勒的話，麥爾斯博士即刻下決定說：『那麼你們趕緊過去，把新挖掘的洞口蓋好。』泰勒應了聲好，博士又提醒道：『別忘了帶霧燈。』

才不過午後三點，天色就變得晦暗了，冬季總是天黑得特別早，這場突來的大霧更是令他們的工作困難重重，若是天再冷下去，一旦泥土結霜，就更加傷害他們還未挖掘出來、半掩在土中的古物了。

屆時要是迫不得已，或許得將現場暫時封閉。麥爾斯博士這麼想著。

助手泰勒跟兩位研究生拿了防水塑膠布和霧燈，乘上吉普車，麥爾斯博士在農舍門口向他們嚷道：『快些弄好，等你們回來再煮晚餐。』

吉普車慢吞吞的開走了，在潮濕的空氣中留下刺鼻的柴油燃燒味。

外面的能見度很糟，要不是為了那開掘不易的現場，他們可不想冒這種險。

待研究生離開後，只剩麥爾斯博士一人拼接骨頭，他盯了這些骨頭一整天，眼珠子早已佈滿血絲，整個眼珠子發燙。他揉揉兩眼之間的鼻梁，放下手上的工作，把整理骨頭的盤子推往一旁，整個人靠著椅背往後仰，瞪著屋頂發呆。

屋頂上橫跨著粗大的樑木，古老的樑木上蛛網累累。

麥爾斯博士猜想，這農舍大概是維多利亞時代早期的建築，自從上一代主人過世後，已經荒廢十年以上了，他是因為跟農舍繼承人相識，才得以借用的。

他站起來，將盛骨頭的盤子放回木架，木架上尚有許多相同的盤子，還有一個個編了號的紙箱，全是在一公里外的老教堂墳場挖出來的，骨頭的年代可追溯到都鐸時代，在亨利八世尚未大肆關閉修道院以前。

隨著霧氣漸濃，空氣變得又濕又冷，使得身上那件毛衣變得沉沉的很不舒服，麥爾斯博士從熱水壺倒了一杯熱茶，熱茶流進喉嚨，溫暖了腸胃，卻驅不去空氣中的濕冷。如果有帶酒就好了……不，他不喝酒，自從兩年前酗酒差點害他急性酒精中毒之後，他已經不沾酒精很久了，連麥酒也不碰。

『對了，有壁爐。』他這才想起，他們工作的地方是農舍大廳，有個老舊的壁爐，他們平日都會在入夜後回家，看來今天必須生火才能度過這個晚上了，他很久沒用木材生火了，說不定得折騰一番才生起火呢。『等泰勒回來再說吧。』他想，泰勒對這種事好像挺有經驗的。

一邊喝茶，他的視線一邊轉到木架上，留意到一個發黑的人頭骨，分不清是男人抑或女人的，不過從它牙根嚴重露出、留存牙齒稀少的情況來看，死者生前的口腔衛生很糟糕。口腔衛生能反映社會階層嗎？依他看未必，那時候的貴族牙齒也不好。

他不知道這教堂墓地埋的是些什麼人，有的墓還有留下石碑，但石碑上的模糊字跡不足以透露死者身分，如果教堂有留下名冊，他還能追查遺骨的名字，問題是教堂早已崩塌，只餘殘垣敗壁，神職人員和老仵工都不知流落何處。

教堂是古老村子的中心，村子早在二次大戰時就滅亡了，因為村子原本就人丁稀少，年輕男子又投入戰場，當少數的倖存者回來時，村子的人走得一個也不剩，這是農舍繼承人告訴他的，農舍繼承人摩利士先生當年也參與了二戰。

『我認識的年輕人都沒回來，』摩利士先生回憶道，『唯一知道姓名的倖存者也去倫敦討生活，失去聯繫了。』

麥爾斯博士沒有當地的誕生和死亡名簿，沒有任何書面線索，沒有死者子孫的資料可供追查，這些遺骨在歷史洪流中被人完全遺忘，在時間中靜待腐朽。

『真不可思議，』他心想，『這兒距大倫敦地區不過三小時車程，怎麼會有村子滅亡得如此徹底呢？』話說回來，如今外頭正大霧，恐怕今天也甭想回他溫暖的家了，他家在東南角的肯特郡，這種大霧天從道路廢弛的鄉間回家，可不是聰明的做法。

＊　＊　＊

『今天不回倫敦了？』研究生威廉抱著一線希望問道。

『我看博士會叫我們待在農舍，等霧散了才回去。』開吉普車的泰勒口裏銜著一根未點著的菸，正努力盯住前方的泥濘路，溫吞的前進。

泰勒是麥爾斯博士的助手，被特別僱請來幫忙挖掘這個遺址的，他約莫四十五歲，滿臉橫肉，老是一臉不爽的樣子，好像很容易被惹怒，搞得兩個研究生戰戰兢兢的。

霧是越來越濃了，連霧燈都快穿透不過去了，光圈只能在霧氣上無助的打轉，泰勒努力回想天氣良好時的景象，希望能記得道路的方位，免得一個閃失陷入坑洞，或翻下小山崗。

『該死！』坐在後座的研究生喬治抱怨道，『要是剛才知道霧會忽然這麼大，我們老早蓋上塑膠布，就不需要專程回來這趟了。』

吉普車發出一聲悶聲，忽然變得很安靜。

泰勒回頭慍道：『你們請安靜好嗎？』他剛才開車開得很慢，一時油門衝不上來，竟熄火了。他扭一下鑰匙，吉普車再度發出隆隆聲。

避風玻璃前方白茫茫一片，泰勒詛咒了幾聲，好不容易看見路邊的一棵樹。『謝天謝地！』泰勒輕聲說，『看見那棵大樹嗎？』

兩名研究生不敢大聲回應，咕噥著點點頭。

『那棵樹就在教堂後方！』

果然，一片破垣在前面出現，泰勒及時踩住煞車，差點沒撞上破垣。

泰勒將車後退一些，讓車頭的霧燈照向現場，接著三人趕緊下車，從車後取下塑膠布和繩子。這時起了一陣輕風，霧氣受到騷動，露出被他們挖開的幾個坑洞。

『小心，別掉下去！』泰勒嚷著，隨即進入教堂廢墟，取了幾塊沉重的石塊，打算用來壓住塑膠布。

泰勒有些不耐煩，心想為何老是要照顧這兩個毛頭小子，他是麥爾斯博士的助理，專門替他安排打點考古作業，在這之前，他已經幫好幾位教授做過同類工作，在考古界算是小有名氣。

還記得麥爾斯博士來找他時，他原本想一口回絕的。

麥爾斯博士明明長得像中東人，卻有白人的姓名，他膚色很深，高亢的眉骨和明亮的大眼，說不定是土耳其人或印度人，他分不清楚。泰勒打從心裏瞧不起深色皮膚的人，他以大英文明為豪，以白皮膚為榮，但麥爾斯博士最終還是說服了他：『我的研究經費可能不足，但我需要你。』

『你可以去找別人，如果需要，我還可以介紹我的朋友給你。』

麥爾斯博士唯唯諾諾一番後，繼續說：『我們必須馬上開挖，否則到了明年春天，那裏就要被剷平了。』

那片教堂廢墟、墳場和整個村子，將被建築公司規劃成中價位住宅區，附近也有超市準備動工，時機一失，歷史研究的時機將不會再現。這裏不過是個平凡的荒廢村子，政府不會重視，但麥爾斯博士卻熱中的要研究它。

想到此，泰勒忍不住望向方才那棵大樹。

在濃厚的霧氣之下，古老的參天大樹恍如佇立的巨人，一頭亂髮豎立，恍惚間，彷彿有東西吊在樹上，隨風搖晃。

他不再多想，忙拿著壓帆布用的石塊步出廢墟，乘下一波大霧來之前，將坑洞蓋起來，這些古舊的遺骨可禁不起霧水摧殘。

天很黑了，他必須趕快。

＊　＊　＊

麥爾斯博士肚子餓了，他看看手錶，五點鐘，泰勒他們已經離開一個多小時了，怎麼還沒回來呢？這一趟路平日開快車也不過十分鐘左右，該不會在路上發生了什麼意外吧？

他百無聊賴，先嘗試將大廳的壁爐生起火，農舍主人幫他準備了不少木材，好不容易生起壁爐後，大廳變得十分暖和，他對自己的表現滿足的拍拍手，然後決定不等他們回來，先弄點東西來吃了。

他到農舍廚房去，找到一個小鍋子，他將玉米醬罐頭打開，倒入小鍋子，放在壁爐的烈火中稍稍加熱後，便坐在大廳地上享用起來。

吃完一整罐玉米後，他撫撫肚子，滿足的嘆了口氣，看看助手和研究生還是沒回來，他於是決定不浪費時間，繼續清理骨頭。

從墓地挖出的遺骸和零碎物品，被分類編號放置在一個個紙箱中，他們在大廳搭了幾個簡單的木架，把紙箱分類放好，方便整理。麥爾斯博士巡視木架上的紙箱和整理骨頭的盤子，斟酌該進行哪一部分工作，此時，一個木箱吸引了他的目光。

那箱子尺寸不大，只有他的手提電腦大小，木料十分粗糙，釘子已經生鏽。他左看右翻，沒見著編號，也沒任何文字或記號，看來是今天剛掘出來的，還來不及登記編號。他想查看今天的挖掘紀錄，卻四下找不著，說不定方才他們匆匆忙忙忘了從車上拿下，待會泰勒回來應該會跟他解釋的。

這木箱會是什麼呢？既然是從墳場掘出來的，應該是骨骸吧？木箱還有泥土的味道，如果裏頭有屍體，理應有腐臭味才是。他輕輕搖一搖木箱，裏面有咔啦咔啦的聲音，顯然有許多碎片，會是什麼？陪葬品嗎？某個年代某位不知名人士掩埋的秘密嗎？還是……嬰兒的骨骸？木箱捧在手上沒什麼重量，裏面的東西大概很容易碎裂。

他將木箱擺在桌上，拿來鎚子，鎚子後頭有拔釘子用的勾子，他試了試，每一枚釘子都紋風不動，雖然鏽了，卻堅持將木板牢牢抓緊。他試了很久，釘子像與木板結為一體，一點動靜也沒有。

『媽的。』他啐道，到放工具的大箱去找來一根鐵條，鐵條末端有粗刃，是他們撬開棺蓋的工具。他將粗刃插入木板接縫，用力的撬，咔的一聲，鐵條彈開，差點擊中他，木箱翻落地面，他生怕摔碎了裏面的東西，忙將木箱撿起來檢查，發現已被他撬破了一角。

麥爾斯博士從木箱破開的角落望進去，沒看見什麼，他拿了把手電筒，試圖讓光線透入，但破洞太小，手電筒反而擋住了他的視線。他又將木箱翻過來倒一倒，也沒東西掉出來。

他看看手錶，原來已經耗在這木箱上有整整半個小時啦！泰勒怎麼還沒回來呢？他走到窗邊，憂心的凝視外頭大霧，霧濃得迷迷濛濛的，彷彿嚴重近視者看見的情景，他凝視一久，頓時覺得暈酡酡的，有點想吐。

他回到桌前，望著木箱動腦筋，最後決定去找把鋸子。

在忙著翻找鋸子的時候，他沒注意到身後的木箱，正從破洞中流出血色的光芒。光芒在空氣中好奇的探索、撫摸了一會兒，又悻悻然縮回洞裏去。

它還沒準備好。

＊　＊　＊

泰勒一夥三人將每個墓坑用塑膠布蓋上，再用石塊和繩索固定好之後，便趕緊上車離開現場。

一路上，泰勒專心開車，緊盯著前方，他仍舊開得很慢，霧燈的亮光幾乎全被霧氣反射回來了。

沒過幾分鐘，坐在後座的研究生威廉忍不住說話了：『我們非得這麼沉默嗎？這段路可漫長呢。』

『沒人禁止你發言。』泰勒沉聲說，雙手緊握方向盤，全身繃緊。

喬治坐在前座，也正不安的瞪著霧氣，他故作輕鬆說：『今天是月圓呢。』

『你怎麼知道？』威廉神經兮兮的朝窗外望，什麼也沒看見。

『我的手錶，你瞧，』他伸手去後座給威廉看，『可以顯示月相，瞧，今天是飽滿的月。』果然他的手錶下方有個小窗，在深藍色背景前畫了個澄黃的圓球。

『好吧，月圓又怎樣？有狼人嗎？』

喬治搖搖頭：『月圓是歇斯底里的好時光，聽說許多人，尤其是女人，很容易受它影響。』

威廉彈一下手指：『你說的是那些月光下跳舞的女人，我大三時在麥爾斯博士的課堂上討論過。』

泰勒忽然間嗤道：『麥爾斯博士要說的大概是月經。』他語氣不善，喬治和威廉都不敢回應，他們老早就感覺到，博士僱請的這位助手似乎對博士挺不友善的。

喬治企圖打破沉默，陰森森的說：『月圓時分，野獸們都會分外騷動，尤其是哺乳類，我們也是哺乳類，因此有人推論，這可能跟哺乳類的賀爾蒙週期有關，有的人比較控制不住情緒，所以聽說月圓時特別多犯罪。』

泰勒截道：『這也是博士給你的研究題目嗎？』

『不，』喬治說，『我在研究都鐸時代的獵巫事件。』

『英國也有獵巫嗎？』泰勒語帶輕蔑，似乎話裏有話。

『有，只是個案不多，而且不像歐陸那邊燒死女巫，而是絞刑。』

『你呢？威廉？』泰勒忽然問道。

『什麼？』威廉怔了一下。

『麥爾斯博士給你什麼題目？』

『哦……』威廉舔舔唇緣，整理了一下才說，『我在研究古波斯神話，呃，著重在善惡二元論如何影響後來的基督宗教。』

『呵，那你一定會啃到《阿維斯塔》（Avesta）這部書了。』

『咦，你知道這本書？』旁邊的喬治有點驚訝，他以為看起來很粗獷的泰勒不會懂這些。

泰勒不回答，繼續說道：『我很好奇，麥爾斯博士的專長究竟是什麼？』

『神話學，他專攻歐亞神話。』威廉略帶自豪的說，『要說到中東神話，他可是權威呢。』

『哦，是嗎？』泰勒說著，一腳猛踩煞車，車胎尖銳的抗議了一聲，隨即停在泥路上，引擎的隆隆響聲在大霧中迴蕩不已。

兩名研究生面面相覷，不懂發生了什麼事：『有什麼不對嗎？』

『當然不對，』泰勒指向前方，『看見那棵樹嗎？』

雖然霧很大，但月光也很亮，將樹影投照在銀幕似的霧氣中，樹影龐大而猙獰，恍若兇猛的巨人。他們全都認得那棵樹，他們天天都看見它，它就是那荒廢教堂後方的古樹。

泰勒咬牙道：『這是我們第二次看見它了。』

『我不懂。』威廉不安的回望後車窗，盡量靠向前座。

『我開車，所以我最清楚，』泰勒說，『我們一直在這條路上打轉，不過我記得，我一直都只在筆直往前開，根本沒轉過方向盤。』

『哈利路亞。』喬治喃喃自語，禁不住緊握胸前的十字架，『聖母瑪利亞，求您賜免我的罪……』

泰勒的牙齒磨得咔咔作響：『麥爾斯博士有告訴你們這棵是什麼樹嗎？』

『白楊樹？』喬治試探道。

『該死！這是吊人樹！』泰勒說，『在獵巫事件中用來吊死女巫的樹！』

＊＊＊

麥爾斯博士大喝一聲，將卡在木板中的鋸子拔出。

好不容易，木箱只被鋸出一道痕，不過已足夠讓他繼續試著去撬開了。

他把木箱擺到地上，鐵條伸入鋸痕，一腳踏住木箱，他已經不管木箱會不會壞掉，也不考慮裏頭是否有重要的古物，一心一意只想把它弄開。

半塊木板裂開，終於露出木箱內的真面目，他看見一張麻布，經歷了四百年歲月，它卻沒有發霉，也沒有腐爛，似乎在包裹著什麼東西。

忽然間，他有點抗拒去掀開麻布。

當他費了九牛二虎之力終於弄開木箱時，卻突然退縮了。

『泰勒，你們這幾個傢伙，快回來吧……』

他害怕，卻不懂自己在害怕什麼。

自從他開挖這塊墳地，周遭就發生了許多不愉快的事，他家遭小偷，他的研究室被人闖入亂翻，卻沒東西損失。小偷不為財物，而是針對他而來的，他想不通小偷到底想找的是什麼？

他意識到有人在找他麻煩，但他想不到有什麼人會找他麻煩，他在此地沒有親人，朋友沒幾個，那墳場也是不受史學界重視的地方。

他很感激威廉和喬治要求他當他們的指導教授，畢竟他在大學不受同儕歡迎。他專心研究，我行我素，不願加入大學的任何陣營，難道這令他得罪了所有的人嗎？

不，他所冒犯的或許不是人類，人類太卑微了。

他將古老的墳場挖個精光，會害怕依戀屍體的鬼魂找他麻煩嗎？會害怕褻瀆屍體而遭天譴嗎？會害怕這受詛咒的小村，依然留存有古老的怨念嗎？不，他不怕。

他害怕的不是失去，是的，尤其不害怕失去生命。

他怕的是那即將面對而他尚未知曉的決定。

＊　＊　＊

泰勒將吉普車換檔，猛的後退，加速踩油門離去，從後視鏡可看見老樹漸去漸遠，消失在霧中。

『泰勒先生！別開這麼快！』喬治兩手抵住前方的置物櫃，大聲哀叫。

泰勒不理他們，他已熟記路線，他有冒險的把握，他要衝出這片迷霧，逃離那棵該死的吊人樹！

『泰勒先生！』

泰勒用力一踏煞車，吉普車在草地上水平轉了九十度，後車廂的工具被離心力拉扯得互相亂撞，撞成一團。

『天啊！』威廉發出尖叫聲，那棵樹和破垣又出現在他們前方了。

他們不知道面對的是什麼，只知道有一股不明的力量在操縱他們，玩弄他們脆弱的神經。

他們吃力的呼吸著，空氣中濃厚的水氣已經快要令肺部淹水了，他們的心臟努力的跳動，意圖將積水排出肺泡、將恐懼驅出體外。

然後，他們聽見霧中傳來狼嚎。

正確的說，是從空中傳來的。

* * *

正當麥爾斯博士猶豫不決時，木箱有了聲息。

他聽見呼吸聲，柔軟的麻布規律的起伏。

這個今天剛從泥中挖出來的木箱裏，有個活的東西。

血色的光芒在麻布下若隱若現，一道道紅光穿出麻布，散發在空氣中。

麥爾斯博士感到迷惑，這東西會有危險嗎？他應該馬上掀開它嗎？

他從工作枱下拉出一個公事包，再從公事包裏抽出一把自動手槍，插入彈匣，打開安全掣。

自從家裏遭人闖空門後，他就買了這把槍，不過只在試槍時用過一次。

『乖乖，別動。』他左手是空的，正好讓他拿根鐵條，將鐵條輕輕伸入麻布底下，挑起麻布一角，『乖乖……』他將槍口指向木箱，只要隨時扣下扳機，子彈就會不停的射出來。

說不定只是隻老鼠溜進去了呢？他自我安慰。

可是老鼠不會發光，尤其是紅光。

汗水從額頭流到眉毛，將眉毛浸濕，再緩緩流到眼珠子上。汗水的鹹味弄得他眼睛不舒服，他用力眨眨眼，左手不由得鐵條奮力一挑，整片麻布飛到半空中。

＊ ＊ ＊

『那是什麼？』喬治將頭靠上擋風玻璃，努力望向天空，尋找狼嚎的來源。

威廉在後座喘著氣，不安地說：『這麼大霧，你能看見什麼？』

『空中。』喬治指向天空，泰勒也瞇著眼用力眺望。

霧稍微變薄了，滿月的柔光終於照透水氣，照亮夜空。

『我看見了，』泰勒兩手緊執方向盤，沉住氣說，『有東西在空中轉來轉去。』

天空霍然破開一片，純淨的黑暗往四處渲染開來，露出稀疏的星光。

『那東西正飛向我們嗎？』喬治正猶豫間，才發現霧紗是被空中那東西撕裂的。牠戛然轉彎，自空中加速衝向吉普車，兩片巨大的膜翼震開霧氣，在他們還沒來得及看清楚以前，吉普車頂被一股強大的力量撕開，金屬拉裂的聲音劃破空氣，整部車子瞬間離地了一下，接著四輪重重著地，在地面猛彈幾下，冷空氣急匆匆湧入車內。

混亂之中，一聲長長的尖叫從後座離去，穿過車頂，邁入空中，越來越遠，最後消失在疾速拉起的霧幕中。

『老天！威廉呢？』喬治回頭張望，果然，坐在後座的威廉不見了。

一片車頂被丟棄在吉普車旁，大霧侵入車內，兩人馬上吸入滿肺的水氣，氣管頓時感覺被塞滿了。泰勒邊咳嗽邊拿起後座的霧燈，打開門跳出去，朝空中胡亂照射，希望能看見什麼。

『泰勒！』喬治把身體伸出車頂，『剛才那怪物……你看見嗎？牠捉走了威廉！』

『在那兒！』泰勒將霧燈照向天角，怪物逗留在半空中，威廉被牠用腳爪捉往，四肢軟綿綿的垂下。

『威廉！』喬治朝空中大喊，『你還活著嗎？』

威廉沒有反應，反倒是怪物尖叫了一聲，拍動蝙蝠般的翅膀，牠背著月光，所以他們只看見牠的身影，卻不見牠真正的面貌。

怪物懶洋洋的拍動膜翼，繞著廢教堂的尖塔飛翔，威廉在牠爪下搖搖擺擺，垂下的兩腳碰上尖塔頂端的鐵十字架，那鐵十字架有避雷針的功能，在風吹雨打下早已鏽爛，禁不住威廉碰撞，竟整個歪掉了。

『喂！喂！』喬治兩手圍成圓圈，向怪物嘶喊，『你這雜種，快放他下來！』

『省口氣吧，老兄。』泰勒說，『即使牠聽得見，也搞不懂你在說什麼。』

不久，怪物似乎厭倦了，牠飛低一些，飛向吊人樹，將威廉掛在一根粗幹上，牠則停在一旁，用爪子理理頭。

喬治和泰勒都看清楚了，吊人樹上吊了好幾個人。

那些人大概吊了很久很久了，他們破爛的衣服裂成一條條，垂掛在身上，在霧中輕輕搖晃著。

＊　＊　＊

麻布掉落地面，麥爾斯博士握緊自動手槍，他擔心有東西會從木箱飛撲過來。

木箱毫無動靜，他挨近去瞧，失望的看見裏頭沒什麼特別的東西，那不過是一箱獸骨，像是一副小狗的骨骸。

可是，種種疑惑很快如浪花般潑上來，剛才的呼吸和紅光是怎麼回事？難道是他眼花嗎？這副獸類的骨骸早已失去肌肉，貼著一層薄薄的皮膚，乾枯得像是隨時會碎掉，但是，為何要將獸骨放在如此堅硬的棺木中下葬呢？難道這是過去某人的愛犬，在細心處理之下埋葬的嗎？

『或許是今天太累了，或許是用過餐後血糖下降，昏沉了……』他試圖自圓其說，心裏卻一萬個不願意承認那是幻覺。

他看仔細了，這副骨骸仍然十分完整，骨與骨之間都還被乾皮連接在一起，不至於散落，他放下鐵條，去摸摸它的脊椎骨。

這一摸，他馬上感到全身發麻，慌忙將手縮回，因為他碰到的肩胛骨上還附著另一種骨頭，那是跟蝙蝠手臂和指骨一樣的骨頭，還有一層薄膜將它們連在一起，換句話說，這隻『狗』，生前有翅膀。

『這是絕種生物嗎？』他的理性令他如此發問，但他熟知民俗神話，他知道牠『應該』是什麼，但只是神話中存在的混合型生物，不該在真實世界中出現的。

木箱裏的骨骸抖動了一下，麥爾斯博士也被嚇得彈了一下。

他的手心泌出冷汗，以致手槍把手無法緊貼手心，在他手中滑溜溜的瞄不準目標。骨骸抬起了頭，空洞的眼眶朝麥爾斯博士看了一下，慢慢站起身體，兩隻翅膀輕輕拍動了幾下，像是要試試還能不能使用，然後牠張開雙翼，舒展腰骨。

『你好嗎？』骨骸說話了，是如磨沙紙在摩擦木塊的沙啞聲音，但語氣異常柔和有禮，而且還帶有濃厚的蘇格蘭口音。

麥爾斯博士除了驚駭還是驚駭，滿腦子在思考牠那看起來只剩頸椎骨的脖子，聲帶應該附在何處。他結結巴巴的回道：『托……托你的福……』他舌頭打結，像嚥了一塊吞不下去的東西，他忘了門就在背後，伸手就能逃跑，但他只呆立著直視骨骸。

事實上，他有點期待接下來會發生什麼事。

＊ ＊ ＊

『我們承認吧，』泰勒盯著掛在吊人樹上的威廉，喃喃對喬治說，『那就是所謂的惡魔。』

『我……一直不想說出這個字，我以為只是傳說……』喬治楞楞的望著牠，牠優雅的四肢捉著樹幹，不知何時，吊人樹的粗枝下掛了幾個人，每個人都低垂著頭，脖子上吊了繩繩，手足在風中擺動，下巴輕輕垂著晃動，似乎在交頭接耳。

『惡魔不是傳說，』泰勒盯著吊在樹上的詭異人影，很有把握的說道，『只是傳說與事實有些不同。』

喬治聽不懂泰勒的意思，此刻他心底有個更大的疑惑：『為什麼？泰勒……為什麼你叫它吊人樹？』

『據說亨利八世在位時，這裏有幾個女人被控行巫而遭處刑絞殺，』泰勒清楚的述說，彷彿面前正擺著一本書，『你知道，這兒沒法國那麼狂熱，他們不流行燒人，而是吊人。』

喬治點點頭，這正是他的論文範圍，問題是，他不記得在各種英格蘭獵巫事件的紀錄中有提及這個小村：『她們埋在這裏嗎？』

『按理，她們是不允許被埋葬在教會墓地的。』泰勒聳聳肩，『不過誰知道？』

『麥爾斯博士告訴你的嗎？』

『是我自己查到的。』泰勒咬牙道，『博士什麼也沒告訴我。』

『牠飛起來了！』喬治小聲叫道。

『惡魔』大概休息夠了，展翅飛起，用腳爪把威廉輕輕提起。

喬治拔腿追上前去，一腳踏入黏濕的泥地，爛泥巴吸著鞋底，令他舉步艱難，他奮力拔腿，意圖追上惡魔，他不想失去惡魔的蹤跡，否則不知該怎麼向博士交代威廉的下落——博士會相信嗎？

他越過吊人樹，樹上的死人們格格格咬著下顎，彷彿在嘲笑他。

喬治仰首奮力奔馳，兩眼的視線盡力追上飛翔的惡魔，根本沒注意到眼前有什麼。

『喬治！小心！』泰勒的叫喚已阻止不了他，喬治重重撞上古老的鐵欄杆，將早已鏽蝕的鐵欄杆撞得整個斜倒。

『唉唷！天殺的！』喬治一邊咒罵，一邊撫摸他首當其衝的高鼻子。

『牠飛下去了！』泰勒跨過鐵欄杆，闖入墓地的範圍，四下用霧燈探照，尋找牠著陸的地點。

牠的身影正在不遠前方，牠有尖尖的狗頭，修長的狗身，四肢著地，高傲的坐著，要不是牠背上還有一對巨大的蝙蝠翅膀，還真以為牠只不過是一隻狗。暈過去的威廉被扔在泥地上，由他胸部的緩慢起伏，可知他仍舊活著。

這裏，正是他們三人剛才來蓋塑膠布的墳場。

荒廢的教堂響起鐘聲，噹噹噹的在霧中迴響，傳送到遙遠的彼方去，霧水被鐘聲震撼，化成滴滴水珠打到他們頭上。

『見鬼了！』喬治感到一陣恐懼，雙腿不由自主的亂抖起來。

因為他知道，教堂的大鐘早就倒在廢墟的地板上了。

鐘聲的原始意義是通知聚會和示警大眾，後來演變成提醒時間，無論如何，還是表示有些事即將要發生了，更何況，這鐘聲發自不該有聲音的青銅鐘。

忽然，惡魔的翅膀一劃，霧紗被割破了一角，他們才發覺惡魔就在眼前。

面對巨大猙獰的惡魔，兩人倒抽了一口寒氣，種種過去存在於記憶中的可怕傳說浮現心頭，泰勒馬上嘀咕道：『我不會出賣靈魂的。』

出乎意料，惡魔的聲音顯得出奇的寧靜和慈祥：『好了，把你們的朋友帶走吧。』牠轉頭向背後，示意威廉就在牠後方。

接著，惡魔的身影慢慢轉淡，漸漸與霧融為一體，最後完全消失。

牠來得突然，去得唐突，泰勒和喬治怔在當場，良久，才想起威廉還在前面的霧中。

他們奔跑過去，找到威廉，將他扶起，撫撫胸口，還有心跳，只是嘴唇冷得發白，手指甲也發紺了。

威廉半躺在一個洞口邊，洞口不大，原本蓋上的塑膠布已被掀開。

兩人將威廉移上車後，泰勒又走回來想蓋好洞口，這時他想起，這裏今早剛挖掘出一個小木箱，或許是個小棺材，他好像還沒編號。

蓋上塑膠布時，泰勒不經意看見洞中還有一樣東西，便伸手進去拿起。

那是一本書，一本精裝的厚皮書，裝訂方式看起來十分古老，擺放的位置十分明顯，即使在黑夜的濃霧中也很容易被看見，然而為何今早沒被他們發現呢？

他將書本拿到吉普車前方，在車燈照射下翻看書本，心裏奇怪為何書本沒受潮，為何一本陷在泥中的書會看起來如此新穎？他看清楚封面，上面用燙金歌德體文字寫了『撒馬耳』（Sammael）。

『該死！』泰勒禁不住低聲咒罵。

他早該料到的。

＊　＊　＊

麥爾斯博士忽然覺得眼前的怪物有種親切感，他望著骨骸的臉，雖然在頭骨上僅有薄如紙的一點皮肉，但他覺得牠有表情，而且還滿和藹的。

『你忘記我了嗎？』怪物扭動脖子，神色有些哀傷。

『忘記？』麥爾斯博士不明白。

『難道你忘記那個可怕的夜晚了嗎？』骨骸說話時，全身格吱格吱的，『那些羅馬來的入侵者將我們趕盡殺絕的夜晚？』

麥爾斯博士完全不知道牠在說什麼，卻似乎有點印象，在他的記憶深處，已經輕輕揚起一片漣漪。

眼前的怪物，似乎不再是怪物，他已經毫無害怕、好奇的感覺。

他需要的是一個答案。

＊　＊　＊

『這是什麼？』喬治翻開手上的古書，裏面寫的文字似曾相識，卻一個也看不懂。

『那是拉丁文。』泰勒用力踩油門，吉普車在泥巴路上飛快衝回農舍。前方的大霧似在讓路，一路上往兩側散開，露出清楚的路線。

威廉在後座熟睡，還發出打呼聲，對周圍發生的事毫無知覺。

喬治對車子的速度感到畏縮，他悄悄的說：『不能慢一些嗎？』

『你看看天空。』泰勒說。

喬治依言探了半個頭出車窗外。

大霧在空中破開一個大洞口，明月皎潔，照亮夜空中的浮雲，也照出了無數在夜空飛翔的生物。

『我的天……』喬治目瞪口呆，他看見一群群有巨大蝙蝠翼的生物，有的是頭上長有山羊角的人體、有的有修長的狼身，也有鳥頭人身的怪物，牠們全在空中井然有序的飛著，飛向他們前往的農舍。

『喬治，你手上的書，是一把鑰匙。』

『什麼意思？』

『Sammael，是惡魔之名，Sam是毒藥，Sammael是光明與毒之天使，是源自古老蘇美文明的惡魔。』那本書出現得過於突兀，但也說明了這地方跟惡魔崇拜的強烈關係，更清楚指示了博士所崇拜的惡魔之名！

『泰勒。』喬治欲言又止。

『什麼？』

『你好像知道很多。』

泰勒抿緊嘴唇，瞟了他一眼：『我專攻惡魔學。』

『你是……』

『我一生的任務就是找出惡魔，消滅牠們，維護世界和平。』

喬治皺皺眉頭：『你是什麼秘密組織特工嗎？』

『什麼秘密組織？』泰勒拉開衣領，露出裏面的白領黑衣，『我是教皇的忠誠追隨者，是神的選民！』說著，更加快了車速。

喬治不放心的望望儀表板，眼看車速越來越快，他開始擔心，泰勒或許比天上飛的那群生物更加危險。

泰勒繼續吼道：『你們的麥爾斯博士顯然是惡魔的信徒，我從一開始就懷疑了！』他飛快的望了眼喬治，確認他正在聽：『他這麼匆忙要挖掘這墳場，這埋葬魔鬼信徒之地！他一定是想要尋找什麼！看吧！』

『墳場代表的是一個古代群居社會的縮影，所以才要挖掘……』

『去你的，別跟我掉文字，這村子有惡魔崇拜，麥爾斯博士在尋找他的信仰，他把這村子當成是魔鬼教的聖地！』

喬治不知道該不該相信泰勒才好。

現在他開始擔心的是論文進度了。

＊　＊　＊

『不，我什麼都不知道。』麥爾斯博士抱頭道，『我怎麼可能認識你？』

『是嗎？』怪物的骨骸在工作枱上徘徊，『那對於過去，你記得什麼？』

他記得什麼？他記得他在孤兒院長大，父母不詳，由於膚色的關係，他受到院方管理人的歧視，任何好事都沒有他的分兒，即便是一片慈善機構送來的蛋糕。他在不快樂的環境下長大，還在到達法定年紀後被踢出孤兒院，自謀生路。

但他很爭氣，他天資聰穎，在校成績很好，雖然三餐不繼，但憑著一步步的苦讀和打工之路，在壯年時期就當上了教授。

他專攻民俗神話，也說不上什麼理由，他硬是對這門學科特別有感情，尤其是中東一帶的神話，比如現代的伊拉克，亦即古代美索不達米亞地區的蘇美人神話。

他覺得他在尋根，因為他的樣貌。

麥爾斯博士從沉思中拉回現實，他戛然發現，工作枱上的怪物好像長了點肉，牠不再那麼骨瘦如柴，臉上有了一層油光，空洞的眼眶子也慢慢有顆奶白色的東西在滾動。

『啊啊啊，』怪物說，『夥伴們來了。』牠的聲音漸漸圓潤，不再沙啞。

霧夜的空中聒噪非常，夾雜著夜鳥的啼聲、山狼的嗥叫以及蝙蝠的尖銳叫聲，天空似乎充滿了生物，連麥爾斯博士在農舍中也聽得一清二楚。

他真的一點也不害怕，一點也不擔憂了，相反的他非常安心，從小到大，他從未如此安心過。

＊　＊　＊

『該死！』泰勒用力打了一下方向盤。眼看農舍已在眼前，吉普車卻靜悄悄的一點聲息也沒，油針無力的垂掛在最底端，油缸沒油的警示燈在黑暗中閃爍著紅光。

他看了眼手錶，晚上九點，沒想到他們已經折騰了三個小時。

泰勒從喬治手上拿過墓中發現的古書，開門下車，大步走向農舍。

『泰勒先生！』喬治向他叫道，『威廉怎麼辦？』威廉仍在後座沒醒來。

『你扶他下車！我先去見博士！』

喬治嘟囔了一陣，他猜想泰勒也不信任他，因為他是博士的學生，如果博士是惡魔的信徒，搞不好他也是，不是嗎？

喬治打開後座車門，扶威廉下車：『威廉！威廉！』他輕拍威廉的臉，『走，到農舍就暖和了。』威廉夢囈般應答了幾個模糊不清的字眼，喬治扶著他，慢慢的一步一步走向農舍。

農舍在薄霧中若隱若現，可窺見少許燈光透出窗戶。

他估計，這趟路他們大約要耗上二十分鐘，而泰勒只消五分鐘就到了。

他希望泰勒不要對博士做出什麼不利的事情，他知道博士並不是什麼惡魔信徒，他只是研究民俗神話，多少有點牽扯到惡魔傳說而已。

喬治知道，其實對麥爾斯博士而言，所謂『惡魔』，是強勢宗教壓迫弱勢宗教而產生的術語，是在古民族戰爭、統治、俘役下，對失敗者的信仰的貶低。

歷史上，隨著羅馬帝國四處擴張，依附在羅馬政治體系下的強勢宗教，便四下摧毀各地的原始信仰，於是，所謂惡魔，遍地橫生。某些神祇們，則被民間化為精靈、仙子、矮人等傳說生物，偷偷被信仰著。

喬治抬頭望天，看見惡魔們圍繞在農舍上空，轉著圈子，似是在期待著什麼。

他望不見泰勒，泰勒跑入霧中，恐怕已經快到農舍了。

泰勒手上抱著厚重的古書，口中喃喃自語，他扯開外衣，露出裏頭的黑色聖衣，心裏頭澎湃洶湧。他已掌握惡魔的名字，據說得悉其名字，便能征服驅逐惡魔，他不停複誦驅逐惡魔的話語：『滾吧！滾吧！撒馬耳！滾到地獄去！』是的，當年反叛上帝的天使，已經被打入地獄，被永劫之火焚燒，豈能出來撩亂世間？

他曾搜索麥爾斯博士的住家和研究室，只找到一堆學術書籍，連一本小說也沒有，要是說有什麼他是惡魔信徒的證據的話，那就是他沒有《聖經》了。

還有一個不像證據的證據，就是麥爾斯博士的名字。

他已走到農舍門口，眼下答案就要現前。

他推開大門，麥爾斯博士看見他，眼神驚喜：『啊，你終於回來了！我還以為你們出事了……那兩個孩子呢？』

泰勒對他的回報是舉起十字，口中大嚷：『惡魔！』

麥爾斯博士氣定神閒的站在工作枱前，充滿憐憫的望著他：『怎麼了？泰勒？』

泰勒楞了一下，注意到工作枱上站了一隻小狗，有蝙蝠翼的小狗，雙眼正冒出血紅色的光，在直視他。

『博士，你與惡魔勾結嗎？』泰勒又迫近了一步，手中的銀十字在壁爐的火光中流動著黃光。

『泰勒，為什麼你會這麼認為呢？』

『因為這個。』泰勒從背後取出厚重的古書，拋到博士腳前，『你的名字，其實是反映了惡魔的古名嗎？』

麥爾斯博士彎腰將書撿起，才瞥了一眼，臉上表情便有了變化，他看見封面上的燙金大字，乍喜乍憂：『原來如此，原來如此……我完全瞭解了。』他將書遞給身旁的小惡魔看：

『這就是你說的記憶嗎？』

泰勒一時無法瞭解。

麥爾斯博士的臉漸漸變化，他的額頭慢慢凸出，眼鏡架不住在鼻梁上，掉落下地，眼球被一層血紅色披蓋，耳朵慢慢拉長，工作枱上的惡魔興奮得跳腳，高聲叫道：『他回來了！他回來了！』

『我終於明白為什麼，』麥爾斯博士的身體長高，兩片肩胛骨高高隆起，在背後伸展出兩片巨大肉片，梳得服服貼貼的頭髮瞬間爆長，聲音也變得低沉震耳，『我終於明白，為什麼當我離開孤兒院時，會一心只想要以山姆・麥爾斯（Sam Miles）為名了。』

『因為，』泰勒恍然大悟，『你本人就是撒馬耳（Sammael）。』

『是的，是的，我完完全全記起來了！』麥爾斯博士高興的吶喊，高興得淚水迸流，『我終於找回我的同伴，我的下屬，啊，往事如煙哪！』

『你是惡魔！』

『無禮的小子，什麼惡魔？蘇美人崇拜我時，我可是正義之神呢！』

『你是毒之天使！』

『你們的教典首次提到我時，還說我是天堂警衛呢！』

『可是，你跟惡魔長得一模一樣！』

『孩子，』麥爾斯博士已經不再長得像麥爾斯博士，他比泰勒高大一倍，孔武有力，隨意揮動指尖都能撕碎泰勒，『孩子，我不怪你年幼無知，你們的神跟我並沒什麼不同，我們都不是這個世界的生物，但千年以來，我們受盡欺壓，被你們的勢力步步迫害，為我們掛上種種惡名，令我們無容身之地，所以今天這一切，夠了！』

泰勒戰慄的仰望他，口中不住唸著驅逐的話語，話語卻像撞上空氣般，消失得無影無蹤。

『不過，我還得謝謝你，』他對泰勒說，『我自我放逐多年，這本書和這位夥伴，』他望向工作枱上的小狗，『是我當年埋下，重新喚醒自己的鑰匙，而今在你的幫助下，我重新尋回自己，也為我族往後的重生之道找到了方向。泰勒，我當初果然沒找錯你。』

泰勒完全不覺得受到了恭維，他更賣力的唸驅逐辭，還從懷中取出聖水，潑向博士。

『所以，再見了。』

工作枱上的小狗飛起，博士也揚起巨大的翅膀，翅膀上滿滿的銀白色的羽毛，映著月光，泛現銀澤，他衝向泰勒，擦過他身邊，穿門而出。

門外，喬治正好扶著威廉抵達，被衝出來的博士一撞，兩人摔倒在地，喬治感到五臟六腑幾乎被這重重一擊撞散了。喬治一照面，認出博士變形後的臉，趕忙用盡全力吼出來：『博士！』

正要衝上天的博士回頭望他一眼，翅膀一收，便輕輕落地，站在喬治面前。

看著面前龐大無比的博士，喬治一時語塞。

『什麼事，喬治？』博士的聲音令農舍也在微微震動。

『我……我們的論文怎麼辦？』

『噢，對不起，差點忘了，』博士沉思了一下，『我回學校安排一下好了，我會替你們找另一位指導教授的。』

泰勒又衝出大門，高舉銀十字，聲嘶力竭的嚷著驅逐辭。

『泰勒，』博士向他說話了，『我不會忘記你的薪水的，現在我回校安排，你恐怕還要等兩天，大霧才會散完，所以我把學生交給你了。』

泰勒楞了半晌，眼睜睜看著博士再度展翅，飛上夜空。空中有一大群同伴在迎接他的歸來，紛紛興奮的喋噪起來，然後全體一起振翅遠飛，消失在夜空中。

泰勒傻著眼仰望夜空，毫無知覺，喬治已將威廉抬進農舍。

『泰勒先生！』喬治在門口呼喚他，『該吃晚餐了！』

『啊？』

『你要玉米濃湯還是雞肉濃湯？』

想了一會，泰勒才回答：『玉米好了。』然後拖著無力的腳步走進農舍。

四日大霧：紅色篇章
4-DAY FOG：RED CHAPTER

吸血鬼疑案

An Unfolved Cafe of Blood Sucker

引擎般的聲音在霧中迴響，
漸漸越來越清楚了，
砰的一聲，一堆毛茸茸的東西闖入，
巨大的眼睛在窗戶間抖動，
身體被卡在外面擠不進來。

這裏保存了千年來沉積的黑暗。

起初，是一頁又一頁的戰爭史，羅馬人來了、諾曼人來了，接著是連年宗教戰爭，人命如草，黑暗化成中世紀時間的要素，即使是一六六六年的全城大火，也沒能將黑暗燒去。然後在十八世紀末，進入工業時代，工廠和居民大量焚燒煤塊，將整個城市的磚塊和屋瓦都熏黑了，黑暗又化成了空間的一部分。

史密斯踱步在古老的街道上，雖然石磚路面早已鋪上瀝青和水泥，依然掩不去城市的陰冷和潮濕，他走過每一扇門、每一道窗戶時，都會感到整片空氣沉浸在混沌得令人透不過氣的傷感中。

他知道開膛手傑克曾在這條街道上徘徊，在黑夜中尋找祭品，滿足他嗜血的慾望，雖然斯人已逝百年，磚縫間仍彷彿留存有血腥味。

史密斯拐入巷子，推開門，這裏是他和合夥人小小的辦公室，負責小小的偵探事務，通常是外遇或跟蹤之類的，門口的銅製招牌上寫著『約翰遜與史密斯』，嚴重褪色的銅字暗示他的生意年代悠久且長期不振。

他撥開辦公桌上的文件，揚起一陣塵埃，他拉開抽屜，取出一小瓶酒，視線正好碰到桌上的一張照片，是他年輕意氣風發時，與合夥人神采奕奕的合照。

他搖搖酒瓶，發現只剩幾滴，不滿的踢旁邊的椅子一腳，驚醒正在椅子上用報紙蒙頭大睡的約翰遜，報紙滑到地上，他一手抓起，拍在合夥人頭上：『你是不是偷喝我的酒？』

跟他一樣長了個啤酒肚的約翰遜，正因驚醒而淚眼惺忪：『原諒我，戴安，我沒跟維多利亞鬼混……』說著，又倒回椅子上沉睡，鼻息中呼出濃濃酒精。

他感到無力，摸摸口袋一把，心想還夠錢到老莫酒吧那裏來一杯。

他將手上的報紙擺回辦公桌，覷上一眼標題：『吸血鬼重現倫敦』。哦，『重現』是嗎？那吸血鬼上一次光臨倫敦是什麼時候來著？大概是上個禮拜剛下畫的電影吧？他還記得女主角被咬穿脖子時，叫得有多騷。他知道這不過是一分八卦報紙，上次還報導過狼人從飛碟下來呢。

史密斯推開大門，外頭冷空氣呼呼的湧進來，侵襲他那沒錢開暖氣的斗室。

他再步入街道，忍受又重又濕的冷空氣，期待著與老情人欣蒂見面。欣蒂跟他相識多年，從當紅交際花到過氣舞孃，他們都未曾遠離過對方，每個星期都會在對方身上互覓一絲溫暖。時而，他們聊到未來，他們知道未來純屬幻想，但這種幻想令他們有種短暫的幸福。

『還是先去老莫那兒暖暖身子吧。』他想，反正欣蒂不會這麼早在家。

他經過欣蒂居住的公寓，朝玻璃門後方瞄上一眼，嘿，守門的老頭好像又翹班了，他拉開玻璃門看看，櫃台果然是空的。

那老頭總是會不知偷溜到哪兒去，有時史密斯看見老頭在老莫酒吧流連，好像早有人代替他守門的職責一般毫不擔心。老頭會拿著一個早已喝乾的杯子，不斷的吸著、舔著，試圖享盡哪怕是揮發在杯中的酒精也好。時而史密斯會上前搭訕，老頭會脹著被酒精熱紅的臉，小聲告解道：『我出來散散步，你知道，在那裏坐上一夜，屁股會生蛆的。』

史密斯合上公寓玻璃門，再透過玻璃看了一眼，空空的櫃台令人覺得怪怪的，原本應當有人在的位置，似乎迴盪著一股幽魂……哦不，是一股尿騷味。

天色早就入黑了，街道上的車子擠成一團，車燈一盞挨一盞排列，有如提燈的行列，高高的路燈昏沉沉的，只足夠照亮撐起它的燈柱。

史密斯腦中計算著，再下一條巷子便是老莫酒吧了，搞不好公寓守門老頭也在那邊呢。為了抵制寒冷，他用輕快的步伐邊跳邊走，皮鞋敲擊著水泥地面。眼前有一批人聚集在人行道上，他們聚在電器行櫥窗觀看免費電視節目，現在該是新聞時間吧？

電器行要休息了，老闆已在門口掛出『打烊』的牌子，在櫃台忙著結帳，還不時一臉厭惡的覷看櫥窗外的人群。史密斯邊走邊透過人群空隙觀看電視，不經意撞上一名瘦個子。

史密斯趕快賠了個不是，那瘦子抬起頭，用痛苦又無力的眼神望著他，接著整個人倒在他身上，他措手不及，來不及伸手扶注，任那男子由他身上滑落，軟綿綿的癱在地面。

『嘿！怎麼了？』史密斯蹲下身體，小心扶起男子的上半身，他身上沒酒味，沒喝醉。看電視的人們驚奇的圍上來，史密斯喊叫著：『誰去叫救護車？』有人回應說他去打電話，便鑽進路旁的紅色電話亭去了。

男子無力的拉扯史密斯的衣領，嘴唇不斷的顫抖開合，慘白的皮膚血色全無，史密斯這才發覺，男子頸部有一個不大不小的圓孔，圓孔周圍還有一圈乾硬的血塊。

警方很快就抵達了，倒楣的史密斯被盤問很久，還被請去警局一趟，他試圖拒絕：『對不起，事先聲明，我還沒用晚餐，問題盡量簡短一點，而且在這裏問，好嗎？』

警察答應了，但還是跟他磨菇了半個小時：傷者是認識的人嗎？從哪裏走過來的？當時他外表看起來如何？史密斯被逼著去回想那短短數秒鐘發生的狀況，邊回答肚子邊咕嚕咕嚕叫。

在救護車來之前，他曾端詳躺在地上的男子，感覺他整個人虛脫得鬆垮垮的，像被掏空了，即使警方為他蓋上了一塊毛毯，毛毯底下還是好像空空的。

『他脖子上是不是有兩個洞呀？』史密斯反問警察。

警察揮動原子筆，瞟他一眼：『一個。』

『他整個人看起來好像沒血了。』史密斯想起那則有關吸血鬼的八卦新聞，故意試探。

『好了，多謝你，』警察在紙上簽名說，『請不要四處張揚。』

『什麼？』

『免得引起市民恐慌，好嗎？』警察將口供遞給他簽名，『我們會再聯絡你。』史密斯感覺到警察在威脅他。

史密斯如釋重負，他已經餓得喉頭發酸，饑餓的訊號像槌子般擊打他的胃囊。他改變主意了，或許他不該去酒吧，而是回頭去欣蒂家，欣蒂應該不在，晚上是她的上班時間，不過他可以借用廚房煮點東西吃。

不知不覺中起霧了，昏黃的路燈在霧氣中投照出一團團棉花球似的光圈，稀落的人影令大霧鬼影幢幢的。現在大多數人都回家了吧？正在暖氣旁與家人共度夜晚吧？史密斯自覺沒有那分福氣，大概以後也不會有，他只想填飽肚子，讓自己有虛幻的短暫滿足感，於是他踱步走回欣蒂的公寓。

當他再次看見公寓的玻璃門時，心裏生起了一股異樣的感覺。

守門老頭仍然不在櫃台，但櫃台上有個髒兮兮的瓷杯，盛了冒煙的黑咖啡，像是有急事匆匆離開了一般，剛才這杯子還不在的。

史密斯又餓又疲倦，他拖著身體步入帶有霉味的狹窄電梯，靠在電梯內壁上，只等這部老舊的機器將他送上去。他忖度著欣蒂的冰箱會有些什麼？包裝鮮奶和柳橙汁是少不了的，但他期望有一些能填飽肚子的東西。

當他打開欣蒂的家門時，寒風從門後一擁而出，吹得他馬上哆嗦起來，感到臉上瞬間結了一層硬塊。他看見窗戶沒關，剛起的大霧陣陣湧入，屋裏又濕又冷，風聲在窗外呼嘯，當一陣霧氣撲面而來時，他打了個大大的噴涕。

史密斯嘀咕道：『欣蒂又忘了關窗……』他走向窗戶時，聽見詭異的風聲，不，不是風聲……他遲疑片刻……有點像飛機引擎聲，又像煩人的蒼蠅。他甩甩頭，伸手出外將兩扇窗戶拉進來合上。

窗戶一合上，馬上傳來砰的一聲，整面玻璃強烈震動，顯然有重物撞上，但外頭是霧夜，屋內的光線令玻璃反光看不清外界，驚惶之下只看見一個全身黑色長滿刺毛的龐然大物。不過驚鴻一瞥，那怪物早已掉落下去，他想探頭張望，但不敢再開窗。

『那是什麼？』他不斷困擾的自問，『剛才那是什麼？』

透過街燈，他看見窗戶玻璃上有一攤黏黏的透明液體。

大概是錯覺吧？恐怕是夜鳥或蝙蝠見到燈光，不小心撞上來了，霧那麼厚，也難怪他會看錯的。

『我一定是餓昏頭了。』他摸摸頭，安慰自己。

史密斯強烈的需要食物，他的胃囊一陣抽搐，再次提醒他還沒吃晚餐，剛才被窗戶的巨響嚇了一下，他驚魂未定，兩腿還有點發軟，只好扶著沙發走路，但手掌一按下沙發，就有一片潮濕沾上掌心，帶給他顫抖的沁涼，原來沙發也被霧氣浸濕了。

他打開冰箱，果然有柳橙汁和鮮奶，還有一條芹菜，就如同在犒賞他一般，冰箱裏還躺了半個比薩，他歡呼一聲，將比薩放進烤箱，也拿了個小鍋煮熱鮮奶。

欣蒂家裏沒電視，他扭開收音機，邊吃邊聽新聞報導，氣象局警告大霧令能見度甚低，駕駛的人要小心。他想，今晚大概也有很多人風濕病發作吧，至少他自己的左腳膝關節就在隱隱作痛，那是年輕時跟蹤一位外遇的男人時，被那人攻擊弄傷的。

欣蒂家的暖氣令他漸覺暖和，他這才脫下外套，想起冰箱裏好像有冰淇淋，不如就當成飯後甜點吧。他去打開冰箱，冰淇淋裝在一個袋子裏頭，袋中還有店家置入保冷的乾冰。

飽食一頓後，睡意便悄悄侵襲上來了，他感到意識變得朦朧，腦袋瓜有點旋轉，心想反正來了，不如去洗個熱水澡，欣蒂不會怪他花費那麼一點瓦斯費和水費吧？他洗乾淨碗碟，先去打開瓦斯燒開水，到欣蒂的寢室去翻出一條毛巾。

為了避免空氣太悶，也避免瓦斯漏氣，他將浴室窗口推開一道小縫，才開始放洗澡水。

他翻看欣蒂的藥櫥，看看有什麼用起來很舒服的洗澡用品，但沒找到什麼，畢竟欣蒂也不富裕，肯捧她場的男人逐年減少了，收到的禮品自然也不會多。他估計欣蒂還沒那麼快回來，或許他該盡點心力，洗澡後整理一下房子，讓她回來時有個驚喜吧？

水龍頭的水流得不快，他百無聊賴的等待浴缸裝滿水，想起剛才吃冰淇淋還有剩下的乾冰，戛然想起小時候做過的實驗。於是他將袋子取來，搖搖袋子，袋裏的乾冰格格作響，他記得小時候老師說過乾冰是固態二氧化碳，只要碰到水就有好玩的事……他將它們一古腦拋入盛水的盆子中，一股白煙倏地噴出，像水一般流滿盆子，史密斯不禁高興得格格笑，感覺像回到兒時，無憂無慮的試試這個、試試那個，偶爾還闖闖禍。

砰的一聲，打斷了史密斯的思緒，是從窗口傳來的。

他心裏一陣毛骨悚然，不敢挨近浴室窗戶，有東西不斷在撞擊，將原本開了道縫隙的窗戶撞得合了起來，那東西瘋狂的撞著，不闖進來不罷休。浴室窗戶是毛玻璃，看不清外頭，外頭街燈也只照出它模糊的輪廓，但除了狂亂的影子，壓根兒看不出是什麼。

史密斯恐懼萬分，完全亂了步調。

忽然，撞擊停止了，外頭一片寧靜，玻璃上裂了道小縫，正緩緩流入霧氣。

史密斯稍微冷靜了些，他找到一條長水管，接上水龍頭，小心翼翼的移近窗戶，輕輕推開一些，一陣霧氣馬上鑽了進來。

來了！他聽到那怪聲了，引擎般的聲音在霧中迴響，漸漸越來越清楚了，砰的一聲，一堆毛茸茸的東西闖入，巨大的眼睛在窗戶間抖動，身體被卡在外面擠不進來。

史密斯打開水龍頭，用拇指按住水管末端，強勁的水柱隨即射向窗口，怪物被水噴上，似乎吃了一驚，只聽牠激烈拍動翅膀，然後消失在夜空中。

史密斯喘著氣，腎上腺素令他一時精神抖擻，他放膽走到窗口，探頭出去張望，但什麼也沒看見，下方街道行人稀少，但霧氣中依稀留存一陣酸臭的腥味，他認不出是什麼氣味。

『我看到牠了。』他告訴自己，可是他完全認不出那是什麼東西。

猶豫了一會，終於決定繼續泡澡，洗去剛才泌出的一身冷汗。

洗完澡，他將毛巾披在沙發上，等欣蒂回來，但欣蒂一直沒回，他聽著午夜電台，便在沙發上沉沉入睡了。

朦朧中，他感到有人吻了一下他的臉，伴著香水殘餘的後味和口腔的酸味。『欣帯？』他問道，窗外白茫茫的陽光稍嫌刺目，他不禁抬起手臂遮眼。

『寶貝，你等了我一晚嗎？』欣蒂的聲音從寢室傳來，她在卸妝。

『妳昨晚沒事吧？』他摸摸沉重的臉，摸到兩腮粗糙的鬚碴。

『沒事，會有什麼事？』欣蒂的語氣聽起來很欣悅，『查理請我去他家喝酒聊天，他煮的龍蝦還真可口。』

『哦。』史密斯隨口應答。

他發現自己還是會妒忌，雖然他倆是老情人，但經過這麼多年，早已昇華到家人的程度，他其實比較關心她遇上的男人會不會欺侮她。

他繼續剛才的問題：『妳在外頭真的沒遇上什麼怪事嗎？』

『怎麼了？』她已換上浴袍準備沐浴，『你看起來臉色很差。』

『沒事。』他一骨碌爬起來，沙發已被屋裏的暖氣弄乾，僅他披著毛巾的下方還有些潮濕，『對了，妳昨晚出門忘了關窗。』

『噢！』

『可別讓房子長霉了。』他親了欣蒂一下，向她道別。

乘欣蒂發現他吃光了冰箱裏的食物之前，他得爭取時間溜走。

搭電梯到樓下，守門的老頭還是不在，但昨晚在櫃台上的咖啡已經不在了，顯然櫃台還是有人，只是碰巧沒遇上而已。

推開玻璃門要出去之際，他忽然覺得怪怪的。

他轉身回櫃台，看見櫃台後方有一攤黑色液體的痕跡，杯子碎片四散。

再走近一些，他才看見一個像袋子的東西，是軟成一團的守門老頭，全身如同洩氣的汽球，皮膚完全貼在骨架上，慘白得如同剛發好的麵糰。

如史密斯所料，老頭的脖子側邊開了一個洞。

史密斯轉身離開，他不想報警，不想再被糾纏著問口供。

他推開玻璃門，猶豫了一下，謹慎的透過玻璃觀望外面，看見有不少行人。也是啦，現在大白天，雖然陽光不強，但吸血鬼總會怕陽光吧。

但現在是秋季，日照時間甚短，吸血鬼有充分時間活動，所以他必須趕快。

他衝出門外，快步走回兩條街外的辦公室，門是上鎖的，他的合夥人還沒來，他用鑰匙打開門，翻找垃圾桶，找到昨天的報紙：『吸血鬼重現倫敦』。這分報紙的報導向來是空穴來風，但這回看來有幾分真實，史密斯細心嚼完了報導，基本上跟他看到的一樣。

現在是大白天，吸血鬼應該還不會出現。

他關上大門，到最近的地鐵站去，乘地鐵去公共圖書館，翻查跟吸血鬼有關的專著。他借了幾本書回辦公室，泡杯咖啡，細細閱讀。

『哇，你瘋啦？』合夥人大驚小怪的說道，『我上一次這樣看書，是二十年前呢。』

沒錯，自從中學以後，他已經很久沒好好坐下來看完一本書了。

『有沒有生意？』他頭沒抬起來問合夥人。

『離婚，我要出去查外遇證據。』合夥人拿起大衣，經過他身邊。

『順便買酒。』

『什麼？』

『你昨天把我的喝光了。』

合夥人一言不發，重重的甩上門。

史密斯看了一個上午的書，覺得兩眼昏花，他上街去買午餐，順便聽聽街頭耳語。那些耳語常帶給他許多資訊，上次他就是這樣才弄清楚女人有多狡猾，才幫他客戶找到老婆外遇的證據，他覺得女人要偷腥可比男人高明多了，她們的迂迴戰術可真的不易識破。

他倚靠在行道樹上，吃著超市的冷三明治，心想裏頭的火腿肉好像比以前薄了許多。這附近連一小片有長椅的綠地都沒有，他只得站在緩緩的寒風下吃午餐。在他不斷抖動的腳下，落葉聒噪不已，他特地選了這處視野廣濶的行道樹，好看清楚四方走動的人們，或者……空中出其不意的來襲。

吃完午餐，他決定回辦公室打報告，順便算一算帳單，這樣子就可以約好客戶交差拿錢了。

那天他快快辦完事，乘天黑前速速回家。

他在家裏草草烤了兩片麵包，煎幾條香腸來吃，邊吃邊看借回來的書。

天色快暗下來的時候，他趕緊合上窗戶，猛然想起應該打電話給欣蒂，叮嚀她出門前記得關窗，他知道欣蒂老是丟三忘四的。電話響了很久，欣蒂沒接，她大概提早上班了，要不然就是那位什麼查理又請她吃晚餐去了。

這樣也好，如果欣蒂因此找到個好歸宿，有個安穩的後半生，也總比跟他這種人廝混來得強。

他放下話筒，又繼續啃書。

讀了一夜，他在腦袋中整理了一下剛吸收的資訊，吸血鬼是自古流傳的異物，以前的人相信死後多年不腐的屍體就是吸血鬼，而吸血鬼跟德古拉扯上關係，還要拜流行小說和電影所賜。

書上說以前每逢有吸血鬼傳說，人們都會到墳場去尋找未腐爛的棺木和屍體，將它斬碎燒成灰。

『可是……』史密斯心裏蒙上巨大的疑團，他不知道他看見的是什麼，但絕對不是復活的屍體。他憶起窗外的模糊輪廓，那不是巨大的蝙蝠，也沒有德古拉的斗篷，那雙大眼不是人的眼睛！或許是惡魔！是的，必然是惡魔，否則怎麼會做出如此恐怖的事呢？

他揉揉疲倦的雙眼，眼睛因操作過度而發燙。天氣很冷，暖氣似乎起不了什麼作用，但至少不會黏黏濕濕，所以他沒洗澡便和衣上床去了。

『晚安倫敦。』他嘀咕著合眼，暫時忘掉夜空中的怪物。

秋葉橫臥的倫敦陷入一種貧血性的緊張，雖然警方一直沒透露任何消息，但吸血鬼傳說早已經由耳語深入民心。人們互相告誡，天黑後千萬別開窗，即使一丁點縫隙也不要，夜晚的活動減少了，酒吧生意大受影響，因為即使不相信吸血鬼存在的人，也會懷疑是不是有什麼變態殺人魔在活動，在邪惡眷愛的黑暗中尋找受害者。

入夜後的倫敦一片死寂，只有街角淡淡的燈光投照。

到目前為止，仍沒有一個對吸血鬼的詳細描述，牠依舊是空中的一塊謎團。

牠饑渴的在空中飛翔，臨著高空夜風，觀察自倫敦地面不斷升起、一股股的二氧化碳，牠感覺著那些熱氣，搜索合適的目標，甜美的目標。牠在夜空徘徊的聲音，有人聽見了，還以為是自己耳鳴。

終於，牠魅人的聲音吸引了另一巨物，那巨物飛來緊捉牠的後肢，陶醉的互鳴。在短暫的試探後，牠們陷入一片熱情，在空中纏綿起來，不久決定飛往市郊，飛越建築物上方的避雷針，飛到臭氣熏天的沼澤區。

沼澤是腐屍群聚之地，會發出蒸蒸溫暖的腐敗氣體，所以牠們喜歡。

在牠們眼中，沼澤的色彩瑰麗極了。

牠們在這片溫暖的濕地上舞著挑逗的步伐，由試探、輕觸到劇烈，最後回歸於寧靜。

然後，牠們連道別也懶得，便飛離對方，去尋找消耗大量體力後的補充品。

一大早，報紙上的消息震撼了市民們。它沒有被置於明顯的頭條，但已經令大家的猜疑紛紛有了結論，因為這次不再是小報消息，而是大名鼎鼎的《泰晤士報》。

『連續吸血事件侵襲倫敦』報章上這麼寫。

警方終於覺得再也掩蓋不下去，是提醒大家小心的時候了。

史密斯也看到了消息，報章上並沒提供什麼線索，警方只說了些模糊不清的描述，除了死者脖子開洞之外，幾乎沒再說什麼。反倒是昨天的八卦報紙說的還比較清楚：一個月前才剛入秋，便發生第一宗，短短數日已有三十餘宗，警方駁斥此說，認為是變態狂人幹的……

怪物曾經是人們生活中的一部分，曾幾何時，人們已經不願承認怪物的存在。

『或許人們已經不需要怪物了。』史密斯嘀咕道，因為生活壓力比怪物更可怕。

他整理好一分調查報告拿去給客戶，期待今天口袋會有進帳，但當他抵達客戶辦公室時，秘書小姐告訴他的是——她的老闆——他的客戶，已經在昨晚過世了，正在準備葬禮。

『可是，』史密斯不斷舞動手中厚厚的牛皮紙袋，氣急敗壞的說，『我還有一堆帳單要跟他拿錢呢。』

『對不起，先生，我們無能為力呢。』

史密斯爭執了很久，秘書只一直說她老闆去世了，請他說明他來的目的，他又不便明說，於是只好問：『現在誰負責這家公司？』答案是老闆的遺孀。

『這下可好了。』史密斯舔舔唇緣，不住咬牙。這遺孀正是他花了一個星期跟監的對象，他還拍到她外遇的證據，那老頭子客戶娶個這麼年輕的美嬌娘，果然遲早出事。

他留下名片，叮嚀秘書一定得交給老闆娘，然後逃也似的回到街上，希望無力的陽光能稍稍溫暖他。

他想想口袋僅剩的錢，想說正好補償欣蒂的牛奶和比薩，於是他買了一個大比薩和兩盒鮮奶，回到欣蒂的公寓。現在正是午後，欣蒂尚未上班，報上刊登了這樣的新聞，恐怕今晚也沒客人了吧？

公寓樓下換了位守門員，也是一位老頭，正趴在櫃台上細心的填寫樂透彩，瞄也不瞄史密斯一眼。史密斯望見地上仍遺留著一攤黑跡，心想不知那天會是誰發現屍體的呢？

史密斯直接乘電梯上去，要打開欣蒂的家門時，聽見裏頭的電話一直響，在他進去時正好斷掉了。『欣蒂不在家嗎？』搞不好她是還沒睡夠，故意不接聽呢，她以前就常常這樣。

他將比薩擺在客廳桌上，將鮮奶擺進冰箱，一邊喊道：『欣蒂，吃午餐囉！』

史密斯正想先享用一片比薩的當兒，電話響了。

他猶豫了一下才去接：『哈囉？』

『欣蒂呢？』對方很不客氣，史密斯認得出，那是欣蒂工作的夜總會經理。

『她不在。』

『你是哪個傢伙？』

『不關你的事，』史密斯也不跟他客氣，『你又是哪根蔥？』

『我是她老闆！叫她今晚一定要來上班！』

史密斯知道欣蒂向來守時，『她沒去上班嗎？』

『從昨天就沒來了！』

史密斯感到心裏盪起不祥的漩渦，他擱下電話，輕步走到欣蒂的寢室，床上沒人，枕頭和被單都打理得整整齊齊的，還擺了件熨平的衣服，像是剛想要換上它外出的樣子，史密斯找了床底、打開衣櫃，沒人。

他沉思了一下，床上的衣服怎麼回事？欣蒂準備要出門嗎？

於是他走向浴室。

浴缸的水裝滿了，已經冷了，冷得像寒冰，原本浮在水面上的肥皂泡也消失了。

欣蒂在裏面，只剩一層皮附在骨架上，脖子上有個猙獰的大孔。

天氣很冷，但欣蒂還是發出了些許臭味。

史密斯摀著嘴巴，不敢置信的睜大眼，他奔回電話，冷靜的說道：『我要報警，欣蒂……死了。』但電話那頭早已掛斷了。

他合上電話片刻，再拿起來報警，詳細交代後，他再回到浴室，悲哀的望著欣蒂，看見她半開的嘴巴，似在述說她當時的驚恐，由於肌肉嚴重萎縮，她的眼珠子掉了一半進眼眶。

他不忍讓欣蒂浸在冷水中，不忍欣蒂待會要赤身裸體的面對一堆警察，但他不能移動任何東西，那會破壞現場。

死在秋冬是多麼令人傷感的事，天氣那麼冷，他絕對不要死在這種陰冷的季節，打從很久以前他就決定，要死，也得死在夏天，死在陽光燦爛、午後九點才日落的夏天。

他想哭，卻哭不出來，回想過去與欣蒂的種種，發現居然沒什麼好回憶的，連一點特殊的記憶也沒有，他們只不過是下層社會中互相扶持依賴，希望尋找自身存在感的可憐蟲而已。

他擦擦眼，決定先下去找守門老頭，他是管理員，或許正巧知道什麼。

守門老頭不在，櫃台上空空的，大概是跑去買彩券了。

他站在公寓門口等候警察，站在初冬的陽光下，陽光不強，瀰漫的霧氣未散，加上城市惡臭的光化學煙霧，陽光的熱量變得稀薄。他點上一根菸，享受陽光帶給他的安寧，陽光是安全的，吸血鬼不敢在陽光下出現。

忽然，一陣強烈的哀傷襲來，從胸口直湧上眼眶，他的淚水突如其來的爆發，停也停不了，他不斷抹去淚水，連衣袖和手帕都浸濕了。他哭得不斷喘息，抑制著心底的哀號，卡在喉頭，不想讓別人聽見。

他愛欣蒂，是的，他其實很愛欣蒂，他很抱歉自己無法給她任何承諾，她想要的，他一樣也給不起，而她依然廝守著他。

他哭了個痛快，將心裏壓抑多年的無奈、愧疚、不安、恐懼、寂寞、憤怒一古腦兒迸出來。

警察來到時，他依舊雙眼紅腫，正打算點第二根菸。

折騰了許久，他終於回到辦公室時，太陽已經偏斜了，他加快腳步，免得淪為吸血鬼的點心。辦公桌上有一則留言，是合夥人留給他的，那位客戶的遺孀打電話來，說對他手上的東西有興趣，請他明天上午過來一趟。

說時遲，那時快，外頭的落日進行得很快，沒兩下子竟全暗了下來。看來他得在辦公室過夜了，要不然就是冒死回家去。

他打開收音機，翻看今天的報紙。外頭又大霧了，人聲和車聲穿過大霧，顯得陰沉沉的，任誰都會疑神疑鬼的。這令他不禁又懷疑，吸血鬼是不是人們的集體幻想？實際上只是一個連續殺人犯在肆虐？

不對，欣蒂不只是被吸血而已。她是被整個吸乾的，皮膚幾乎全貼在骨骼上，印出整副骨架，她的內臟、肌肉似乎完全消失，只剩下一層皮囊。

那不是人類的行為！

他盯著辦公室大門的那片毛玻璃，外頭已沒人走動，只有風聲穿入門隙帶來的呼嘯聲，聽得他起雞皮疙瘩。戛然，他聽見低沉的引擎聲，他渾身收緊，細心聆聽，是那聲音，他熟悉的聲音！他趕快將電燈關掉，街燈昏沉的燈光透入毛玻璃，讓他可以猜測外面的動靜。

引擎聲一趟又一趟經過，遠去了又回來，似乎十分焦慮，大概早報刊出新聞之後，今晚沒人敢出門，待在家裏的人也將門窗緊閉，牠正因找不到食物而憂心如焚。史密斯真想開門去瞧瞧，但他沒這個膽子。

那引擎聲忽然穩定了一下，隨即加速離去，想是發現目標了。

史密斯鬆了口氣，躺到椅子上去，摸摸抽屜，希望找到酒。果然有一瓶，滿滿重重的一瓶，尚未開封，他的合夥人果然守信。史密斯喝得一滴不剩，將今天的一切不如意忘個精光。

清早八時，太陽才剛升起，他便準備了牛皮紙袋，將客戶遺孀的外遇資料全整理好，又將跟拍的底片帶去。乘地鐵轉了兩次車，抵達客戶的公司時，已經是上午八點半。

秋末的早晨，太陽愛曬不曬的，天空一臉陰霾，連眼前的辦公大樓也一片死沉沉的淡灰色。

他登上客戶的辦公處，整整衣冠，推門進去，卻一個人影也不見，整個接待廳安靜得出奇。秘書小姐不在她的座位上，通往內部辦公室的木門半掩著。

他感到一絲不祥，一種與昨天迥然不同的氣氛立刻籠罩上來，令他不由得夾緊腋下的牛皮紙袋。

所有日光燈管是亮著的，正發出滋滋聲，沒有暖氣，一片冷清，似乎沒人在上班。

他嚥嚥口水，步近辦公室的門，皮鞋踏在地毯上，安靜的沒發出聲音。他推開辦公室的門，一名職員倒在自己的椅子上，張口朝天，整個頭軟倒在背後，頸上端正的開了個洞，另一名伏在地上，露在長袖外的手掌蒼白瘦弱，薄薄的皮膚附貼在掌骨上。

頓時，他聽見自己的心跳在加速，脈搏強烈的衝擊全身血管，連耳膜都被鼓動得刺痛。

這一次，他感覺到怪物正前所未有的接近他。

辦公室內的窗戶是往上拉開的，外面清冷的空氣正緩緩流入，但史密斯聞到的，是濃烈的死亡氣息。

『今天是那一天嗎？』他自問。

辦公室裏有好幾張桌子，死屍只有兩具，看來其他人不是還沒上班，就是逃跑了。他感覺到，吸血鬼還沒離開。

現在是大白天，吸血鬼不敢飛出去吧？

這些人是早晨被攻擊的嗎？吸血鬼是白天進來的嗎？史密斯可以想像，當有人開門，或是開窗，昨晚四處亂竄、饑餓了一夜的吸血鬼迫不及待的闖入，吸食牠遇上的第一個人。對，昨晚大概全市都沒人敢上街吧？大概街上獵物太少，吸血鬼無法攝取足夠食物？史密斯胡思亂想，推論這一切發生的理由。他應該逃跑嗎？他該逃往哪一個方向呢？

吸血鬼在哪裏？

微微振盪的引擎聲回答了他的疑問，他猛然抬頭，看見天花板上一隻猙獰的巨物，正背對地面，肢足附在天花板。

牠渾身烏黑，長滿刺毛，軀體上有黃色斑紋，由薄膜組成的翅膀也佈有短毛，對空氣的輕微抖動都異常敏感。牠的肚皮因吸了兩個人而鼓脹，顯得有些隆起，半透明的肚皮內隱約可見紅色的液體，混合了黃白色的膿狀物。

牠有飽腹感了，平日這樣就夠了。

但今天不夠！牠還需要更多！

尋找了一整晚的獵物，疲累的牠蟄伏在屋簷下休息，即使太陽出來了，牠依然不願飛回沼澤，當牠察覺有股熱氣在身邊忽然出現時，牠毫不遲疑的衝了進去。在牠眼中，熱氣是耀目的亮光，二氧化碳是甜美的味道。

當牠攫住獵物時，獵物緊張的喘息，呼送出更多的二氧化碳，更加重了空氣的甜味，令牠興奮莫名。

享用了兩個人之後，牠還需要更多！牠知道又有一個獵物靠近來了，但牠希望等一會兒，待牠先將腹中物消化掉一些，才再補充吧。

史密斯先是驚奇，隨後才察覺一切的合理性。是的！這一切多麼完美！倒掛在天花板上的，是一隻龐然大物，一隻蚊子！而且牠應該是母的，因為只有母蚊才嗜血！

蚊子時不時振動一下透明的翅膀，似乎正在休息，對，家蚊白天都在天花板上，牠發現他了嗎？不，牠或許正沉醉在飽食後的微醺感中，意識正模糊，沒發覺他的出現吧？

不，巨蚊的翅膀蠢蠢欲動，血腥的慾念已自牠身上迸現，牠需要血。

史密斯輕輕移動腳步，準備逃走，而巨蚊正在搜索他的方位，確認他的方向，準備一舉撲上吸乾他。

史密斯轉身回頭，衝向門外，但他動作太快，一時沒注意而被椅子絆倒，他才剛倒地，頭上便倏地掠過一陣冷風，巨蚊撲了個空，六足抓到辦公室門上，重量將門推得重重關上。

『該死！』史密斯低咒一聲，趕快推開屍體，鑽到辦公桌下。他拚命想辦法，先是搜查大衣口袋，希望找到一些能用的東西，比如一把小刀片什麼的也好，他緊張的呼吸越加急促，二氧化碳不停從他鼻孔湧出，體表熱量增高，紅外線披滿他的表皮，在蚊子眼中，他顯得十分耀眼又甜美。

蚊子站在門上，重新搜索，牠一看見二氧化碳和紅外線，就伸長尖刺，振翅衝過去，但牠只撞上辦公桌的邊緣，懊惱的牠奮力壓低身體，意圖將尖刺伸進辦公桌底下，牠曉得眼前的獵物是多麼接近，卻插不到他！焦慮不已的牠已大量分泌唾液，還噴了一些出來，沾到史密斯的手背，令他忽感強烈的刺痛，像要被溶化了一般！

史密斯在地上撿到一本厚重的文件夾，用力拍打蚊子的尖刺，蚊子忙回身飛上去，牠可不能冒險傷了吃飯傢伙。牠兩根巨大的觸角在空氣中轉動，確認獵物仍在揮動那可怕的重物。牠明白為何不能有效的一舉刺中獵物，因為這次對方有了防備。

牠冷靜的掛在天花板上，靜待對方移動，牠還可以等。

史密斯用力拉出抽屜，將幾個抽屜拉到身邊，縮在桌底尋找有用的物件，他找到削鉛筆的小刀，還有一把精美的開信刀，看樣子沒什麼殺傷力。

他從桌底下的狹窄視角環顧，赫然看見牆角的一罐殺蟲劑！

他興奮的吸入一大口氣，腳下想衝過去，但蚊子可能比他還快，而且，那瓶殺蟲劑搞不好是空的。

正在此時，門打開了。

史密斯聽見一聲尖叫，他低頭抬眼一看，是他那位客戶的遺孀。

他怎麼沒聽見她的走路聲呢？對了，地面鋪了地毯，外面大門也是安靜的彈簧門。

『危……』他一個字尚未出口，蚊子已飛撲過去，尖刺結實的插入她的鎖骨之間，用長長的舌頭頂住，固定好位置，馬上將準備好許久的唾液灌入。

那女人一個字也發不出，她只感覺到一股灼熱的液體灌入身體，還來不及感覺痛苦，神經已經被溶化，內臟也化成漿液，變成容易吸收的液態養分，蚊子的肚子不停鼓動，將女子花了三十餘年經營、保養、維持的肉體分解成能源，提供牠一日所需。

史密斯衝出桌底，他算計巨蚊不會這麼快享用完大餐，他搶到殺蟲劑，抓在手中，好輕！搖它兩下，只有微弱的水聲，該死！真的是空的！他猛覷一眼蚊子，只見被牠逮住的女子已經軟軟的像一片布袋，他慌張四顧，看見另一個牆角還有一罐殺蟲劑。

他抓起拆信刀和削鉛筆刀，奔向另一牆角，巨蚊已扔下女子，振翅轉身，在這狹小的空間裏揚起一陣旋風。

史密斯飛快撲向牆角，搶過殺蟲劑，這瓶有重量！是滿的！他回身朝蚊子噴射，正好射到牠的舌刺，蚊子毫無反應，對準他脖子刺過去，脖子側面是最佳刺入點，因為那裏有粗大的動脈經過，動脈會發熱，還會發出悅耳的節奏。

史密斯不讓牠得逞，一把握住蚊子的舌刺，將殺蟲劑對準猛噴，蚊子拚命振翅後退，力道之大，將史密斯整個人從地面拉起。他趕忙放手，蚊子飛上天花板，慌張的搖頭。

殺蟲劑對牠產生作用了嗎？不，他覺得有問題，蚊子只是因觸鬚沾上殺蟲劑而不舒服，牠並沒受到致命的攻擊。

『老天！』史密斯感到腦袋被擊了一拳似的，猛然想起，『牠的呼吸孔在腹部！』小學時代，老師那張掛圖上的巨大蚊子……他思潮紛湧：蚊子有一個尖尖的口器，六隻腳，軀體分三部分，只有雌的吸血……

史密斯拉出抽屜，將倒空的抽屜拋上天花板，天花板不高，抽屜擊中蚊子那因飽食而脹滿變薄的腹部，牠無聲的哀鳴，差點在天花板上站不穩。牠需要新鮮空氣，部分殺蟲劑已流入牠的食道，牠感到十分十分的不舒服，牠需要血！需要血來沖淡那異味！

史密斯再接再厲，抽屜打中蚊子的腳，另一個擊中牠頭部，牠在天花板上腳步不穩的移了幾步，已經靠向牆壁邊緣了。

『你快不行了！』他嚷道，瞬間信心大增，『蚊子終會死在人類掌心的！』

他抬起身邊的鋁製辦公椅，高舉頭上。

『去死吧！』他忖道，將椅子奮力拋向巨蚊。當被重重的鋁製椅子擊中腹部時，牠痛苦的自牆上緩緩滑落。『你已經筋疲力竭了吧?!』他忘了他自己也是。

蚊子不停用力呼吸，牠想盡快恢復元氣，方才的昏眩感已逐漸消失……

此時，牠看見史密斯上前來，牠抬頭，意圖反擊，只見史密斯舉起罐子，對著牠的身體狂噴，帶有殺傷力的氣體直接噴向氣孔，牠分佈全身的神經結劇烈抽搐，流入牠體內的氣體甜甜的，令牠感到迷惑，牠的腳真的站不穩了，牠已無法反抗，足鈎脫離牆壁，牠重重墜地，六腳朝天，不時還朝空中彈動一下。

史密斯繼續噴殺蟲劑，直到整罐噴完為止，他掩住鼻子，走到窗邊去大口呼吸，眼角不忘注意巨蚊的動靜。等了一會，確定牠飛不起來了，才走上前去要補牠一刀。

『這是獻給欣蒂的！』他大喊一聲，把拆信刀猛力刺下。

沒想到，蚊子的肚皮竟像皮革般堅韌，刀鋒陷下之後只輕輕回彈，史密斯楞了一下，另一手舉起小小的削鉛筆刀，奮力輪流刺下去，又割又削，卻只在巨蚊身上弄出一點小痕。

他暫時放棄了，扔掉那把不鋒利的小刀，想想應該先報警，然後再去找武器。他於是無力的走到電話旁，撥打九九九：『哈囉，這裏發生了命案。』

接電話的警員聽見史密斯疲累不堪的聲音，不安的問了地址，史密斯報上了，然後接著說：『死了三個人，是吸血鬼幹的。』

『吸血鬼嗎？』

『哼，你知道吸血鬼是什麼嗎？』他語帶得意的說，『你該看看的，來了你就知道，因為我已經制伏牠了。』他放下電話，聽見地面傳來沙沙聲。

是那女人，那女人雙腿還在動，她還沒死，或許剛才巨蚊尚未將她吸乾。女人兩只深陷的眼珠正企圖望向他，口中發出啞啞聲，像鈍了的鋸子在鋸木頭的聲音。史密斯知道她活不長了，也不可能再付他什麼錢了，他很慶幸，自己沒成為地上的屍體之一：『要死，我也要死在夏天。』他自言自語。

他盯了一眼地面的巨蚊，牠全身的刺毛是如此面目猙獰，看得他毛骨悚然，現在這樣子近距離觀看巨蚊，跟剛才性命攸關時的心情完全不同，即使現在拿到一把利器，他也未必再有勇氣上前刺殺牠。

史密斯倒抽了一口寒氣，繞過巨蚊，想到外面接待區去等候。

當他跨過巨蚊的後方時，忽然，他感到腳消失了。

他想低頭尋找自己的腳，卻看到地毯已近在眼前，然後整個眼珠壓入地毯的粗毛之中。

上午九時，兩輛噪鬧的警車停在辦公大樓下，接著救護車也來了，醫務人員奔上案發地點，將四具屍體抬下來。

其中一具被發現時，手中仍緊握一罐空的殺蟲劑。

他胸部以下的身體整個空了，只剩皮囊和骨架，臉上的表情凝固在他死前那一刻，滿臉意外、驚訝和不解。

他們找不到任何疑似吸血鬼的東西。

吸血鬼無影無蹤了。

倫敦上空自工業革命以來就瀰漫的煙霧之中，有斷斷續續的引擎聲傳出，不知情的人們會以為是小型飛機躲在雲中，沒人能想像，在煙霧迷濛的空中飛翔的是什麼，牠跌跌撞撞的飛著，用盡最後的意識飛向市郊的沼澤區。

牠那些不被任何歷史記錄下的祖先們，就在這片沼澤中攝取工廠的劇痛廢水，呼吸從倫敦吹送來的工業廢氣，在上萬世代的突變演化中，完成了牠這一代的完美生物。

當牠終於著陸在沼澤旁，牠已幾乎用盡最後力氣，但牠還有比牠生命更重要的事情要做……

牠知道，待嚴冬過去，溫暖的春日將會令沼澤再度活躍起來。

到時，那些深藏在沼澤水草間美麗圓滑的卵，將會孵化。

到時，牠的下一代，會更臻完美。

四日大霧：黑色篇章
4-DAY FOG：BLACK CHAPTER

黑暗交易

Dark Bufineff

一個青綠色的人影穿過紛飛的葉片，
破風而來，
它的步伐看來慢吞吞、靜悄悄，
但每一步卻快得驚人。

『先生，你該找個高級點的地方。』計程車司機向反映在後視鏡的乘客說。

那男人拂去西裝上的灰塵，推好鼻梁上的眼鏡：『我不是老闆，只是派員，生意沒談成還去住高級旅館，我擔心飯碗會保不住。』言畢，他覺得自己未免解釋過多了。

『那你想住哪一等級的？』司機放慢車速，『我可以介紹介紹。』

『隨便，我很累了，舒服就好。』

『有指定價位嗎？』

『B&B也成。』

司機蹙了一下眉，他看見乘客戴有金黃色的勞力士，莫非是冒牌貨？

『那好吧，轉個彎就有這種地方。』司機吹了聲口哨，夜霧鋪蓋了夜色，令眼前的街景蒙上一層薄白色。

乘客困擾的說：『怎麼這裏的霧那麼大？』

『倫敦嘛，大霧是有名的，』車子轉進一條鋪上石磚的小道，『這場大霧不知要幾天才散掉。』

『真糟糕，會影響班機嗎？』

『會的，我想。』

『真糟糕……』乘客撫撫他飽脹的公事包，嘟囔著，『明天下午我要離開呢……』

司機停在一家燈光明亮的旅社門口，付了車費後，乘客提著唯一的公事包推門進去。司機猜想他是美國人，因為他的口音很像美國電影裏面那種，司機聳聳肩，反正萍水相逢，他不必想太多，該擔心的是這種霧夜，還會有生意嗎？

男人進了旅社，看見櫃台後站了一個滿臉橫肉的瘦子，他的臉紅通通的，似乎總是在生氣，禿鷹般的眼睛掃描著手上的撲克牌。男人覺得這人跟他四周光亮白潔、裝飾優雅的環境格格不入，像是珠寶盒裏擺了一塊水泥，說不定還是黑手黨之類的人物。

既然來了，問問何妨？『房間。』

瘦子攤開台面的一本簿子，遞給來客一管鋼筆：『寫上你的大名，用正楷大寫。』

『稍等，我想先瞭解，房間有分等級嗎？』

『沒有，一概雙人房。』

『住一晚多少？幾點退房？』

瘦子皺緊眉心，瞟了一眼撲克牌，似乎受到極大的打擾：『一晚六十九英鎊，早上十點退房，可延遲一小時，』他頓了一下，『如果你喜歡的話。』

男子很清楚，他自己就是老闆，而非如他告訴計程車司機一般是位派員，他明白公司的困境，同時也是他自身的困境，這趟的談判失敗已使他的生意搖搖欲墜。

『我想，』他抱歉的笑笑，『這附近還有更便宜的地方嗎？』

瘦子不耐煩的眨眨眼，砰一聲合上簿子，倒坐在椅子上，蹺起二郎腿：『你到對面去看看，傑夫旅社。』

男子連聲道歉，又回到寒冷的外面，霧更大了，他看見對面果然有家旅社，髒兮兮的玻璃門後照著微弱燈光。他拖著疲乏的步伐走到對面，挨近門旁的木招牌，隱約看見脫色的字跡寫了『傑夫』，一如瘦子所言。

他推門進入這家不起眼的旅社，令他驚奇的是，坐在櫃台的是位俊美的年輕男子。

『見鬼了，』他想，『這兩個傢伙該調換調換才是。』

男子站起來，對他親切的笑笑：『租房間嗎？』

『給我最普通的單人房，一晚就好。』

『好的，三十英鎊，中午十二點退房。』男子翻開一本泛黃的簿子，遞給他一枝鋼筆，『請簽個名。』

他簽上『艾爾・霍金斯』，簽得十分潦草，連他自己也看不出是什麼字，他順便望了一眼簿子，注意到上一位住客是兩天前，而他是今天唯一的客人。

他將鋼筆擱下，年輕男子隨即將簿子轉過來，看了一眼亂成一團的簽名：『H……霍？』

『霍金斯。』

年輕男子滿臉堆笑：『霍金斯先生，我們附早餐，十點之前在餐廳備有果醬和土司，需要叫您起床嗎？』

『不了，謝謝。』艾爾・霍金斯拿起男子給他的鑰匙，拎了公事包上樓，心裏暗想：『便宜得真過分，希望房間不要太小才好。』因為他知道，倫敦的房間本來就小，這間說不定更小。

但想到自己省了不少錢，艾爾又忍不住吹起口哨，手中公事包不知不覺輕了很多。他在樓上找到自己的房間，開門進去，望了一眼，鬆了口氣，這間房間還是小，還好不比昨晚住的八十英鎊那間來得小。

櫃台的年輕男子目送住客上樓後，收回笑容，愁悶的坐回椅子上，眼睛不看哪裏，只是玩弄著手裏的木製鑰匙牌，一面刻了他的名字『伊凡』（Ivan），一面刻了姓氏『古德溫』（Godwin），口裏哼著沒調子的聲音。

他一直發呆到時鐘的兩根指針疊在一起了，才一骨碌站起，打了個長長的呵欠，將玻璃門上掛著的牌子轉過去，讓紅色的『休息』字眼朝外。

他打開櫃台下的抽屜，拿出個破舊的牛皮袋，鬆開紮住開口的繩索，拿出裏面的東西一一端詳，確定沒有漏失，再由另一個抽屜找出跟住客艾爾・霍金斯房間一樣的鑰匙。

伊凡看看時鐘，他知道住客睡得最熟的時間是在凌晨三、四點，現在不是動手的好時機，他可以等，因為今夜意義重大。

他回想起那個狂風大作的日子，暴風雨史無前例的肆虐倫敦，厚厚的大霧忽然間消失了，街上垃圾到處亂飛，粗壯的老樹在風中擺舞，葉子漫天紛飛，沒人敢打開雨傘，因為這麼做的人都失去了雨傘。

人們趕著回家，市中心公路擠得水泄不通，狂風在咆哮威脅，大雨不留情的亂潑。

那年伊凡才十五歲，他從學校趕回傑夫旅社，『傑夫』是外公的名字，那裏離學校最近。外公給他一條毛巾，要他抹乾身子。

事實上，伊凡的姓氏『古德溫』是英文化的德國姓氏，源自於這位外公的，因為他媽媽找不到令她懷孕的男人，於是他成了父不詳的私生子，從母姓，外公很疼他，取代了他生命中重要的父親地位。

『外公，你可以幫我打電話給媽媽，告訴她我在這兒嗎？』伊凡邊抹乾頭髮邊說。

『電話斷線了，』外公走去店門，打算關緊它不營業了，『哪也通不了。』

伊凡拿了書包步入櫃台，坐在外公常坐的木椅子上，他搖動身體，好讓木椅子發出吱吱聲。窗外是一片灰沉沉，沙土和葉片在空中共舞，沒被壓扁的汽水罐在街上無目的的亂迸。一名身穿大衣的男人急急走來，用衣領掩住頭部以防雨水攻擊，他用戴了皮手套的手猛打玻璃門，外公看見了，立刻開鎖讓他進來。

『不好了，古德溫先生，』來人臉色蒼白，兩手不停顫抖，『昨天的貨物逃出來了！』

外公臉色大變，伊凡從來沒見過外公臉色這麼難看，外公趕忙去緊鎖玻璃門，回頭問道：『怎麼回事？』

『剛才突來的暴風雨，』穿大衣的男人喘著氣說，『我的倉庫一團糟，我還親眼看見他走了。』

外公沉默了，他蹙眉屈指計算，口中喃喃自語，想使自己記起些什麼：『是的，已經一百個了，那麼快嗎？我還一直以為沒事呢……畢竟老傑克的話不會錯。』

穿大衣的男人顯然是買客，他嚇得腳也軟了，由不得跪了下來，哭喪著臉拉著外公的褲管：『那我怎麼辦？』

『這我可不知道，老傑克沒說買主會如何。』外公一臉絕望，在一旁嚇壞了的伊凡，沒見過外公如此沮喪、無力，以及滿臉的絕望。

『老天，』那人瞪大眼睛瞪著玻璃門外，『他來了！』

外頭灰濛濛的暴風雨中，一個青綠色的人影穿過紛飛的葉片，破風而來，它的步伐看來慢吞吞、靜悄悄，但每一步卻快得驚人。它全身外圍包了一層青綠色的光芒，有如鬼魂，是的，它正是鬼魂。

穿大衣的男人發出女人般的尖叫聲，他狂奔上樓，卻因腳軟跌坐在梯級上，只能無助的不停尖叫。伊凡看呆了，他發現自己一點也幫不上忙，因為他完全不瞭解發生了什麼事。

青綠色的鬼魂穿過玻璃門，站在外公跟前，口中呼出酸臭的氣體，連坐在櫃台後方的伊凡都覺得刺鼻。

鬼魂的五官十分模糊，模糊得幾乎看不分明。

他才剛一進來，旅社大廳馬上變冷，伊凡望向身邊的溫度計，溫度計的水銀清楚的在直線下降。

『你好，』外公說，『你現在想怎樣呢？』

『我想看看你的肚子，』鬼魂厲聲叫嚷，周圍的空氣立刻凍結了，『我想看看你的肚子。』

外公依言翻起衣服，露出肚子，肚子上有很多彎月形的印痕，明顯的是牙痕，每個都有清晰的齒印，每個都是燒灼般的焦黑色，零亂的在肚皮上散佈、重疊。

伊凡看不清有多少個牙痕。

緊接而來是一片混亂，伊凡只記得血在飛濺，恐怖的兩個尖叫聲合奏著，然後外公就倒在地上了，每一個齒印都破了個洞，流出污濁的血水，染紅了地面的仿波斯地毯。

至於那名穿大衣的男人，雖然沒受到鬼魂攻擊，卻也拉長了下巴，全身僵硬，心臟已經停頓了。

外公下葬時，只有他與母親送葬。

伊凡的母親是外公的獨生女，傑夫旅社自然由她繼承，但她忙著與新丈夫建立良好關係，所以伊凡就在高中畢業那年接管旅社了。

伊凡曾問母親，外公除了旅社，還有在做什麼生意？

『小生意。』她說，『不過挺危險的。』她的語氣聽起來非常害怕，不想多提。

伊凡接管傑夫旅社後的第一件事，就是搜索外公的抽屜。

外公有一個小房間，就從櫃台旁的小門進去，裏面沒窗戶，只有一張小床和一張小書桌，書桌有個抽屜，是鎖不上的，伊凡知道這些，因為他常下課後在那小房間休息。

伊凡打開抽屜，好不容易在層層舊書信下方找到一個有補釘的牛皮小袋，鬆開紮口的細麻繩後，倒出來的有一個青蛙乾屍、一面刻了怪符號的木牌、一段材料不明的細繩、三枚鋼針，還有一片披滿毫毛的獸皮，最重要的是，牛皮小袋跟一本小記事本紮在一起。

記事本記述了牛皮小袋內的東西的使用法，以及好幾位買主的地址和電話。

伊凡第一次使用這些東西，是在附近的某場音樂會演出之後，那場音樂會匯集各路精英，卻只舉辦一場，所以一時各地來客八方雲集，音樂會結束後，許多住遠地的觀眾就近租房過夜，他對面的旅社客滿了，連傑夫旅社也租了大半房間出去。

觀眾們都已十分疲累，他們進房不久就入睡了。

伊凡躍躍欲試，他選了個沒預訂房間的單身女子，先將青蛙乾屍放在房門下方，把符牌用毛皮墊底，口中唸唸有詞，這段咒語他不知已經背誦了多少遍，已經可以完全不經思考便讀出來。

他邊唸咒，邊將耳朵貼近房門聆聽動靜，待女子沉重的呼吸聲轉微弱了，他才用後備鑰匙開了房門，果然如記事本所言，床上女子已臉色蒼白，痛苦的仰首張著嘴巴。記事本說，如果此刻要停手，他只需回身離開，取走青蛙乾屍，一切就此結束，女子只不過以為自己作了場惡夢。

但伊凡不願在第一次罷手，他用細繩繞上她的左手腕，將三枚鋼針各插入她的兩邊耳垂和鼻珠，然後將符牌隔著毛皮放上額頭。

符牌立刻轉成青綠色，將毛皮照得鐵青，伊凡把毛皮和符牌一併拿起時，女子的臉已完全失去血色，他將符牌和毛皮按在一個空的果醬瓶口上，一團青綠色的光輕輕溜入瓶子，他馬上扭緊瓶蓋，冷汗早已遍佈他的手心，差點令瓶子滑落。

他將工具收拾進牛皮小袋，也將女子的所有隨身物件收進她帶來的行李袋後，他將女子所睡的床頭板放下，那裏有個四方洞口，讓他直接將女子和行李推入，再將床頭板合上，整理好房間，明早還要將地毯用強力吸塵器吸乾淨皮膚碎屑。

他走到地下室，女子的身體和行李已經由客房通道滑來這裏，他把女子的衣服全部脫除，盡量不去望她充滿青春氣息的臉孔，心裏制止自己對這具肉體產生任何慾望或惋惜，也不讓自己想像這女子有家人和朋友，以及她在入睡前對明日做過什麼計畫。他將這具失去生命的身體放入一個裝滿特別配方藥水的水糟內，明天早上就只剩一堆肉漿和骨髓湯了。

他不是殺人兇手，他是小偷，他偷的是生命。

他端詳果醬瓶內的青綠色光團，心裏有些不舒服，但只消想到利益收穫是何其大時，他的心不由得馬上欣悅起來。

伊凡找到買主，賣掉這女子的原靈，賣價等於傑夫旅社一個月的淨收入。

他一次比一次熟練，當他把細繩綁上房客的左手腕時，雖然他仍然不知道那細繩是由什麼織成的，也不知道左手腕代表了什麼，更不知道為何將鋼針插入耳垂和鼻珠，但他感覺到這些並不只是儀式，而是避免原靈會從這些地方溜走。

他將偷來的原靈賣給各個買主，他很好奇這些東西有什麼商業價值。

『它可以拿來做藥。』一名買主曾告訴他。

『用來治什麼病嗎？』

那名買主冷笑幾聲：『那只是有錢人家的玩意兒，保持青春永駐，可以瞭解嗎？』

伊凡不知道這些原靈在被人『服用』之前，是否還需經過加工，他無法想像它的市價，顯然那買主一轉手會賣出更高的價錢。管他的！反正有錢就行了！何必管它有什麼用途呢？

伊凡逐漸長大成年，他的旅社也一年年死人，但從來沒人發覺，因為他很小心，他專挑單身住客，還必須是一個人進來，確定另一個房間沒有相識的人的住客。他也學會何時收手，好幾次因此化險為夷。

唯一令他不舒服的是，每偷一個人的原靈，他的肚子就會劇痛一次。每一次他都會痛得全身發寒，冷汗流遍全身，體內的五臟六腑卻是熱滾滾的翻騰，在激痛過去後，肚皮上就會顯現一個牙痕。

他很害怕，他想起外公的下場，猶記得外公提過一名叫『老傑克』的人，也提過什麼不能超過一百人的，這種法術應該是不能無限制使用的。他向買主詢問老傑克這號人物，沒人回答他，或許是不願回答。

於是他決定聯絡久未見面的母親。

他母親已經有個幸福美滿的家庭，不太想見他，但還是在短暫的夏日午後跑來旅舍了。

『你找我有什麼事？我還得趕去舞蹈班接女兒。』

當他拉起衣服露出肚皮時，他母親馬上嘴唇蒼白：『你幹了？』

『我想問妳，外公是怎麼開始的？』他輕輕拉好衣服。

『你最好即刻停止！』他母親不敢望他的肚皮，不安的咬手指，在大廳踱來踱去。

『我想停止，但我想知道何時該停。』

『該死，該死！』他母親瘋瘋癲癲的跌坐在沙發上哭了起來，『那人是惡魔，他教你外公這個，說是一筆大生意！』

『真的是大生意，』伊凡說，『再過不久，我就可以翻新裝潢傑夫旅社，我們的門面和客房都會煥然一新。』他將每一筆買賣的收入存入銀行定期存款，一便士也不動用，生活非常節儉。

他母親哭夠了，紅著眼看他：『你外公也曾這麼說。』

『妳還記得那個人是誰嗎？』

『我不記得，我也沒再見過他，』他母親說，『相信我，你不會想再見到他一次。』她邊說邊忍不住發抖，像看見什麼可怕的事物一般。

母親走後，伊凡又努力的查看記事本，希望發現一些蛛絲馬跡，上面有外公手繪的圖稿、竊取原靈的詳細程序、咒文的精確發音，還有溶解屍體的藥水配方，但沒有半點老傑克的蹤跡。

或許是該停止了，他想。

旅社的裝潢可以一步一步來，先是門面，還有要在網際網路上登廣告，跟倫敦的旅遊訂房組織合作等等，當然，這麼一來也不能再死人了。

『最後一個了。』他告訴自己。

今晚送上門來的艾爾・霍金斯先生，要對他說抱歉了。

伊凡腳步輕輕的上樓，手掌摸著褲袋裏的青蛙乾屍，他在房門旁等了一陣，裏頭沒聲息，再把耳朵貼到房門上，真的一點聲音也沒有。於是他把青蛙乾屍放在門前地面，在毛皮上擺好符牌，開始唸咒文。

他用很輕很輕的聲音唸了幾分鐘之後，再次確定門後沒有聲音了，通常在唸了這麼久之後，門後的人會昏沉不醒，任他擺佈，於是，他把鑰匙輕輕插進鑰匙孔，轉了轉，門隨即緩緩打開。

他抹去冷汗，呼了口氣，心中忖道：『萬無一失。』

剛才伊凡看見這名房客進來時滿臉倦容，走路也一副有氣無力的樣子，通常這種人會睡得很熟……他推開門，卻聽見一聲悲痛的喊聲，艾爾．霍金斯坐在床上嗚咽起來，伊凡吃驚不小，但房門已經推得很開了。

艾爾．霍金斯發現了伊凡，叱道：『你想幹什麼？』他聲音有些沙啞，顯是剛哭過。

『呃……』他藏起手上的符牌，『我想問你的水壺要不要加熱水？』

『你沒敲門。』

伊凡馬上撒了個謊：『我敲了，我以為你叫我進來呢。』

『我沒聽見，』艾爾冷冷的說，『也請不要隨便進來。』

『對不起，』伊凡急急退出去，『對不起。』他撿起青蛙乾屍，心裏很慌也不高興，他還以為這次可以結束了呢，現在他又必須重新開始等待了。

為什麼咒語會失效呢？為什麼偏偏會今晚失效呢？他無法分析今晚失敗的原因，或許外公還有許多沒寫在記事本的事吧？

伊凡正轉身要走，艾爾忽然開門叫他：『喂，請你過來一下。』

『什麼事？』

『書桌燈壞了，我看不清楚公文。』

伊凡再度走進客房，艾爾指向角落書桌上的一盞燈，伊凡走過去，按了按開關，燈立刻亮了起來。

『怎麼……？』伊凡回頭看艾爾，正好看見一片木牌迎面拍過來，伊凡正好看清楚木牌是墊在一片毛皮上的，伊凡只覺一陣暈眩，整個人感到一股強大的力量吸吮他的腦袋瓜子，所有的感覺和思緒都在瞬間集中到一個點上，滑進一條通道，穿過隧道，輕輕地掉入一個地方。

伊凡覺得意識模糊，暈眩得不得了，他想喊叫，卻聽見自己的聲音像蚊子那麼細微。

他覺得整個周圍都在晃動，接著忽然陷入一片黑暗，他身上發出的青綠色光芒隨即照亮了周圍。

他拚命尖叫，卻發不出聲音，他想掙扎，卻發現自己的四肢不知去了哪兒，在這個狹窄得動彈不得的空間中，他像被塞入罐頭中的沙丁魚，連一點喘息的空間也沒有。

他感到無比的恐懼從十方襲來，他咬緊牙關，咬緊，越咬越緊。

然後，他聽見房客艾爾痛苦的哀啼聲。

艾爾忍住不令自己喊出聲音，他將枕頭邊緣塞入口中，用力咬住，等待疼痛過去，就像每一次那麼做一樣。

不久，他微喘著氣，拋開枕頭，拉起內襯的衛生衣，看看肚皮上新出現的那塊齒印，它灼燒的燙在肚皮上，邊緣還沁著微量的血。

艾爾·霍金斯看了一眼躺在地上的伊凡，把泛著綠光的瓶子拿起，塞入行李袋的衣服中。

艾爾不怕死屍，因為死屍是失去了有效成分的人體，在腐敗之前，絲毫不對他的生命和健康起到威脅性。

伊凡覺得自己越來越模糊了。

在忘記自己的名字之前，他隱約聽見艾爾的聲音，彷彿隔了道透明的牆傳來：『美國是越來越沒有市場了，英國也不願意合夥……不如去法國好了。』

四日大霧：灰色篇章
4-DAY FOG：GREY CHAPTER

泰晤士行進
Thamef March

他們全都靜靜的躺在河上，
雙手有在胸前交叉的，
也有在腹部相握的，
他們仰望著星空，
隨著河水朝下游飄流而去。

『女士和先生們，大家都以為那條是倫敦橋，其實很多雜誌也刊錯了。』

船上的遊客們聽了，紛紛議論起來，這是他一早就料到的情形。事實上，這種情景每天都要發生好幾次，所以他一點也不會為這句台詞的戲劇效果感到得意。

『其實那條美麗又宏偉的叫做「塔橋」，是連去倫敦塔的橋，剛剛經過那條不起眼的灰色鋼筋水泥橋，才是兒歌裏的倫敦橋，在十八世紀以前，它是泰晤士河在倫敦唯一的渡橋。』

接著，一如所料，遊客們紛紛朝他指去的方向舉起相機。

老人暫時放下握著麥克風的手，等遊客們按下快門了，才舔舔唇緣，繼續說：『前方的倫敦塔，眾所皆知，是許多血腥歷史故事的舞台，傳說是理查三世謀殺兩位小姪子的地方，也是亨利八世殺了他王后的地方……』此時，遊船正漸漸駛向它的終點，再過一會，船停泊在倫敦塔旁邊的碼頭，又將接另一批遊客回頭朝西敏寺的方向駛去。

老人是泰晤士河遊船上的解說員，經過這麼多年，他已經將每一條橋的典故、岸邊每一棟建築的來頭摸得一清二楚，即使閉著眼睛，憑著船行的速度、河岸的聲音和氣味，也能說出船所在的位置，然後口若懸河的演說典故。

老實講，他不喜歡今天的天氣，今天太冷也太乾，壓根兒不像夏天，令他今晨剛剃過鬍子的下巴感覺刺刺癢癢的，而且船是半露天的，他必須在寒風中一站就好幾個小時，還要用足以蓋過引擎聲的音量對著麥克風嘶喊。他希望下午的天氣會好一點，畢竟倫敦的天氣一日三變，是氣象員的惡夢，說不定下午會出個半小時的太陽，今天也算沒白過了。

終於，遊船的速度開始減緩，他望著遠遠碼頭岸邊大樹下那塊『炸魚和薯條』的招牌，想說待會上岸買個午餐和咖啡，然後躲到暖和的駕駛艙去吃一頓。他清清喉頭，準備說出他這一趟遊途的最後一段台詞。

『希望剛才提供給各位女士和先生們的解說，還能令您滿意，為了表示諸位的滿意，期望諸位在下船前能給予我一些獎勵。』說著，老人取下頭上的鴨舌帽，反過來置於手心，伸向前面最接近的遊客，他識趣的投了三枚十便士進去。

老人拿著鴨舌帽走向後排的遊客，嘴角掛著微笑，擠出一些眼角的魚尾紋，用一雙世故的眼神瀏覽遊客的臉孔，令原本沒意思掏錢的人也尷尬的將皮夾掏出來，翻出幾枚零錢給他。

這些打賞是他重要的收入來源，待會還得跟駕駛員分帳，他又怎能不咄咄逼人呢？

轉完一圈的遊客後，他漫步回船邊的柵門去，期待他們下船時，還有剛才堅持不打賞，或手忙腳亂不能及時拿出錢的遊客，會在經過他身邊時將錢置入鴨舌帽。船漸漸入港停泊時，他抬頭看看這片幾乎每天都是陰沉沉的天，倫敦的天空看起來老是灰濛濛的，怪不得他總是高興不起來。

遊客一個個下船了，待目送完最後一個遊客下船後，他還得去巡視有沒有人遺漏了什麼財物或垃圾的。

這時候，他發覺一位紅髮少女站在身邊，直瞪瞪的看住他，壓根兒沒有要下船的意思。

『小姐，』他拿起菸斗，開始添菸草，『妳該下船了。』

『我是來找你的。』少女說。

他停下了點菸斗的動作，端詳了一下少女，少女穿了件髒兮兮的紅色夾克，但面貌秀麗，像是好人家的女孩。他問：『為什麼找我？』

『我是你的孫女。』

『我？』他乾笑了幾聲，『是嗎？我叫什麼名字？』

『湯瑪士・喬治・格雷（Thomas George Grey）。』她連中間名都說了出來。

老人不置可否的擠擠鼻子，繼問道：『妳又叫什麼名字？』

『珍・布朗（Jane Brown）。』

『妳的顏色跟祖父不同，妳真的是孫女嗎？』老人問道。

老人說的是兩人姓氏不同，兩人的姓氏都跟顏色相關，此外，少女閃爍著一對綠色的眼睛，而老人的眼睛是棕色的。

一名削瘦的中年男人從駕駛艙探頭出來，看見老人還站在出口，問道：『怎麼了？你不是要去買炸魚和薯條嗎？』

老人想了一想之後，回道：『湯姆，我想我遇上麻煩了。』

『什麼事？』湯姆站出艙外，手上玩著一根菸，還沒打算放入嘴中。

『這位小姐，她說她是我孫女。』

『哦，是你一百年前不小心的結果嗎？』湯姆訕笑著，然後在褲袋中找火柴盒。

『你幫我照顧她一下，我去買午餐。』說著，老人就要離開。『我跟你去！』少女不放過他，緊追上去。

離碼頭不遠處有棵大樹，樹蔭下有座賣炸魚的小亭，四周還擺了些露天桌椅，幾名遊客正大啖著炸魚和薯條這種英國傳統快餐，然後悠閒的慢慢享用紙杯裏的咖啡。

老人情知甩不掉少女，於是索性邊走邊與她搭訕：『妳從哪裏來？』

『你知道的，祖母一生都沒離開過那個地方。』

老人不耐煩的推了推下唇，說：『我還不相信妳是我孫女。』

『臨海南端（South end-on-Sea）。』

『什麼？』

『臨海南端，就是那個地方。』

老人沉默了，他的腦筋飛快的運轉，打從十二歲成為孤兒開始，為了生存下來，他的腦袋瓜就從來沒有停止思考過。現在他在拚命的回想『臨海南端』會是什麼意思？會是個字謎嗎？還是少女帶來的暗號？總而言之，那不像是一個地方的名字。

他在考慮是不是應該要裝懂，還是要掀開底牌？不，底牌總是要等到最佳時機才好出手，眼下還不是時候。

他忽然撇開話頭，問少女道：『妳有錢吧？』

少女追住他的步伐，不讓他有機會開溜。

他緊接著又問：『妳肚子還不餓吧？』

少女低著頭沒回應，不明白他肚裏在賣什麼膏藥。

『老實說，』他攤牌了，『我身上沒多少錢，所以不打算買妳的午餐。』

他說真的，即使今日白髮蒼蒼、滿面歲月刻痕，他在銀行依然沒有戶頭，皮夾裏的錢就是他所有的錢，所以他依舊得每日活得戰戰兢兢，為了增多一個子兒而努力工作。

少女緊閉著唇，說：『我不餓。』其實老人聽到了，她肚子的咕嚕咕嚕聲正透過河風傳送過來。

在老人的記憶中，自從父母在倫敦遭德國空襲中過世之後，他就明白了人間的殘酷，他被疏散到鄉下去，被當成可憎的二手貨，三年之內換了五位監護人。也難怪，那個時代政府還在限制糧食，大家在戰後的生活也挺困苦的，所以從那時候開始，他就不太記得仁慈這回事了。

因此，他決定不理會這位少女，還是填飽自己的肚子要緊多了。

他一邊走回遊船，一邊大啖炸魚，連給少女一條薯條的意思也沒有，少女默默的跟在他後面，緊縮著嘴唇，似乎有很多話想要說出口，卻打算等他先發問，她才回答。

經過碼頭入口時，老人揚了揚項上的工作證，就被放行通過，少女緊跟著來，碼頭人員竟沒攔下她，老人怔了一下，隨即搖搖頭，現在的碼頭人員也未免太散漫了，又或許是因為他剛才有見到少女隨老人出去呢？

『嘿，女孩，妳打算就這樣一直跟住我嗎？』老人回頭問她。

少女不見了。

老人轉頭四顧，一點也沒見到少女的痕跡，從碼頭入口到這裏，只有一道搭橋，而橋上只有老人一個人。少女如果沒有掉下水，還是根本就沒跟上來？老人望望守住入口的碼頭人員，那人也望了望他，一臉事不關己的樣子。

『湯姆。』老人朝在船頭抽菸的駕駛員呼喚，『你有見到一位少女嗎？』

『你孫女？』

老人心裏還高興了一下：『你見到？』

『沒有。』

『剛才跟我下船那位？』

『剛才我也沒見到什麼少女呀。』

『可是剛才……』

『我聽你說了，可是我什麼人也沒見到。』湯姆抽完了菸，隨手將菸頭扔到河中，令它成為泰晤士河床千年沉積物的一部分。

老人困惑的四下張望，試圖找到哪怕是一點少女的痕跡也好，湯姆走上前來拍拍他的肩，小聲說：『其實呀，你昨天也這麼說了，大前天也說了，有位孫女來找你，而我什麼也沒看見。』言下之意，他是老糊塗了。

可是，老人壓根兒也不記得昨天或大前天有說過這番話。

湯姆挨近些說：『別在大亨利面前做這種事，』大亨利是船公司的老闆，對於解僱服務多年的員工毫不留情，『否則你就要在街頭而不是在河上流浪了。』

老人一整個下午都心不在焉的，但還是極力令他的遊河導遊解說順利進行。

已經進入夏天了，夜晚也越來越遲來臨了，午後七時，天空依然灰灰白白的，一輪黃澄澄的太陽緩慢的滑向地平線，還不願下去。

無論如何，遊船的工作是告一段落了，湯姆將船拴好後，問老人要不要跟他去找樂子？老人知道，湯姆的樂子不過是去酒吧喝麥酒，跟人聊東聊西，跟捧酒的半老徐娘調一調無傷大雅的情，然後醉醺醺的回船，嘔吐到泰晤士河去。

『不要。』老人今晚沒興致。

『那麼你守船囉。』湯姆下船前還點起一根菸，然後打諢道：『別把船開走哦。』他擺擺手之後，將手插入褲袋取暖，縮住兩肩離開碼頭。

老人站在船頭，眺望著國會大廈，他會這樣一直望著，直到國會大廈轉成橘紅色，然後紫紅色，最後陷入黑暗、點滿華燈為止。回想起來，他的一生就這麼過去了，在每天討生活、抽菸、喝酒喝得爛醉中日復一日，其餘的空閒時間，他也只能這麼楞楞地盯住河岸而已。

『或許……』他想，『我的生命快到盡頭了。』年輕的時候，覺得這一天應該在很遙遠的地方，殊不知時間已經倒數得所剩無幾了。

原本是慢慢昏沉下來的天空，黑暗忽然加速降臨，最後一道陽光隱入大鵬鐘後方，然後黑暗就包圍了他。

老人想走回駕駛艙，將他昨天買來的麵包夾上乳酪當作晚餐。

正當他從倚靠的欄杆抬起身來，他感到背脊莫名的一陣酥麻，一股巨大的不安感從後方傳來，他鬼鬼祟祟的回頭一瞧，在灰暗的暮色下，船尾的板凳上坐著一個人，長髮披肩，是位少女，而且是剛才那位少女，船尾的燈光將她的臉孔照得很清楚，身上的陳舊紅夾克在黃色燈光下看起來像橘色。

『妳什麼時候上船的？』

『我一直都坐在這兒啊。』少女一臉無辜的說。

老人用一隻粗糙的手掌抹了抹自己的臉，期待當手離開臉時，發覺少女已經消失了。他寧可少女是幻覺，是他老年痴呆，是他精神分裂的幻象。

可是少女仍在。

『妳究竟是誰？』

『我說過了，珍‧布朗。』少女困惑的說，『你的孫女。』

『不，妳，』老人搖搖頭，『妳是什麼？』

『我？』少女不明白老人的問題，她站起來，走向老人，當她穿過船側的一片陰影時，就溶化在黑暗中，久久沒走出來。

老人害怕的盯住那片陰影，不敢走過去。他現在想要下船了，他開始後悔沒跟湯姆一起去找樂子，即使那是他的幻覺，這幻覺也令人害怕得很。

『你看。』少女清脆的聲音從他背後響起，嚇得他差點老命不保。不知何時，少女已經站在船首，正指著下游的方向，只見她手所指處，反映著河岸燈光的水面，正飄浮著一具具人體。

『是浮屍嗎？』老人忖著，心底湧起一陣寒意，他湊近船邊，觀看河面上的人體，他們全都靜靜的躺在河上，雙手有在胸前交叉的，也有在腹部相握的，他們仰望著星空，隨著河水朝下游飄流而去。

他們看起來不像屍體，不像玩偶，更像是活生生的人！

他們的服裝不一，有穿西裝打領帶的，有穿著古盔甲的，有麻布粗衣的，也有衣不蔽體的小孩，有修女，也有貴婦人，有頭頂削去一片毛髮的傳教士，也有古羅馬軍團裝束的戰士，還有更古老分辨不出時代的獸衣男女，他們一個個流過老人的船邊，放眼望去，整個河面都浮滿了人體！

『我快死了嗎？』老人問少女。

『為什麼這樣說？』少女驚愕的問道。

『因為我看到了不該看到的，我一定是因為太接近那個世界了，才會看到的。』

少女沉默了一會兒，說：『有些東西不該看見的卻看見了，有些東西該看見的卻看不見，或許該不該看見並不那麼重要，而是在乎你究竟有沒有看見。』

『那，我看見了什麼？』老人盯著少女，生怕她又突然不見掉。

少女沒回答，因為她在老人一眨眼之間，就在船首欄杆旁消失了。

少女像閃爍不定的螢光，時隱時現，令老人捉摸不定。老人走向她剛剛所站的位置，俯首望下去，果然看見少女安逸的浮在河面，兩手交叉在胸前，面帶微笑，任由河流將她帶走。

老人目送她漸飄漸遠，然後看見她混入一大群飄浮者之中，老人就找不著她了。

午夜零時，湯姆回來的時候，老人什麼也沒說。

他倚坐在船側，觀看了一夜川流不息的人體，他們浩浩蕩蕩的從上游飄下來，安靜的經過船邊。

喝得滿臉通紅的湯姆沒說話，他逕自走進可以避風的貴賓艙房，倒在給乘客坐的長椅上呼呼大睡。

老人走進駕駛艙，看看掛在牆上的鐘，心知如果再不睡，明天就很難起床工作了。他也鑽入貴賓艙房，覓了一張空椅披上毛毯，和衣而睡。

他知道外頭的河面，各色各樣的人體依然在飄流，他們沉默不語，卻似乎目標一致，不知道他們所前往的，會是什麼地方呢？

老人昏沉入睡，一直睡到清晨六點，陽光照滿了貴賓艙房，他一骨碌爬起來，睡眼惺忪的坐在長椅上等待清醒，覺得腦子渾沌得緊，昨晚好像作了很多夢，卻一時想不起來。

他在艙房外找到正在喝咖啡的湯姆，然後自己也去泡了一杯。距離第一班開船還有三個小時，他們必須先將整艘船打掃乾淨，然後大亨利派來的人會上船檢查詢問一番，有時還會順便告訴他們今天的天氣。

今天天氣不壞，老人覺得挺暖和的，在涼風颼颼的河面上曬太陽，的確是樂事一樁，他為遊客們解說時也覺得特別起勁。

中午那趟班次抵達倫敦塔碼頭，他目送了最後一位船客走上碼頭之後，將鴨舌帽中的賞錢倒進手掌，正打算計算時，發覺身邊站了一個人，是一位穿著破舊紅夾克的少女。

少女的一頭紅髮在河風下輕輕飄動，一對綠色的眼睛散發出迷人的少女氣息，令老人不禁目眩了一下。

老人推開船側的鐵門，將手一揚：『小姐，下船吧。』

『我是來找你的。』少女說，語氣中帶有一絲哀傷。

他怔了一下，將掌中的零錢暫且放進夾克外套的衣袋中：『有什麼事嗎？』

『我是你的孫女。』

『呵？』他用輕浮的語氣說，『那我叫什麼名字？』

『湯瑪士・喬治・格雷。』少女斬釘截鐵的說。

『呵呵呵，』他笑道，『小姐……』

『嘿，你在幹什麼？』老人的說話被湯姆截斷了。

『湯姆，』他指向少女，『這位小妞說她是我孫女。』

湯姆倚在駕駛艙門外，口中剛剛銜上一根菸。聽了老人說的話，他一臉憂慮的望著老人，然後將口中的菸拿走、收入上衣口袋，慢慢從艙門走向老人，擋在少女面前，面對老人。

『嘿，湯姆，你擋住她了！』

『醒醒吧，夥伴，這裏只有我一個人。』

『你擋住她了！』老人推開湯姆，少女已經不在了。

老人不敢相信的呆望著空氣，接著他繞船走了一圈，還打開貴賓艙門、駕駛艙門尋找，在長椅下搜尋，到船側去察看河面，試圖找回少女。

『我不得不說，』湯姆走過來，惋惜的說，『你很不對勁，一連三天，不，今天第四天，你都說看到一位女子，說她是你孫女。』

『三天？湯姆，我剛剛才遇到……』

『你昨天不是也看到了嗎？』

『有嗎？什麼時候？』老人有些惱火了，他不喜歡被湯姆這樣質疑，尤其是被懷疑有記憶力衰退的問題時。

『好，沒問題，』湯姆舉手投降，『你要去買炸魚薯條嗎？還是我去？』

結果是湯姆去了。

老人獨自坐在長椅上，百思不解那位少女去了哪裏？

他有遇過那位女孩？

他隱然有種感覺，湯姆講的話，說不定是真的。

說不定，他真的在前幾天見過那位少女。

他試圖回想一下，卻在記憶中找不到少女的痕跡，但昨天和前天的記憶明明是如此鮮明，比如昨天，他也去買了炸魚和薯條，前天他有在投注站買了個積寶。如果少女曾經出現，他怎麼可能忘得如此徹底？

他想起了一些事情，於是翻了翻褲袋，摸出一枚圓形的金屬，那不是一枚錢幣，只是一個邊緣不規則的青銅片，上面深深的刻了一條線，沿著一側邊緣畫出的一道弧線。

這東西是他偷來的。

年輕時，他曾經參與挖掘泰晤士河床的工作，挖掘地點在『西堤區』（The City），也就是最原始的那個倫敦、羅馬人的那個倫敦尼姆（Londinium）、一六六六年大火燒燬的那個倫敦。主持挖掘的是政府工程師，目的在清理河床淤泥，方便船隻通行、防止水災等等，但有一位考古學家每天都會出現，檢視從河床挖掘出來的東西，河泥經過清洗之後，往往會暴露出許多過去的歷史，這些河床積泥，一如時間囊般封存了過去的時間。

那位考古學家姓麥羅伊（McLoy），據說是劍橋大學的教授之類的，他很喜歡向人說明那些古物，如果你露出凝神聆聽的樣子，他更是高興得不得了。

根據麥羅伊教授的說法，他們找到的一團金屬線和玻璃，大有可能是維多利亞時代的眼鏡架，想必是當年達官貴人的遺物，因為只有他們買得起，只是不知為何會沉到河底？是哪位擁有者丟掉的？被情人扯落的？抑或他本人沉屍河底？

他們找到大量羅馬時代的陶瓶，麥羅伊教授說是沉船上的貨品，因為泰晤士河過去曾是貨運的要道，後來他們果然在同一地點找到船錨、船桅的木塊等等，還有一個漂亮的小銅像。

當年老人負責清洗古物，不知為何，一時貪念，他私下藏起了一樣小小的文物，在他面前的淤泥還清洗出好幾枚同一式樣的青銅製品，所以他想應該不會被人發現才是。

他摸摸手上的這枚青銅圓盤，想起當年如何想辦法將附在上面的鏽斑去除，最後發現這不是一枚古幣時，心裏有多失望。

青銅圓盤上只刻了一道曲線。

有一天，他壯起膽子去請教教授：『那天在河床挖出來的東西……』

『怎麼了嗎？』正忙著鑑定分類的教授沒有不悅，反倒停下手中的工作，等待他問下去。

『這樣……』他拿起一塊石頭，在河岸邊的水泥地面刻畫起來，他畫了一個圓圈，再在圓圈內的半側畫上一道弧線，『這是什麼？』

『你在哪裏見到的？』

他有些心虛的說：『在那天挖出來的東西上，我見到了。』

麥羅伊教授沒再追問下去，指著地面的圖畫：『可能是月亮，可能是塞爾特人（Celtic）的符號，當然也可能是羅馬人的信仰。』

『信仰？月亮是信仰？』他沒聽說過。

『呵，這可複雜啦，月亮是夜晚的天空中最亮的天體，古人看見一定會敬畏的，更令他們百思不解的是，月亮為何會每天減少一點，每天減少一點，最後完全消失，然後又每天出現一點，每天出現一點，直到整個渾圓，如此周而復始，如果你是古人，難道不會覺得很神奇嗎？』

『呃，是吧……？』

『所以他們覺得月亮會逐點逐點死去，然後復活，然後死去，』教授繞著地面的月亮圖形，彎腰走了幾步，『你瞧，從這個角度看，這是即將死去的月亮，』此時看起來是一輪彎月靠向右邊，『如果轉個一百八十度，就是新生的月亮；如果月亮躺在地平線上，這樣兩頭向上彎，當然真正的月亮不會這樣……』

『躺住的月亮？』

『就是代表月亮，不管是新月、滿月或任何時間的月亮。』

『可是，這跟信仰月亮有什麼關係呢？』

教授說：『你還搞不懂嗎？月亮代表了重生，代表復活，象徵生命。』

人們崇拜信仰的，是生命。

老人坐在遊船的椅子上，手中玩弄著這枚藏了幾十年的青銅月，遙望著岸上的倫敦塔，他記得那附近有個地方展示從河床挖出來的古物，他曾去參觀過，卻未見到展出他手上的這枚青銅月。

他聽見腳步聲走近，是湯姆踏著不鏽鋼的搭橋，發出噹噹噹的聲音走來了。湯姆遞給他一個紙袋的炸魚和薯條，就鑽進駕駛艙去準備下一班船程了。

老人將炸魚從紙袋中露出一角，正準備咬一口時，看見正前方的長椅上，那位紅髮少女正兩手放在膝蓋上，半垂著頭，不知在盯著船板上的什麼。少女坐在有遮蔽帆布擋住的長椅上，陽光穿過黃色的帆布披在她身上，令她整個人像被倒了一桶油漆。

老人放下紙袋：『妳是我的幻覺嗎？』

少女沒有回應。

『妳叫什麼名字？』

一陣風將帆布垂掛下來的邊緣吹開，送進了一道陽光，掃過少女的臉，接著，少女的脖子便像被平平的切割了一道，頭逐漸往下滑，像熔化的蠟燭般流下身體。

老人猜想這果然是幻覺，他慢條斯理的咬嚼炸魚，等待幻覺過去。

少女的頭已經滑到她兩手之間了，一頭的紅髮攤在腿上，如瀑布般輕濺下來，老人還注意到，少女拉開的夾克之間，胸口上烙了個圓圓的黑洞。少女合起的雙腿間盛滿了熔化液，她的頭浮在腿間的液體中，頭顱滑動旋轉，直到一雙綠目面對著老人。

『妳的名字，』老人又再問她，『妳昨天告訴了我嗎？』

少女開口了：『你每天忘記一點，每天忘記一點，然後就死去。』她的聲音像風吹過蘆笛，柔軟而淒涼。

『可是……』

少女沒等他說完，忽然加速熔化，整顆頭像熱鐵上的冰塊般溶解，最後變成一攤乾淨的水，隨著船身的晃動，漸漸流到船邊、流進河裏去。

湯姆打開駕駛艙的門出來，望了一眼老人，看他呆滯的盯住前方椅子，湯姆搖搖頭，剛才他在艙內隔著玻璃望見老人在自言自語，說不定他又看見什麼孫女了。

他想，是該告訴大亨利了，這老頭兒的問題越來越大了，不行再當解說員了，今天下班之後就打個電話給大亨利好了，看看他手上有什麼備用的人手。

湯姆一點也不擔心老人將來要怎麼辦？反正他也不會知道。

老人一整個下午心事重重，他解說得支離破碎，船客們也不甚在意，反正他們大多數人也沒在聽，湯姆倒是聽得慘不忍睹，更令他下定決心要打電話給老闆。

一天的工作結束後，湯姆邀老人去喝一杯，心裏當成是為他餞行。

但老人堅持不去。

『我回想起一點了，』老人說，『昨晚那位女孩好像有出現過，說不定今晚也會出現。』

湯姆搖頭嘆息，上岸找酒吧去了。

夜幕漸漸低垂，老人打開船上的燈光，泡了一杯熱可可，靜靜坐在船首的長椅上等待。

隨著陽光轉弱，河面反映著天空的色彩，由橘紅轉為紫藍，漸漸的，泰晤士河面上開始浮現一具具的人體。

老人站立起來，凝視河面上的飄流者，一大票的人體順著水流飄向下游，這壯觀的一幕他似曾相識，好像最近才看過，所以他並不驚慌。各種記憶在他腦中混成一團，他心中早就有了一些決定，一些連他自己也不知道早已做下的決定，他有一股強烈的衝動要去完成這個決定，對於自己會有這種衝動，他也感到微微不安，因為這種同樣的感覺，他只在年輕的時候有過。

他走進駕駛艙，先查看儀表板上的油量顯示計，再查看艙房內的儲備油桶，然後，根據他平日觀察湯姆開船的程序，他轉動了鑰匙。只要他們有一人留在船上，湯姆就會留下鑰匙以防萬一需要。

老人將船開離碼頭，追隨著飄流人體的方向，那是下游方向，他曾然跟過一班航行至格林威治（Greenwich）的船，航程要一個小時，即使從那邊開回來，由於逆水行舟的關係，航程也必須加倍。何況，他現在根本不知道目的地何在。

他沒開過船，現在是夜晚，他的視力又不佳，必須緊盯著前方有沒有危險，所幸，夜晚很少有人開船。

當他經過泰晤士河一道道的支流時，看見有更多的飄流人體從支流中冒出來，加入泰晤士河上的飄流行列，連經過倫敦塔時，也看見過去運送犯人的水門『叛徒門』中，正飄出一具具人體，有的身穿破爛的囚衣，也有不少身著華服的，甚至有幾位男女貴族將自己被斬下的頭顱捧在胸口，臉孔朝向下游，凝視前方。

隨著他越來越往下游行去，老人逐點逐點回想起過去的記憶，包括昨天的、前天的以及大前天的。

現在問題不在他忘記了什麼，而是他為什麼會忘記？

昨天，少女告訴他，她的祖父名叫湯瑪士．喬治．格雷／她的祖母一生都沒離開過『那個地方』／少女來自『臨海南端』。

『妳的祖母什麼名字？』或許不該問的，因為問了會露出馬腳，但前天他問了。

前天，少女回答：『瑪莉安．格雷（MaryAnn Grey）。』

老天！他根本不認得這名字。

事實上，他的中間名不是喬治，他不叫湯瑪士，他甚至根本不姓格雷。

他不是少女的祖父。

他寧可他是。

從有意識至今，他都是如此的寂寞，孑然一身，苦苦營生，他多麼希望有一個家庭，有個溫暖的火爐，有妻有女，但他的生命在不知不覺中已經迫近盡頭，恐怕他永遠不會有完成奢望的一日。

離開倫敦市中心，河岸的燈光忽然大量減少，都市的喧囂也完全消失，終於在航行了一個小時之後，他經過了格林威治，在那之後再過去的地方，對他而言就是未知了。

格林威治是英國皇家天文台的所在地，這裏畫了一道子午線，也就是世界日期交換線，在前人的設計下，每當這裏進入午夜零時，就是下一個日期的到來了。不知不覺中，老人的船穿過那條虛擬的子午線，但他仍未進入明天，因為現在才晚上十點，湯姆在酒吧的聊天才剛開始暖場，沒有人發覺他把船開走了。

不久，他經過了泰晤士河閘門（Thames Barrier），那是橫跨河面的防洪大閘，預防漲潮時的大浪令海水倒灌淹沒上游的都市，這種天災最近在一九二八年和一九五三年發生過，然後在八十年代建成閘門，巨大的閘門長得像蟹爪，平日都高高升起，一年才降下兩次當作預演。

如今，洶湧的飄流人體分成幾道穿過十個水門，穿過這最後一片被文明強烈干擾的河面，進入人煙較少的區域。河岸的居民人數越少，這水就受到越少人類思維的騷擾，連水的氣味都變得較清新了起來。

越接近下游，河面上飄流的人體越多，在遊船兩側的燈光照耀下，只見他們浩浩蕩蕩的擠滿了河面，當尖尖的船頭向前推進時，飄流者們如同浮萍般，被浪頭推往兩側，再順著河流流動。

一陣輕霧在河岸邊揚起，悄悄擁過來了，擋住了原本就不清楚的視線，老人心裏慌了，由不得握緊舵機，睜大雙眼緊盯前方。他沒有近視，但有些老花和白內障，這樣子瞪久了前方，眼睛就會不停的冒出淚水，止也止不了，令視線更加模糊不清。

『關掉引擎吧。』一把沉重的男低音告訴他。

老人嚇了一跳，一回頭，才發現窄小的駕駛艙內還有另一個人，他滿面深陷的皺紋，留了滿腮鬆軟的白鬍子，戴著水手帽、穿著水手衣，口中還銜著菸斗，只是沒點上火。

『你是誰？』

『先把引擎關掉吧，放心，你不會撞上任何東西的。』

『你是誰？』老人感到恐懼，對於不知道眼前這人的來歷他尤其感到恐懼。

『我有許多名字，都是別人賦予我的，任何一個名字都不足以代表我的全貌，總之我是船伕，』水手模樣的老者說，『每一條河流我都清楚得很，無論是地面或是地下的，所以請相信我，你大可以放心關掉引擎，否則會干擾到他們的。』

地面或地下的河流？老人完全不能理解，但他感覺到這人語氣的誠懇，因此他再猶豫了一下，就伸手轉動鑰匙令引擎熄火。

引擎一停止轉動，部分燈光也跟著熄滅了，老人陷入一片靜謐，此刻他覺得分外安詳，剛才的不安感莫名的消失了大部分。

他聆聽河面，水聲像初滾的沸水，在塞滿泰晤士河的人體之間相互推擠、激盪著，飄流的人體們又徐徐推動著遊船，令它能順著水流前進。

老人走出駕駛艙，踱到船首，望著眼前漸濃的迷霧，從駕駛艙透出的微弱燈光將他的影子打在霧紗上，看起來像一個可怕的巨人。

水手模樣的老者也走過來，站在他身旁，口中的菸斗依舊沒點著。老人再問他：『你是誰？為什麼會在我的船上？』

『我是來修正一些錯誤的，』老水手說，『你不應該來的，但你來了。』

老人想了想，說：『有人要我來的。』

『她弄錯了，』老水手說，『她要找的人早就不存在了，但她的記憶是如此堅固，以致我三番四次的修正，試圖抹除你的記憶，都不能成功。』

老人又再想了想他的話，才問道：『是你令我忘掉的？』

老水手點點頭：『但你身上有一股強烈的力量，令記憶一點又一點的回溯，恍若不死的月神，在一次又一次的死去之後又再復生，是的，你身上有個古老的月輪，是古代居住在這方的塞爾特巫師們的法器，是那個月輪令你的記憶在消失的邊緣又再重生。』

老人沉默了。

虛幻的孫女、不存在的妻子，原來不過是鬼魂的一場誤會，但是……老人還有疑問：『為什麼她會找上我？這總有個理由吧？』

『是的，是的，』老水手不停點頭，『因為女孩要找的人就在這船上。』

老水手伸出手指，遙遙指向船尾，船尾露天的長椅上，有一名穿著厚重毛衣的老頭臥倒，身體奇特的扭曲著，橫跨在長椅上，頭部像關節鬆軟的傀儡般扭去一旁。

老人依稀記得這一幕。

他在船上看過人生百態，有人租船請親友在船上舉行婚禮的，有人在船上爭風吃醋打架，也有電視劇來取景的，當然，有人就像這名老頭一樣，要不是心臟病就是抵受不住寒冷，在船上倒下的。

老人不太記得了，應該是好幾年前發生的事了，他也沒特地去記住，總之那老頭是死了，在遊船停泊好之後，事先用無線電通知的醫護人員上了船，只不過一道手續就確定老頭死了，他們詢問船上的人有誰目睹經過，寫下死亡時間後，大夥兒便將他用擔架抬下船。

『他就是那位格雷（Grey）？』

老水手點點頭。

『他沒下船？』

老水手嘟著嘴，搖搖頭：『他一直都在船上，有些人就會這樣子，一直逗留在他死去的地方，記憶是如此堅固，以致他一直也脫離不了這艘船。』

『或者，是因為他還沒到達他要去的地方？』

老水手笑了，他聳聳肩，說：『搞不好你說對了。』

夜霧越來越深濃了，前方的水道完全無法以視線衡量，遊船沿河道轉了個大彎，老人聽見兩側忽然更加安靜了，原來是河道寬闊了，眼前霍然陷入更大的一片霧海中，河岸也距離更遠了。

老水手指著前方：『我們已經快到海口了。』

海？老人怔了一怔，才注意到遊船已經飄流了很久很久，他這時候才想起該看看錶了，這一看就嚇出了一身冷汗，現在已經是凌晨一點，他航行了四個小時！這是他始料未及的，湯姆應該早就發現船失蹤了，現在要不是報警，就是撥電話給老闆大亨利了。

『這裏，』老水手又說，『羅馬人就是從這裏入侵的，諾曼人又是從這裏進來成為新主人的，異界的神靈也從這裏滲透進來，這裏是許多段歷史章節的起點。』

『聽起來好可怕。』老人心不在焉的附和道。

『不，說可怕是不周全的，』老水手說，『水擅於記憶，它不分善惡，全都會記錄下來。』

這是一條充滿記憶的河流，千百年來，人們在此取水、排泄、捕捉、拋棄、行船、入侵，所有發生過的一切鉅細事件，都被記錄在潺潺水流中。

『你看到的這些人，』老水手指指水面的人體，『與其說是鬼魂，不如說是殘存的記憶，他們日復一日重複著在記憶之河的旅程，直到記憶變弱，消失為止。』

老人打了個寒噤：『這聽起來更可怕。』

『我正是希望你不害怕，那些只是記憶，真正的他們並不在這裏。』

空氣越來越冷了，風也越颳越強了，老人禁不住拉起夾克的領子，可是夾克內的毛衣悶著汗水，令他感到內熱外冷，不舒服得很。

『該到了。』老水手忽然說道。

『到哪裏？』

『海。』

真的，風的味道變鹹了，變得黏膩了，遊船已經被飄流的人體推出河口，推往海峽的方向，水面風浪漸大，船身開始搖晃，老人感覺到海的力量正在前方施威。

老水手的手掌輕輕一撥，霧紗上劃開了一道裂口，展開成一個大洞，露出遠方的河岸。出海口的左側，燈火通明，橫立著一個牌子，在強燈下照出South end-on-Sea幾個大字。老人倚近欄杆看個清楚，口中喃喃唸出那一行字，他恍然大悟，原來『臨海南端』真的是一個地方名。

遠遠望去，一條碼頭從陸地伸出，長長的伸入海中，碼頭上有許多燈光照明，照出許多停泊的船隻。老人不知道的是，這像一根手指指向大海的超長碼頭，是世界最長的碼頭。船尾發出木頭長椅的吱吱響，老人回頭一看，那位猝死的老頭從長椅上爬起來了，他懵懵懂懂的望向岸邊，當他看見強燈照出岸邊的那行字時，他無法自制的一臉狂喜，用力揮手。

老人望去他揮手的方向，看見岸邊站了好幾個人，有一名老婦人、幾個中年男女，還有一位紅髮少女，全都在朝著遊船揮手。

那位猝死的老頭像褪色的圖畫一般，身影逐漸淡去，化成粉塵，散發在空氣中。不久，老人看見他又在對岸凝聚出現，與岸邊揮手的人們一一相擁，那位紅髮少女比他矮一截，也將頭貼在他的肚子上，跟老婦人三人一塊兒緊緊擁抱著。

『湯瑪士到家了，呃？』老人問老水手。

老水手沒馬上回答。

岸邊的時間彷彿凝結了，相擁的人們像冰雕塑像一般蒼白，卻看起來非常的溫暖。

『湯瑪士離開了他們之後，一直不敢回去，』老水手說，『雖然他們老早就原諒了他，但他並不知道。』

『他做了什麼？』老人問。

『他在獵鴨的時候，不小心開槍打死了孫女。』

老人驚愕不已，他望去岸邊，看見湯瑪士低頭緊抱著少女。老人可以想像湯瑪士當時在河岸抱著孫女的屍體，無法自拔的痛哭哀號，但如今所有的當事人都已化成記憶，所有的哀痛和喜樂也早就消散無蹤。

只見岸上相擁的人們，慢慢在霧氣中變得模糊，像被霧水溶化了一般，化成霧中水滴，沾在草葉上，或滴落河川中，成為億萬道記憶的一部分。

老水手蒼老的眼神遙望著徐徐飄往海面的人體，飄流者們寧靜的浮在海面，雙手交叉在胸前，蓋在心臟上方，傳說中記憶存在的部位。隨著陣陣大霧拂過海面，將他們遮去，飄流者們隱沒在重重波浪中。

半晌，老水手才說：『你也該回去了。』

老人頓了一下，說：『我還會再見到你吧？就在不久的將來，嗯？』

老水手沒回答。

『我的生命快結束了嗎？這就是為什麼我現在能看見這一切吧？』老人說，『你剛才向我解釋這麼多，不正是希望我不懼怕死亡嗎？』

『或許吧。』老水手說，『難道你現在不著急，要怎麼樣才能儘速回去嗎？回去是逆流而上，需要更長時間呢。』

『或許，我不回去了。』老人說著，將青銅月輪在手指之間反轉，『或許，我可以逗留在這個「臨海南端」？』

老水手笑道：『你往後的人生，由你自己決定。』

老人回到駕駛艙，啟動引擎，在寬大的河口將船緩緩迴轉，把船首調向泰晤士河的方向。成千上萬的飄流人體朝著他湧過來，徐徐滑過船側，流到後方去。

老人不知道把船開回去之後會如何，但他今晚很高興，不是痛飲麥酒之後那種虛假的高興，而是自內心根處湧現，他一生中從未體驗過的一種高興。

『祝你幸運。』他回頭向岸邊剛才紅髮少女消失的地方，說道。

【後記】雙城記

讀者們不難發現，本書的故事都圍繞著兩個城市發生：東方的四則以台北為中心，西方四則以倫敦為中心。這些故事中的場景，是我魂繫夢牽之地，所以我藉著寫作之機，將它們重遊一遍。

我的台北經驗

我生長於沙巴，在台灣完成大學教育，撇開政客對『愛台灣』的各自鴨霸定義，我自承是愛台北的，因為它豐富的樣貌，也因為它滋養了我的心靈，對我而言，台北是我人生的兩個故鄉之一。在台北，我有吸收不完的資訊，取之不盡的材料，正因為如此，我試圖以庶民的角度落筆，又將台北的歷史納入故事，將我心中的台北印象剖現在讀者面前。

一九九一年，我到台灣唸書，中華商場還沒拆掉。

第一年，我先在林口山上的僑大先修班就讀，週末乘客運下台北，會在北門旁的車站下車，再走路到中華路，在中華商場的公車站乘車去台大，找同樣來自沙巴的學長。

僑大畢業後，台大牙醫系尚未開學，中華商場要拆了，我很懷念那個雜亂的地方，只恨沒將八棟大樓全部逛過，於是在中華商場的最後一天，我去沿著它走了一遍，其時人山人海，店家大拍賣，但顯然跟我一樣來緬懷的人比買東西的人多，我們用眼睛捕捉中華商場的最後時光，有位老人還用攝錄機邊走邊拍，當時真希望也有一台！

後來知道，原來中華商場所在地以前是台北古城的城牆，被日本人拆了，而我每次來回僑大必經的北門，是古城唯一至今保留完整的城門，而今陷於公路高架橋之間。

莊永明的《台北老街》等台北歷史書的出版，令我更深的接觸到這城市的歷史，瞭解到我腳下正踏著歷史，我周遭發生的種種事情如中華商場的消失、國際版權實施令書市大拋售、台北首度變天、新公園改名二二八公園、全台灣大停電、九二一大地震、重整西門町、台北捷運雙十路線通車、納莉颱風水淹捷運、光華商場的拆除等等等等，都是日後的歷史，當時我正身值歷史之中。

大學時代，一位劉同學帶我去逛西門町，他說他參加的社團專門研究民俗，他們特地去看八家將、燒王船等民俗活動，記錄研究，他告訴我西門町的一些典故如戲院大火、賣美國貨的店舖、紅樓的變遷等等，聽得我饒有興味，也種下了我寫這篇〈台北迷路〉的因子。

住在台大醫院校區時，常走徐州路，那兒有台北市長官邸（被陳水扁改為活動會館），每當經過，都對徐州路那排日式老屋高牆後的生活空間很感興趣，後來在李安的電影《飲食男女》看見門後的世界，又由於一年一度的『倪匡科幻獎』在市長官邸頒獎，令我對那片空間有了最完整的概念，才會將這類房子寫進〈甲子之約〉中。

我曾住在濟南路的雅房、中壢市的公寓式套房、板橋市的間隔式套房及三房公寓，對於各類居住空間還算有認識，這也成了我創作的素材。總而言之，在台北生活的這些年，無一事、無一物不可下筆，這四則中篇是我對台北的回憶，也是我對台北的致意。

畢業後，我曾在板橋市文化路二段（鄰近台北市）當了三年多的私人診所牙醫，接觸到跟以往大醫院不同的民眾，來看診的閩南人老是迫我講閩南話，然後一直認為我是香港人，而港澳來的朋友發現這裏有位會廣東話的牙醫，又紛紛找我看診，有的人家中有印尼傭人的，也來找我這位會馬來話的牙醫，遇上客家人時，我更可以聊上幾句客家話，這就是在沙巴長大的好處。

不過最令我印象深刻的，是一些殘障人士的外籍配偶，例如一位矮小的小兒痲痺症患者，娶了位越南美人，還生了個兒子；一位智障病人，娶了位泰國女子。她們總是面無表情，令我看了心生同情。有一次那位越妻還告訴我，她先生總是帶一批酒友回家，想到這位越妻是位大美人，就覺得她的處境不安全。

我深望這些女子不要被當成生孩子的工具，不要被當成買來的奴隸，可是這類新聞又時有所聞。我是自小學習中文的僑生，身在台灣尚且遭到某些人的異樣對待，更何況這些異文化女子？因此才在〈阿蓮斷頭記〉中為她們找個好歸宿。

台灣的大男人沙文主義正隨著時代減弱，但這現象只在教育水準較高的人群中明顯可見，一般庶民中的女性地位仍有矮化現象，在新聞中常見婦女遭虐多年，仍然離不開那位蹂躪她的男人，實在費解。為此，我也在〈超級瑪莉〉以這類婦女為主角。

我在台北的各種經驗，常常發揮在過去的『極短篇』之中，這本書中的四則故事，才是我首次痛快淋漓的大寫特寫。

我的倫敦蜜月

沙巴曾是英國殖民地，沙巴人大致上對英國是頗有好感的，往常更以留學英國為最光榮之事。我也一直嚮往倫敦的眾多博物館，很想去詳細的走一走，千禧年結婚就計畫蜜月旅行去倫敦自助旅行，走遍大英博物館、自然科學館、科學館、美術館、蠟像館等等，看音樂劇、遊泰晤士河、遊古蹟、遊海德公園，甚至還到自幼神往的巨石陣（Stonehenge）一遊，這短短十天，至今仍是我封存在腦袋中最好的記憶之一，也成為寫出〈泰晤士行進〉的契機。

這四則故事中，有三則（除了〈泰晤士行進〉）是高中時代的作品增修而成，故事改動不大，連題名都未變，甚至總題名『四日大霧』都是當時擬定的。小時候對倫敦的印象都是從電影、電視和畫報中獲得，那次去倫敦，我特地去福爾摩斯的貝克街（Baker St.）以及開膛手傑克的白教堂（White chapel）區一遊，才能增補高中時代在〈吸血鬼疑案〉以及〈黑暗交易〉中無法言盡的部分。

事實上，在這四篇西方的故事中，我試圖回溯西方在被基督教統一之前的精神樣貌，所以故事中不會出現基督教的善惡絕對二分法（事實上這也是基督教習自於古波斯宗教），更注重歐洲先民們的原始信仰，這些信仰在基督教世界中被稱為巫術、魔鬼、妖精、精靈、仙子之類，往往負面的意義大於正面。我們對西方歷史越瞭解，就越珍惜過去那個文化基因多樣化的西方世界，這點反映在〈古老的惡魔〉之中，希望能令人對這個概念有個啟發。
技法方面，我試圖將它寫得像翻譯小說，時時都會用英文來想對白。

小說實驗

華人社會大量吸收現代西方文化，對於他們的文化象徵如十字架、撒旦、亞當與夏娃、世界末日、善惡交戰等等的認識，還遠多於中國文化本身的道、氣、陰陽消長、神魔鬼怪、積善修德等等，更有視己文化為糟粕，奉西方文化為奇寶者，使得今日華人奇幻小說多數是西方人的精靈、矮人、魔法、公主與王子之類的，全套模仿西方奇幻元素。

使用東方奇幻素材的，許多又寫不出自身東方文化中的豐富內容，依然是善惡交戰，故事脫不出西方奇幻窠臼，或如電玩故事，或如香港黑社會片，或故事淪為純為嚇人而寫的作品（如俗稱『鬼故事』）。反觀日本人，早就擅用他們的妖怪學、陰陽道、日本密教、日本史、日本神話、忍術等典故，在小說、漫畫、電影中大肆發揮。

有關東方，我酷愛神奇的故事，尤其記載在中國古典中的魑魅魍魎，我在高中時代就瘋狂愛上，還告訴同學那些神奇的魏晉傳奇，結果換來的反應是『騙人』、『哪有這回事』、『唬爛』，我大為驚訝。當然，後來才瞭解在台灣嗜讀古書的年輕人也不多，更何況在崇尚英文遠多於華文的社會？會有這種反應不足為奇，也難怪華人寫奇幻會少寫自身的文化題材了。

為此，我產生了將中國奇幻素材現代小說化的企圖，在高中時代就開始寫兩宋道士傳奇《雲空行》，心裏對我的高中同學們有一種想法：『如果你不看古書，那就看小說吧！』從小說中認識古書。就這樣，我以古籍為資料，創作了十多年，依然覺得有無盡的可能，本書的東方四篇，就是將古典注入現代的嘗試。

蒲松齡、司馬中原曾令一般人認為低俗的鬼故事登上文學境界，金庸也令武俠成為堂堂文學，過去西方人輕視的科幻、奇幻，如今也是他們顯著的文學類型。以此為鑑，華人奇幻不可能找不到出路，我們看見許多摸索者在努力，我希望自己也是這批努力的作者之一，希望往後華人能開創出連西方人也不得不讀的東方奇幻。

『每一部作品都是一場實驗』，我仍在實驗中，因為實驗好好玩。

張草 200708030040於亞庇老家南側小室

國家圖書館出版品預行編目資料

雙城 / 張草 著.--初版.--臺北市：皇冠文化.
2007〔民96〕
面；公分（皇冠叢書；第3676種）
（JOY；87）
ISBN 978-957-33-2371-6（平裝）

857.83　　　　96021722

皇冠叢書第3676種
JOY 87

雙城

作　者—張草
發行人—平雲
出版發行—皇冠文化出版有限公司
台北市敦化北路120巷50號
電話◎02-2716-8888
郵撥帳號◎15261516號
皇冠出版社(香港)有限公司
香港灣仔告士打道88號19樓
電話◎2529-1778　傳真◎2527-0904
出版統籌—盧春旭
責任編輯—金文蕙
美術設計—陳韋宏
行銷企劃—李邠如
印　務—林佳燕
校　對—黃素芬・金文蕙・劉素芬
著作完成日期—2007年10月
初版一刷日期—2007年12月

法律顧問—王惠光律師

讀者服務傳真專線◎02-27150507
電腦編號◎406087
ISBN◎978-957-33-2371-6
Printed in Taiwan
本書定價◎新台幣250元/港幣83元